모험을 하지 않는

마법사

모험을 하지 않는

마법사

모험을 하지 않는 마법사 1
윈드시커 판타지 장편 소설

초판 1쇄 찍은 날 § 2003년 7월 20일
초판 1쇄 펴낸 날 § 2003년 7월 30일

지은이 § 윈드시커
펴낸이 § 서경석

편집장 § 문혜영
편집책임 § 유경화
마케팅 § 정필 · 강양원 · 이선구 · 김규진 · 홍현경

펴낸곳 § 도서출판 청어람
등록번호 § 제1081-1-89호
등록일자 § 1999. 5. 31
어람번호 § 제1-0401호

주소 § 경기도 부천시 원미구 심곡1동 350-1 남성B/D 3F (우) 420-011
전화 § 032-656-4452 팩스 § 032-656-4453
E-mail § eoram99@chollian.net

ⓒ 윈드시커, 2003

값 7,500원

ISBN 89-5505-743-1 04810
ISBN 89-5505-742-3 (SET)

윈드시커 판타지 장편 소설

모험을 하지 않는 마법사 1

도서출판 청어람

작년 12월. 장난 반 열의 반으로 시작한
'모험을 하지 않는 마법사' 가 출판하게 됐습니다. 고교 시절부터 군에 있을 때까지
틈만 나면 끄적이기 시작한 것들이 진짜 책으로 출판된다는 생각에 계약을 한 날부터
며칠간은 밤잠도 잘 자지 못했습니다. 가만히 있어도 얼굴에 미소가 떠오르고 바보같이
마냥 웃고만 다녔더니 친구들이 실없는 놈이라고 많이 놀리기도 하더군요.
모험을 하지 않는 마법사.
이 글을 쓰기 시작하면서 제가 생각한 글의 전개 방향은 평범한 사람의 조금
독특한 생활을 그려보자는 것이었습니다. 인간이 알 수 없는 세라프라는 존재를 만나면서
조금씩 변해가는 주인공의 일상,
그것은 어쩌면 바로 제가 원했던 상황이 아니었을까 생각합니다.
글을 연재하면서 많은 사람들이 제게 묻는 말이 있었습니다.
'이거 판타지 세계로 가는 건가요?' 라고.
그럴 때마다 전 이렇게 대답했죠.
'안 갑니다.'
제 소설은 판타지 세계로 가지 않습니다.
왜냐하면 지금 이 세계라고 해서 판타지가 되지 말란 법은 없잖아요?
이 소설의 배경은 현대입니다. 2003년, 바로 지금을 이야기하고 있습니다. 그러다 보니
소설 속엔 현존하고 있는 지명이나 사람, 또는 가게 이름 등이 나옵니다. 작명하는 게
귀찮아서라기보다는 좀 더 현실감을 심어주고 싶어서였다고 생각해 주세요.
세상엔 아직 우리가 알지 못하는 많은 미스테리한 사건들이 있습니다.
비록 제 글이 그런 미스테리한 사건을 다루는 글은 아니지만 현실 세계에
마법사가 있다면 이런 일도 있지 않을까 하는 생각에 적은 것들입니다.
우리가 알지 못하는 곳에서 활동하고 있는 마법사와 기사들이 있다…
왠지 히어로전대물을 생각나게 해서 웃음이 나오는군요.
글은 글쓴이의 사상과 인생을 반영한다고 합니다. 제가 쓰는 이 글이 저를 대변하는
글이라고 생각하면 부끄럽기 그지없는 글입니다만, 아무쪼록 재미있게 즐겨주세요.

CONTENTS

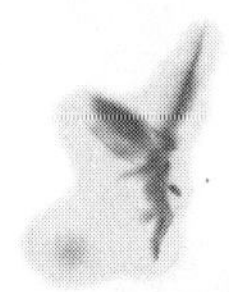

① 연금술사의 집

작가의 말

chapter 1 연금술사의 집 / 7

chapter 2 첫 만남 / 35

chapter 3 시작되는 수난 / 45

chapter 4 목욕 / 92

chapter 5 투정, 그리고… / 106

chapter 6 세라프 / 115

chapter 7 썬데이 크리스챤 / 128

chapter 8 마나를 느끼다 / 148

chapter 9 친구 / 189

chapter 10 세리스, 그녀의 사정 / 206

chapter 11 크리스마스 이브 / 230

연금술사의 집

　자동차 경적 소리가 무척 크게 들리는 새벽의 거리는 한적하기만 했다. 이제 막 한겨울을 향해 치달아가는 12월의 새벽 공기는 옷 밖으로 드러난 살갗을 에일 듯이 몰아쳤지만 새벽을 여는 사람들의 발걸음은 바쁘기만 하다.

　"아~ 추버라~ 엘리뇨 어쩌고 해도 겨울은 겨울이네. 얼른 집에 가서 자야겠다."

　새벽에 집으로 가는 한 사람이 있었다. 그건 바로 나! 한바다란 안경 낀 평범하고 범생틱한 인물이다. 하얀 입김을 한쪽 볼로 흘리며 핸드폰의 액정을 슬쩍 꺼내보니까 때는 새벽 4시를 가리키고 있었다. 하지만 아직도 거리엔 심심찮게 사람들이 오가고 있었고 담백한 오뎅국 내음 풀풀 날리는 포장마차의 불은 꺼질 줄을 모르고 있었다.

　보통 이 시간에 집으로 향해 걸어가는 사람들은 거의 대부분이 몇 가지 가정에서 벗어나지 못하는 사람들이다. 친구들과 함께 술을 마시다 보니 시간 가는 줄 몰랐다는 부류, 밤새도록 나이트나 락까페에서 온몸을 흔들며 땀을 흘린 족속이거나 이미 나이트와 락까페를 거쳐서 '장급 여관'이나 '모텔' 같은 곳에서 만리장성을 쌓고 나서 부모님 기침하시기 전에 집으로 들어가는 무리, 그리고 마지막으로 야간 아르바이트를 하고 피곤한 발걸음을 하는 무리들인 것이다.

그리고 개인적으로 본인은 세 번째 부류에 속하고 싶은 마음이 굴뚝같지만 불행히도 가계를 꾸려 나가는 것도 힘에 부치기에 마지막 부류에 속해서 이 이른 새벽에 집으로 향하고 있었다. 거기다 오늘은 좀 일찍 마친 감이 있어서 지하철도 타지 못한 채 한 시간 거리를 걸어왔다. 추운 날에 무리를 해서 그런지 몸도 찌뿌드드한 게 온몸이 얼어붙은 것만 같았다.

"추운데 호빵이나 먹고 갈까?"

주머니에 손을 넣고 걸어가다 보니 주머니 안에서 짤랑이는 몇 개의 동전이 손에 잡혔다. 견물생심이고 돈있으면 쓰고 싶어진다더니 큼지막하니 중량감이 느껴지는 500원짜리가 손에 잡히자 따뜻한 뭔가가 먹고 싶어졌다. 물론 지갑 안에는 파아란 만 원 권도 몇 장 있지만 이 시간에 그런 큰 단위의 지폐를 쪼개가며 뭘 사 먹을 곳도 없고 해서 간단히 눈앞에 보이는 편의점의 호빵을 선택한 것이었다. 하지만 누가 말했던가? 인생사란 것 그 누구도 알지 못하는 거라고.

"얼라? 이 시간에 문이 열린 곳이 있네?"

이 동네에서 7년이 넘게 살아왔지만 처음 보는 간판이 문득 눈에 들어왔다. 불이 들어와 있는 게 아직 장사를 하고 있는 곳인가 보다 싶어 종종걸음으로 걸어가 봤더니 가게는 없고 간판만 고속도로 이정표처럼

서 있었다. 이 추운 날에 50여 미터를 걸어왔는데 아무것도 없다니! 괜한 오기가 생기기 시작했다.

"모오~야, 이거? 간판만 덜렁 있잖아? 연금술사의 집? 이게 뭐여?"

잠시 가게의 정체에 대해서 고민하던 나는 옷 틈새로 들어오는 한기에 짜증을 내며 외쳤다.

"이왕 온 거 꼭 찾아내고 말 테다!"

누가 보면 미친놈이라고 할 정도로 혼잣말을 크게 한 나는 간판에 그려진 화살표를 따라서 골목 안으로 들어갔다. 지금 들어가는 골목은 관문시장이라고 우리 집 근처에 있는 시장인데 아직 시장의 상인들이 움직일 만한 시간이 아니라서 깜깜한 시장 바닥은 보는 사람을 을씨년스럽게 만들었다. 조금 걸어 들어갔을까? 왠지 낯설기만 한 골목이 눈에 들어오면서 3층으로 된 이상한 목조 건물이 눈에 들어왔다. 그리고 그 무슨 전원 까페라고 불리는 건물같이 생긴 목조 건물의 현관엔 은은한 광택을 뿜어내고 있는 간판이 붙어 있었는데 꼬불꼬불한 한글로 '연금술사의 집' 이라고 적혀 있었다.

"첨 보는 집인데? 나 군대 갔다 온 사이에 새로 생긴 건물인가? 우리 동네도 알게 모르게 많이 변했구나."

별로 신빙성이 느껴지지 않는 억측이었지만 나 스스로 가장 사실에 근접한 추측이라고 위안하며 천천히 골목 안으로 걸어 들어갔다. 그런데 간판의 전원은 어디서 빼오는 거지? 이상한 것에 호기심을 갖는다고 이상한 놈이라 생각할지도 모르겠지만 난 라이터로 바닥을 비춰가며 리드 선을 찾았다. 그러나 어디에도 전선으로 보이는 줄은 없었다.

"근처 가게에서 전원을 끌어다 쓰나? 응?"

고개를 들고 좀 전에 봤던 간판을 다시 보려고 했더니 내 눈앞엔 아무엇도 없었다. 좀 전까지 간판이 있던 장소엔 간판은커녕 그 비슷한 것도 보이지 않았다.

"어? 어디 간 거야?"

1분도 안 되는 틈을 타서 누군가 치웠다고 생각할 수는 없었다. 그러나 신을 믿는 기독교인으로서 이런 일에 놀랄 사람도 아닌지라 이내 마음을 진정시키고 불이 새어 나오는 가게 안으로 발걸음을 옮겼다. 하지만 그 순간,

'근데… 난 왜 이 집에 들어가려는 거지? 좀 전엔 호빵만 먹으려고 한 건데…….'

하는 의문이 들었다. 왜? 왜일까? 가만히 생각해 봤지만 결국 '내 본능이 이걸 원하고 있어!' 라는 얼토당토않은 결론이 날 뿐이었다.

'뭐, 가끔 이런 날도 있는 거겠지. 복잡한 인생사, 그 모든 일에 하나하나 이유를 찾을 순 없는 거 아니겠어?

이렇게 마음먹은 난 고풍스런 유리창이 달린 나무 문을 열고 안으로 들어갔다. 나이테가 선명한 나무 문의 촉감과 통나무로 만들었다는 증거인 묵직한 중량감이 날 감탄하게 만들었다.

찌르릉~

"어서 오세요."

맑은 풍경 소리가 들리고 기다렸다는 듯이 안에 있던 종업원이 날 맞아들였다.

"흐음……."

난 나도 모르게 휘파람이 나올 뻔한 걸 가까스로 참고는 바(BAR:보통 칵테일 바의 스텐드 석을 말합니다)로 걸어가서 자리를 잡았다. 손님에게 보일 메뉴판을 찾는 건지 아니면 일한 지 얼마 되지 않아서 이런 시

간의 손님이 당황스러웠는지 종업원이 잠깐 허둥대는 있는 틈에 난 가게를 살펴봤다. 조금 어둠침침한 분위기긴 하지만 어둠이 주는 특성을 잘 살린, 왠지 포근한 느낌을 주는 가게였다. 전체적으로 둥그런 모양의 반원에 가까운 모양새를 가진 까페였는데 유리 창문 대신 창문 모양으로 수족관을 짜서 벽에 박아놓은 인테리어가 무척 맘에 들었다. 그리고 왠지 모르게 착 가라앉는 기분이 들게 하는 은은한 허브 향이 감도는 것도 맘에 들었다. 하지만 그 무엇보다 마음에 든 건 막 메뉴판을 들고 오는 종업원이 보기 드문 미인이라는 것이었다.

"저희 가게에 오랜만에 오신 손님이시군요."

"아, 그래요?"

여타 칵테일바에서 일하는 바텐더와는 다르게 거의 차이나 드레스에 가까운 하얀 옷을 입은 그녀는 한눈에 반할 것 같은 미소를 던지면서 메뉴판을 건넸다. 그런데 '오랜만에 온 손님'이라고 했던가?

"장사가 잘 안 되나 보죠? 생긴 지 얼마 되지 않아서 그런가?"

"아뇨. 이곳에 오픈한 지는 벌써 백… 아니, 1년이 넘어가는걸요."

바텐더 아가씨는 가볍게 대답하려다가 뭔가를 실수했는지 어색하게 말을 끊고는 얼버무리듯이 대답했다. 일 년이라…….

"일 년 동안 손님이 그렇게 없었나요?"

내가 놀라서 묻자 바텐더 아가씨는 살포시 얼굴에 미소를 띠더니 대답을 회피했다. 일 년 동안 손님이 거의 없었는데도 가게가 유지되는 걸 보면 뭔가 다른 수입원이 있는 것 같았다. 아니면 망하기 일보 직전이지만 깡과 오기로 버티고 있는지도 모르고. 내가 보기에 이 정도의 인테리어와 분위기라면 충분히 손님을 끌고도 남을 텐데… 혹시 지리적인 불리함 때문일까? 하긴 시장통 안, 그것도 구석진 골목에 위치한

까페니까 손님이 있을 리가 없다. 하지만 그것도 이상한 게 시장에서 일하는 사람들 중 몇 명은 이 가게에 대해서 알고 있을 것이고 이 가게 바텐더가 이렇게 미인이라는 걸 알면 언감생심이겠지만 찝쩍거리러라도 자주 올 텐데… 역시 뭔가 이상한 낌새가 느껴지는 가게였다. 뭐, 그래도 간만에 내 마음을 흡족하게 하는 가게이니만큼 이제부터 내가 자주 오든가 아니면 친구들을 데리고 오면 되겠지.

"어디 보자… 응?"

하지만 친구들을 데리고 오겠다는 생각도 펼쳐 든 메뉴판을 본 순간 싹 달아나고 말았다. 이게 뭐냐? 만드라고라 잎차라? 만드라고라가 뭐였지? 어디 북구 신화에나 나올 듯한 풀줄기 이름이 등장하자 당황하고 말았다. 만드라고라? 아, 그래. 교수대나 사형대 밑에서 죄인들의 피를 머금은 땅 위에만 서식한다는 전설의(?) 식물이었지? 뽑아내면 비명을 질러댄다는. 뭔가 섬뜩한 풀인데 이런 풀의 잎을 쓴 차라… 농담이겠지.

"…으응?"

시선을 메뉴판의 좀 더 아래쪽으로 돌리자 또 날 놀라게 하는 메뉴가 보였다. 이건 또 뭐지? 리치의 눈물? 리치라… 그 불사의 언데드 몬스터 리치? 고위급의 사제나 마법사가 영생을 목적으로 스스로 언데드화가 돼서 만들어진다는 리치? 이 가게 주인이 누군지 몰라도 어지간히 판타지 소설에 심취한 인간인가 보다.

"아하하! 독특한 이름의 메뉴가 참 많군요."

"네."

난 평소에 커피숍이나 까페에 갔을 때 절대로 종업원에게 주문할 때 말고는 일절 말을 걸지 않는다. 왜냐하면 나 역시 아르바이트로 커피

숍 서빙을 해본 적이 있고 종업원에게 이것저것 말을 시키는 게 당사
자에겐 얼마나 귀찮은 일인지 잘 알기 때문이었다. 하지만 오늘은 그
금기를 깨고 이 미모의 바텐더 아가씨에게 말을 걸기 시작했다. 분명
히 말하지만 이 창백한 피부에 왠지 매혹적으로 보이는 종업원 아가씨
한테 꼭 관심이 있어서가 아니다.

"만드라고라의 잎차와 리치의 눈물이라……. 이런 이름의 메뉴라면
'드래곤의 브레스' 란 메뉴가 있어도 전혀 이상할 게 없겠는데요?"

비웃는 어조는 아니었지만 그래도 조금 어이없다는 말투였는데 종
업원 아가씨의 대답은 기대 이상이었다.

"메뉴판 맨 뒤쪽에 보시면 있는데요?"

"헉?!"

진짜로 메뉴판 뒤에 조그맣게 '브레스 오브 레드 드래곤' 이란 메뉴
가 버젓이 있었다.

"이 가게 주인이 꽤나 판타지나 롤플레잉에 관심이 많으신가 보군
요."

"네, 주인님은 연금술사시랍니다."

"네?"

여, 연금술사? 이 여자가 도대체 무슨 소리를 하는 거지? 중세에 납
으로 금을 만들어내겠다고 연구하던 그 연금술사를 말하는 건가? 인공
적인 생명체 호문클루스를 만들겠다고 덤비다가 마녀 심판 때 줄기차
게 죽어 나갔다던 그 연금술사?

그리고 가장 중요한 건 '주인님' 이라니? 뭔가 호칭에서 이상한 기운
이 느껴졌다. 보통 아르바이트나 직장에 다닐 때 그 매장의 주인을 두
고 절대로 '주인님' 이라고 칭하진 않는다. 대개 '사장님' 이나 '주인

장', 혹은 '주인 아저씨 or 아줌마' 로 불리는 게 대한민국의 통속적인 개념인데 '주인님' 이라니? 설마 이 아가씨, 이 가게 사장이랑 'SM적'인 관계는 아니겠지? 그럼 실망인데…….

"손님, 주문은?"

"네? 아, 네. 잠시만요."

혼자 딴생각에 젖어 있던 나는 바텐더 아가씨의 재촉 아닌 재촉에 메뉴판을 급하게 읽어 내려갔다. 가격은 보통 4,000원 선에서 1만 원 사이였는데 워낙 독특한 이름들로 포장되어 있어서 도무지 그 재료나 맛 같은 걸 유추할 수가 없었다. 뭐라도 먹어야겠다는 생각에 막 고민에 휩싸이기 시작하는데 그때 메뉴판의 가장 아래쪽에 적혀 있는 '가격 미정' 이라 적혀 있는 메뉴가 눈에 들어왔다. 신규 메뉴인가?

"이, 이걸로 할게요. 'WISH' !"

오늘따라 왠지 삐딱선을 타기 시작하는 나였다. 가격이 미정으로 나와 있으면 당연히 없다고 생각하고 적당히 다른 걸로 주문해야 하는데 왠지 심술궂은 맘이 들어 종업원 아가씨의 당혹해하는 표정이 꼭 보고 싶어졌다. 혹시 좋아하는 여자애를 괴롭히는 초등틱한 유아적 발상 때문은 아니겠지?

"손님, 그건… 하, 한정 판매품이라 주인님의 허락을 받아야 하는데요?"

한정 판매품? 왠지 더 끌리는걸?

"그래도 이걸로 할게요."

우물쭈물하면서 안절부절못하는(?) 종업원의 모습이 왠지 귀엽게 느껴져서 난 아주 이걸로 결정하고 말았다. 다만 한정 판매품이라는 걸로 봐서 꽤 비쌀 것 같지만 며칠 전에 받은 월급이 아직 고스란히 내

지갑에 있으니 세 자리 숫자만 넘기지 않는다면 충분히 먹을 용의가 있었다. 좀 비싸더라도 이 예쁜 종업원 아가씨한테 나의 재력을 은근슬쩍 과시하는 핑곗거리를 만들어보자는 생각도 없진 않았다.

"으음… 잠시만요. 주인님~"

그녀는 바의 안쪽에서 나와서는 위층으로 올라가는 계단에 대고 주인장을 불렀다. 이런 가게의 주인이라면 한 40대 중반의 나이가 되지 않을까? 난 나름대로 상상의 나래를 펼쳤다.

"스칼렛~ 무슨 일이야?"

그러나 역시 이 가게는 손님의 예상을 깨는 데 재미라도 들였는지 주인장의 목소리는 의외로 젊은 목소리였다. 한 30대 중반? 얼핏 듣기엔 나와 비슷한 연령 대의 사람이라고 해도 믿을 수 있을 정도로 젊은 목소리였다.

"손님이 오셨어요. 그런데……."

"뭐어~ 손님? 그럼 진작에 말했어야지!!"

호들갑을 떨면서 주인이 나무 계단을 쿵쾅거리며 뛰어내려 오는 소리가 들렸다.

'흠… 주인님이라…….'

한편 본의 아니게 종업원과 고용주의 대화를 들은 나는 묘한 감흥에 빠졌다. 예상대로(?) 가게 주인과 저 아가씨는 SM적인 관계였던 것일까? 문득 실망감에 젖어드는 나 자신을 발견할 수 있었다.

"스칼렛, 어디야?"

우당탕거리는 요란스런 소리가 위층에서 들리더니 이윽고 계단에서 한 명의 남자가 나타났다. 나이는 한 30대 중반 정도 될까? 길게 기른 머리카락과 양쪽 귀에 박혀 있는 세 개—왼쪽에 두 개, 오른쪽에 한 개—

의 피어싱이 좀 불량스러운 느낌을 주고 있었다. 하지만 단정한 이목구비와 부드러운 얼굴 선, 그리고 호리호리한 몸매와 콧잔등에 걸쳐진 둥근 모양의 안경은 무척 이지적인 느낌을 줬다.

상반적인 이미지가 한 얼굴에 동시에 존재해서 무척 독특하게 느껴졌는데 거기다 무슨 의사나 박사라도 되는 것처럼, 아, 그래, 종업원 아가씨의 말대로 현대판 연금술사라도 되는 양 흰색 가운을 입고 나온 그의 모습은 내 눈에 무슨 코스튬 플레이라도 하는 것처럼 보였다.

그리고 또 스칼렛? 이 여자 이름인가? 아님 예명? 무슨 나이트도 아니고 바텐더가 예명을 가지고 있냐? 하지만 그러고 보니 저 바텐더 아가씨의 외모도 꼭 한국인이라는 느낌을 주지 않는 게 이상야릇하게 어울리기도 했다. 어쩌면 실명일지도 모른다는 생각도 들었다.

"험험! 우리 가게 오픈하고 두 번째 손님이자 마지막 손님이시군요. 스칼렛, 이 손님이 주문하신 게 뭐였지?"

두 번째 손님이자 마지막 손님? 뭔 소리야?

"저어… 그게…—우물쭈물거리고 있다—WISH를 고르셨는데요."

"그래?"

스칼렛의 말을 들은 이 이상한 코스튬 플레이의 주인장은 안경 뒤쪽의 눈빛을 번뜩이더니 내 앞으로 다가왔다. 그리고 높다란 의자 위에 앉아 있는 나의 눈 높이에 맞춰서 지그시 바라보는 그의 행동은 결코 평범한 칵테일바의 바텐더나 주인이 할 행동이 아니었다. 세상 어디의 가게가 손님의 눈을 똑바로 쳐다보면서 이상한 눈빛을 번뜩이겠는가?

"이곳에 개점한 지 100년 만의 첫 번째 손님이고 WISH를 만든 후로 두 번째 고객이시군요."

스칼렛은 1년이라고 했었고 그는 100년이라고 말하고 있다.

"배… 백 년이라고 하셨나요?

"네. 으응? 설마……?"

100년이란 말에 내가 놀라서 묻자 그는 갑자기 눈을 부릅뜨더니 두 손으로 내 얼굴을 붙잡고 내 눈을 뚫어져라 쳐다보기 시작했다. 난 반항할 틈도 없이 그의 손에 잡힌 채 그의 안경 뒤쪽의 눈을 바라봐야만 했다. 그의 눈이 조금씩 붉은색으로 변했다가 초록색, 보라색, 주황색, 금색으로 변했고 그에 따라 나의 의식도 점점 가물가물해지고 있었다.

"아… 아……!"

그만두라고 외치고 싶어도 내 입에서는 그저 '아… 아…' 하는 이상한 소리만 날 뿐 정확한 단어가 나오지 않았다.

'최면술이란 걸까? 뭐지? 점점 의식이 멀어져 간다. 의, 의식이……. 서, 설마 죽는 걸까? 시… 싫어…….'

의식이 몽롱해지면서도 불현듯 몰려오는 불안감에 심장이 세차게 두근대기 시작했다. 손으로 확인하지 않아도 직접 내 귀에 대고 있는 것처럼 맹렬히 뛰는 내 심장의 고동 소리가 느껴졌다.

위험하다. 위험하다. 위험하다…….

나의 본능이 미친 듯이 경고음을 보내고 있었다.

"아… 아… 안 돼!!"

어디서 솟아난 힘인진 몰라도 난 내 얼굴을 잡고 있던 두 손을 거칠게 뿌리치면서 고개를 홱 돌렸다. 너무 격렬한 움직임 때문이었는지 의자에서 균형을 잃고 바닥으로 널브러지고 말았다.

"무, 무슨 짓이야!"

목조 바닥이었지만 넘어지며 찧은 무릎의 고통으로 정신을 차린 나는 벌떡 일어나며 주인장에게 소리쳤다. 아직도 벌렁대는 심장이 이젠 경고음이 아니라 지극한 분노를 일으키고 있었다. 만약 그가 '피식' 하며 웃기라도 한다면 당장에 지금 의지하고 있는 의자를 던져 버리고도 남을 정도였다.

"아… 실례했군요. 설마 초대장도 없이 결계를 통과하는 사람이 있을 줄이야……. 놀라셨다면 사과드리지요."

주인이 내게 고개를 숙이며 사과를 했고 스칼렛이란 종업원이 내게 다가와서 옷에 묻은 먼지를 터는 둥 하며 요란법석을 떨었다. 난 가만히 놔뒀다간 옷이라도 벗겨서 빨아올 것같이 요란을 떠는 스칼렛을 가만히 제지하고 천천히 입을 열었다.

"결계? 초대장이라니?"

어느새 내 입에선 존대에 쓰는 접미어는 싹둑 잘라낸 반말을 지껄이고 있었다. 이건 그만큼 내 심사가 뒤틀렸다는 것을 의미했기에 내 상태에 대해서 대충 눈치 채고 있는 스칼렛이나 주인장은 별다른 말을 하지 않았다.

"원래 저희 가게는 초대장을 가진 사람만이 올 수 있습니다. 특별한 자격을 가진 사람만이 이 가게 주위에 펼쳐져 있는 결계를 뚫고 들어올 수 있죠. 결계라는 것은… 그러니까… 음… 영화에 나오는 씨큐리티 시스템(보호 장비)과 비슷한 거라고 생각하세요. 초대장이 없으면 설사 탱크를 몰고 와도 이곳으로 들어올 수 없을 정도로 튼튼한 씨큐리티 시스템 말입니다. 그런데 손님은 그런 초대장도 없는데 이곳에 들어왔으니 제가 당연히 놀랄 만한 게 아닐까요?"

"그럼 초대장이 있는지 없는지 물어야지 왜 남의 얼굴을 잡고 그… 이, 이상한 눈동자로 최면술 같은 걸 걸려고 하는 거지?"

여전히 내 입에선 반말이 나오고 있었고 그런 내 모습에 주인은 흥미롭다는 듯 날 보며 씨익 웃었다. 그리고 주섬주섬 주머니에서 이상한 카드 세 장을 꺼냈다.

"그건 손님의 일신에 과연 초대장을 대신할 만한 자격이 있는지 없는지를 살펴본 겁니다. 과연 초대장이 없이도 결계를 통과하실 만한 자격을 가진 분이더군요. 자, 그럼 주문하신 WISH에 대해서 말씀드리겠습니다."

주인장은 내 반응과는 상관없다는 태도로 내 손을 붙잡고 둥근 테이블 쪽 의자로 끌고 가 앉히고는 내 앞에 좀 전에 꺼낸 석 장의 카드를 펼쳐 놓았다.

"처음 오신 분이고 또 사전 지식이 전혀 없는 분이니만큼 손님이 주문하신 WISH에 대해서 설명드리겠습니다."

뭔가, 대단히, 잘못 돌아가고 있다는 느낌이 들었다. 난 단지 따뜻한 핫쵸코나 한잔 마실 요량으로 들어온 거였는데 내 눈앞의 이 사람은 꼭 무슨 마약 거래라도 하는 것처럼 은밀한 말투로 입을 열기 시작했다. 이러다 잘못된 길을 걷게 되는 거 아냐? 어쩌면 내일 아침에 '24세 대구의 한 모 군 약물 중독으로 구속' 이란 기사가 뜰지도 모를 일이다.

"저… 저기 설마 WISH라는 거… 마약인가요? 그렇다면 전사……."

"아닙니다. 위시는 마약이 아니고 또 저희 가게는 마약 같은 것은 결코 취급하지 않습니다."

"그래… 요?"

어느새 분위기에 압도당한 내가 다시 존대를 하자 그는 피식 웃고는 내 근심을 날려 버리며 다시 입을 열기 시작했다.

"위시란 건 특정한 물건을 말하는 게 아닙니다. 오직 운명이란 이름으로만 얻을 수 있는 거죠. 말 그대로 '위시' 는 소원이라는 겁니다. 자아, 그럼 한바다 고객님, 지금부터 제가 보여 드리는 카드를 보고 느끼는 대로 말씀해 주시기 바랍니다. 아시겠죠?"

"어떻게 내 이름을?"

깜짝 놀랐다. 내 기억상으론 단 한 번도 내 이름을 말한 적이 없는데 어떻게 내 이름을 알 수 있었던 걸까? 설마 이 가게가 KGB 같은 비밀 경찰은 아닐 텐데!

"훗! 다 아는 수가 있지요. 우선 그런 사소한 의문을 푸는 거보다 이 카드에 집중해 주세요."

사람을 잔뜩 긴장시키고도 남을 일이 사소한 의문이란다. 난 겁도 없이 따지려고 했지만 그는 내가 놀라든 말든 천천히 내 눈앞에 놓은 세 장의 카드 중에 한 장을 뒤집었다.

"이건?"

그가 뒤집은 카드엔 타로트카드(서양에서 점을 볼 때 사용하는 카드)처럼 그림이 그려져 있었는데 IX란 라틴 숫자와 함께 긴 푸른 머리의 여자가 별로 보호 기능이 없어 보이는—한마디로 가릴 것만 가린—갑옷을 입고 얇고 긴 검을 가슴 앞에 모으고 있는 카드였다. 그리고 아래쪽엔 'MOON KNIGHT' 란 이름이 적혀 있었는데 왠지 그 그림의 여자와 잘 어울리는 이름이라고 생각됐다.

"뭐가 느껴지지요?"

"음… 차갑지만 포근한 느낌, 편하게 기대고 싶은 존재라고 할까?"

어느새 난 그가 뒤집은 카드의 그림과 그 존재감에 푹 빠진 채 진지하게 대답하기 시작했다. 그리고 문득 그 그림의 여자가 미소를 띤다고 느껴졌다.

"손으로 짚어보세요."

그의 말대로 그 카드에 오른손을 가져갔다. 그리고 그 카드에 손을 대자마자 카드에서 은은한 은빛 광채가 떠올랐다. 놀라서 얼른 손을 뒤로 물렸지만 카드는 여전히 빛을 발하고 있었다.

"으음… 놀랍군요. 단 한 번에 문 나이트에게 선택받으시다니… 보통 두세 번은 해야 되는데……. 이렇게 된 이상 뒤의 두 장은 볼 필요가 없지만 그렇다고 중간에 그만둘 수는 없으니 끝을 봐야겠네요. 자, 두 번째 카드입니다."

뭘 중간에 그만둘 수 없다는 건지 잘 모르겠지만 주인은 두 번째 카드도 천천히 뒤집기 시작했다.

"흐음……."

그는 두 번째 카드에 나온 그림을 보고 나지막하게 신음성을 냈다. 그가 뒤집은 카드엔 역시 여자 그림이 그려져 있었는데 그녀는 붉은색 머리카락을 휘날리며 양손에 커다란 불의 공을 띄운 채 무슨 탑의 꼭대기에 서 있는 그림이었다. 숫자는 III에 이름은 'RED MAGICIAN' 이었다. 적법사라…….

"느낌은?"

"뜨겁고 열정적인 존재! 만인에게 두려움을 받는 존재이자 스스로 일어선 자!"

평소라면 쪽팔려서, 아니, 남새스러워서 절대 입에 담지 못할 단어들을 조합시킨 문장이 입에서 자연스럽게 나왔다. 내가 왜 이러지? 미쳤나?

주인장은 이번에도 내게 손을 가져다 대어보라고 했고 내가 손을 가져가자 이번엔 카드에서 붉은색 불길이 일어났다.

“이럴 수가! 적법사마저……. 놀랍군요. 이렇게 되면 마지막 카드까지 열어봐야겠는걸요.”

그가 마지막으로 뒤집은 카드엔 긴 귀를 가진 금발의 엘프가 그려져 있었다. 나도 한때 판타지 소설이나 북구 신화에 관심을 가진 적이 있기 때문에 한눈에 알아볼 수 있었다. 한 손엔 하프를, 한 손엔 활을 든 엘프가 사막에 홀로 서 있는 모습이었는데 숫자는 ⅩⅠ, 이름은 ‘ELF’였다.

“고요하고 자유로운 존재, 하지만 머물 곳을 찾고 있는 지쳐 있는 자!”

이번엔 주인이 말하기 전에 내가 먼저 말하고 카드로 손을 가져갔다. 주인은 말없이 내 행동을 보고 있었고 역시 이번에도 카드에선 푸른색의 안개 같은 게 일어났다.

세 장의 카드가 모두 뒤집히고 세 장 모두 어떤 모종의 반응을 나타냈다.

난 그에게 말없이 이 행위의 의미를 눈빛으로 물었고 그는 한숨을 푹 쉬면서 스칼렛에게 홍차 한 잔을 시키며 천천히 말했다.

“1,500년 하고 3년 동안 처음 있는 일이군요. 후우~ 궁금하시겠죠, 왜 이런 행동을 했는지. 지금부터 천천히 설명해 드리도록 하지요.”

주인은 스칼렛이 가져다 준 물을 한 모금 들이키더니 천천히 윗옷 주머니에서 담배를 꺼냈다. 담배갑에 알 수 없는 꼬부랑 글자가 빼곡히 적혀 있는 걸로 봐서는 국산 담배가 아닌 것 같았다. 애국하는 심정으로 대한민국 담배인삼공사 제품을 좀 사용하면 안 되나? 아~ 중요한 건 그게 아니고, 어떻게 보면 중년의 여유가 느껴지는 느긋한 폼으로 한줄기 연기를 훅~ 하고 뿜어낸 그는 잠시나마 눈을 감고 뭔가를 생각하더니 이윽고 입을 열었다.

"정식으로 제 소개를 하죠. 제 이름은 이안, 이안 볼프마이어 하르키입니다. 살아온 시간은 손님보다 많으니까 나이는 묻지 말아주시고 이제부터 저희 가게에 대해서부터 설명해 드리죠."

이안이라고 자신을 소개한 주인장은 줄담배를 펴가며 이 가게에 대해서 설명하기 시작했다. 어지간한 골초였는지 아니면 그의 이해 못할 복잡한 심정을 말하는 건지는 모르겠지만 이내 실내는 그가 뿜어낸 담배 연기로 채워져 갔다.

연금술사의 집.

얼핏 보면 그저 약간 독특한 이름의 카페라고 생각되는 건물이다. 하지만 간판에 붙어 있는 '연금술사' 라는 이름은 결코 멋으로 붙어 있는 것이 아니었다. 완전히 믿을 수는 없었지만 이안은 자신이 실제로 연금술사이며 또 세상에서 잊혀져 가는 마법사라고 소개했다. 그 말을 막 들었을 때 난 웃기는 소리라며 콧방귀를 뀌었지만 직접 손바닥 위에 조그마한 불덩어리를 만들어내는 그의 모습에 헛소리란 단어가 쑥 들어가고 말았다. 저게 트릭이든 아니든 굉장한 묘기(?)임에는 틀림없었기에 난 반쯤은 그의 말에 수긍했다.

"한바다님은 지금까지 살아오면서 마법사라는 존재를 본 적이 있나요?"

이안의 질문에 난 '없다' 고 대답했다. 나도 소시적(?)에 판타지 소설을 어지간히 봤었기에 마술과 마법은 엄연히 차이가 있다는 걸 알고 있었다. 그래서 난 마술사의 쇼를 마법으로 생각지 않았고 이안은 그런 나의 대답에 당연하다는 듯 고개를 주억거렸다.

"실제로 이 세상엔 마법사란 존재가 있습니다. 그리고 그 숫자는 결코 적은 게 아니죠. 이 한국이란 나라에만 해도 벌써 100명이 넘는 마법사가 살고 있고 세계적으로는 이미 몇만 명의 인원이 마법의 존재를 알고 있으니까요. 한바다님이 판타지 소설을 읽어봤다면 아시겠지만 일정 수준의 마법사들이 각자의 '탑'을 가지고 있다는 걸 알고 계시죠? 그것 역시 틀린 말이 아닙니다. 이 시대를 살아가는 마법사들도 각자의 탑을 가지고 있으니까요. 단지 중세 시대나 신화 시대처럼 하늘을 찌를 듯한 첨탑이 아니라 지금 앉아 계시는 이 '연금술사의 집'이란 까페처럼 결계에 둘러싸인 건물에 불과합니다만."

이안이 이젠 꽁초가 되어버린 담배를 재떨이에 비벼 끄고 다시 한 개비를 입에 물려고 하자 옆에서 담배 연기에 이맛살에 주름을 잡고 있던 스칼렛이 잽싸게 뺏어버렸다. 그 바람에 나도 한 대 피우려던 계획이 무산되고 말았지만 내색은 하지 않았다.

"잠깐! 그런 마법사란 존재에 대한 설명보다 지금 내게 한 이 행동의 의미를 알고 싶은데요?"

스칼렛과 이안이 담배 한 개피를 가지고 옥신각신하는 틈에 내가 질문을 던지자 이안은 잠시 헛기침을 하더니 설명을 다시 시작했다. 잠깐이지만 스칼렛이 산산조각을 내버리는 담배에 애도를 표하는 것도 잊지 않고 말이다.

"그 질문에 대답하기 전에 이 '연금술사의 집'이 가진 의의를 간단히 설명하는 게 우선일 것 같군요. 한바다님은 예전에 저희 가게를 보신 적이 있습니까?"

"아니, 오늘 처음 발견했어요. 이 동네에 꽤 오랫동안 살았지만 이 가게는 처음인데……."

"좀 전에도 언급했었지만 저희 가게는 무려 121년간이나 이 자리를 지키고 있었습니다. 하지만 저희 가게에 초대장없이 찾아오신 분은 지금까지 단 두 분에 불과했습니다. 한 분은 100년 전이고 그 후로 실로 오랜만에 손님이 찾아온 거죠."

"어떻게 그런 일이?"

100년이라니? 내가 알기로는 이 일대가 도회지로 바뀐 건 채 50년이 지나지 않았는데 100년이란 세월 전이라면 이곳은 어느 누군가의 논바닥 위거나 밭고랑 위에 있었다는 말이 되었다. 그런 가게에 지금까지 손님이 단 두 명이라니? 이런 나의 의문을 짐작했는지 이안은 보충 설명을 했다.

"결계 때문입니다. 한바다님은 못 느끼셨겠지만 이 가게 주위엔 일종의 '공간의 왜곡'을 일으키는 고차원의 결계가 쳐져 있죠. 또 어떤 특정 조건을 갖추기만 하면 누구나 들어올 수 있는 '키워드'를 포함하고 있는 결계입니다."

의문이 들었다. '키워드'라니? 내가 그 '키워드'란 것을 가지고 있다는 말인가? 곰곰이 생각해 봤지만 지금 내 몸엔 그 뭔가 '키워드'라고 불릴 만한 게 없었다. 옷이야 군에 가기 전에 산 옷들이고 가방에 든 거라곤 CD플레이어 하나, 야참으로 싸 들고 다니는 보온 도시락 세트, 그리고 심심풀이용으로 들고 다니는 만화책 '아즈망가 대왕' 한 권, 그리고 주머니 안에 든 걸 생각해 봐도 전역증 말고는 현금 카드 한 장과 몇 푼 안 되는 돈, 동전 몇 개, 라이터와 담배 한 갑이 전부였다. 그런 내가 뭘 가지고 있다는 거지?

"키워드란 건 어떤 특정한 물건을 두고 말하는 게 아닙니다. 음… 굳이 말하자면 개개인이 가지고 있는 고유의 '오라', 혹은 '기(氣)'를 말하는 겁니다. 아, 그렇다면 왜 지금까지 본 적이 없었느냐라고 생각하신다면 이렇게 대답해 드리고 싶군요. 개개인이 가진 '오라' 는 결코 고정적인 게 아닙니다. 어떤 계기를 통해서 변할 수도 있는 거고 없던 것이 생길 수도, 또 있던 것이 없어질 수도 있는 거죠. 보통의 사람들은 이런 '오라' 가 자신에게 있는지도 모르고 살다가 죽는 경우가 대부분이기 때문에 그것이 변하는지도, 생겨나는지도 모릅니다.”

　“그럼 그 '오라' 라는 게 얼마 전에 생겼다고 생각되는데… 그럴 만한 계기가 있어야 하지 않나요? 그렇다면 전 그럴 만한 계기가 전혀 없는데요?”

　“특별한 계기 같은 건 필요없습니다. 아니, 꼭 없는 건 아니지만 그건 사람의 힘으로 알 수가 없는 경우가 대부분이지요. 어쨌든 한바다님은 우리가 알 수 없는 '계기' 를 맞으셨던 거고 그 계기 때문에 오라의 변화, 혹은 생성으로 인해서 결계를 통과해서 이 가게로 들어온 겁니다. 아아… 너무 깊게 생각하지 말고 지금부터 설명하는 걸 잘 들으세요. 저희 연금술사의 집이 세워진 이유 중에 하나는 그런 키워드를 가진 사람들을 발견해서 '마법사' 를 양육하는 데도 그 목적이 있습니다. 즉, 한바다님은 마법사가 될 만한 자질을 갖추고 있다는 말씀이지요.”

　뭔가 이상하다. 이들이 마법사를 양육한다는 목적으로 이 연금술사의 집이란 까페를 만들었다면 왠지 본말전도가 되어 있다는 느낌이 강하게 들었다. 진작 마법사의 자질을 가진 사람을 찾는다면 애초에 이곳에서 죽치고 앉아 있으면서 100년에 한 명 찾아올까 말까 한 사람을 기다리는 것보단 길거리로 나가서 찾는 게 더 낫지 않을까?

　“아마 지금 속으로 '마법사의 양육' 이 목적이라면 왜 밖에서 찾지 않을까 하고 생각하시겠지요?”

뜨끔. 귀신같이 알아내는군. 독심술이라도 하는 건가?

"한바다님의 생각도 틀린 건 아닙니다. 그래서 일부 학파—마법은 학문이라고 생각하기 때문에 학파로 분류되고 있다고 한다—에서는 직접 길거리를 돌아다니며 그 자질을 갖춘 사람을 물색하고 있죠. 한바다님도 한 두 번은 겪어보셨을 겁니다. '도를 믿으십니까?' 라고 묻는 사람들을."

"아아!"

세상에 그럼 그 '중X도' 인가 뭔가 하는 사람들이 다 마법사란 말인가? 아니다. 그렇다면 세상에 마법사의 자질을 가지지 않은 사람이 몇이나 되겠는가? 내 주변 친구들에게 몽땅 물어본다면 단 한 번도 그 '기(氣) 전도사' 에게 붙잡혀 보지 않은 사람은 단 한 명도 없을 거다. 집 근처에만 해도 그런 사람들이 몇 명이나 되었다.

"지금 속으로 '그럼 이 세상에 자질을 갖추지 않은 사람은 없을 거다' 라고 생각하고 계시죠?"

속으로 뜨끔했다. 혹시 이 사람 진짜 독심술이라도 익힌 거 아냐?

"당연히 그 '기 전도사' 들은 모두가 마법사가 아닙니다. 그들의 대부분은 단지 바람잡이이거나 일종의 이득을 얻기 위해서 사기를 치는 사람이라고 말할 수 있죠. 하지만 그중엔 진짜 '도사' 도 있고 '마법사' 도 있어서 실제로 길거리에서 '키워드' 를 가진 사람을 발굴해서 마법사로 키우기도 합니다. 실질적인 능력도 보여주면서요. 물론 아주아주 드문 경우긴 하지요. 하지만 제가 속해 있는 학파는 결코 그런 식으로 제자를 받거나 마법을 전수하지 않습니다. 비인부전(인재가 아니면 전하지 않는다는 말, 즉 똑똑한 넘한테만 전한다는 못된 사상)이라고 하지요. 뭐, 정확하게는 그런 의미가 아니라 '운명' 이 이끌지 않는 이상 마법을 전하지 않는다는 게 저희 '학파'의 방침이라 이렇게 운명에 이끌려 오는 사람을 기다리는 겁니다. 이제 이해가 되십니까?"

"그럼 내가 마법을 배워야 한다는 건가요?"

내가 우물쭈물하면서 질문하자 이안은 스칼렛 몰래 다시 담배를 입에 물고는 불을 붙이며 씨익 웃었다.

"원하지 않으면 안 배우셔도 상관없습니다. 강압적으로 뭔가를 전해야 할 만큼 저희 학파가 형편없는 건 아니니까요. 그리고 이젠 방금 한바다님이 펼쳐 본 카드에 대해서 설명해야겠네요."

카드? 방금 내 손에 닿으니까 이상한 빛이 난 카드 말인가?

"그 카드는……."

이안은 조금 뜸을 들이다가 헛기침과 함께 다시 말을 이었다.

"흠흠… 그 카드는 일종의 복권이라고 할 수 있지요."

"복권요?"

복권이라니? 스포츠 복권처럼 긁는 복권도 아니고 주택 복권처럼 숫자도 없는데 무슨 복권이라는 말이지? 물론 세상에 돌아다니는 그런 복권이 아니란 건 알고 있다. 하지만 뭔가 특별한 게 있어야지 내가 짐작이라도 할 게 아닌가? 내가 영문을 모르겠다는 표정을 짓자 스칼렛이 쿡쿡거리며 소리 죽여 웃었고 이안도 자신의 설명이 그리 명쾌하지 않았다는 걸 알았는지 머쓱한 표정과 함께 다시 입을 열었다.

"흠흠… 설명이 부족했군요. 한바다님이 주문하신 그 'WISH' 라는 메뉴는 어떤 음식물을 지칭하는 게 아닙니다. 물론 다른 메뉴들도 음식을 지칭하는 게 아니죠. 100년간 손님이 없었는데 한가하게 차나 커피 같은 걸 팔 거라고 생각진 않으시겠죠?"

당신 설명을 듣기 전까진. 그런데 음식물이 아니라면 왜 4,000원이란 가격이 달린 메뉴판이 존재하는 거야?

"거의 대부분의 메뉴들은 이곳에 오시는 메이지, 즉 마법사들을 상대로 파는 마법 물품으로 마법 촉매, 또는 마법 주문서를 뜻하는 겁니다. 하지만 몇몇 메뉴는 다르지요. 그중에 그 'WISH' 라는 것은 어떤 특.별.한 존재를 구한다는 뜻입니다. 단, 인연이나 운명이 이어지지 않았다면 결코 구할 수 없는 존재들이지요. 카드 위에 적혀 있는 숫자들을 보셨죠?"

숫자라… 기억하고 있다. 방금 전에 본 걸 까먹을 정도로 머리가 나쁜 편은 아니니 라틴 숫자로 4, 3, 11이었지?

"바다님이 보신 카드는 총 81장으로 구성되어 있고 각 카드마다 하나의 운명체를 기다리며 오랜 시간을 잠자고 있는 한 존재를 뜻하고 있습니다. 저희는 그 81장의 카드 중에 5장을 가지고 있었고 그중 두 장은 이미 정해진 종속자를 찾아서 떠나갔습니다. 그리고 오늘에 이르러서 나머지 세 장이 한 번에 종속자를 찾아 떠나가게 됐구요."

갈수록 모를 소리만 하고 있는 이안이었다. 운명자라니? 그리고 잠자고 있는 존재라니? 또 세 장이 한꺼번에 종속자를 만났다니? 난 좀 전의 그 알 수 없는 행위, 처음엔 그저 흔한 타로트 점을 보는 걸로 알았던 행위라고 생각했던 그것이 결코 평범한 게 아니었던 모양이다.

"설마 그 종속자… 어쩌고라는 게 저라는 말씀이신가요?"

"네. 눈치가 빠르시군요. 문 나이트, 적법사, 그리고 엘프는 한바다님을 운명자로 선택했습니다. 과거 대마법사이신 멀린(Mullin)님이 4장의 카드를 한 번에 가지셨다는 말은 들었지만… 어쨌든 그 후로는 한 장의 카드에게도 선택받기가 하늘의 별 따기보다 어려웠는데 한바다님은 한 번에 3장이나 얻으셨으니 굉장한 운명을 타고나셨나 봅니다."

뭔가 굉장히 부럽다는 듯이 말하는 이안의 표정에 괜히 기분이 고조
되긴 했지만 문득 그렇게 대단한 존재라면 그 가격(?)도 만만치 않겠다
는 생각이 들었다. 한 번에 4장을 가진 것도 전무후무한 기록이라는데
비록 한 장이 적지만 3장에게서(?)나 선택을 받는 내가 치러야 할 대가는
얼마나 크단 말인가? 판타지 소설에 보면 이런 주인을 가리는 물건(?)의
가격은 엄청난 것으로 표현되었기에 난 맘 편하게 좋아만 할 수 없었다.

"저기… 근데……."

"그것도 지금까지 단 한 번도 주인을 선택하지 않았다는 카드인 엘
프에게서까지 선택을 받다니 정말 대단한 행운아라고밖엔 표현을 못하
겠네요. 누구는 성격이 어쭈구리(?)한 사이비 '뱀파이어' 카드를 가진
데 비해서 말이죠."

뭔가 사람의 성격을 말하는 듯한 이안의 말에 옆에서 찻잔을 들고
오가던 스칼렛의 눈꼬리가 상큼(?) 치솟더니 이안의 옆구리를 꼬집어
댔다.

"으오옷! 스칼렛! 흠흠, 잠깐 실례를 했군요. 자, 그럼 한바다님, 이
제부터 그 존재들을 보러 가시겠습니까?"

"자, 잠깐만요."

지금 주머니 안에 든 돈이라고는 현금으로 4만 원과 통장에 든 67만
원이 전부다. 그런데 이안이 말하는 폼으로 봐서는 꼭 '돈 주고도 못
사는' 존재를 팔겠다는 태도가 아닌가? 그래서 난 이대로 가다간 주인
장에게 기분만 들뜨게 하고 실속은 전혀 없는 손님이라는 평과 함께
괜히 망신살만 뻗칠 것 같아 막 내 옷의 소매를 잡고 어디론가 끌고 가
려는 이안의 행동을 황급하게 제지해야만 했다.

"저, 저기요! 그 존재의 가격이 얼마나 하죠? 지금 가진 게 얼마 되

지 않아 고가의 물건이라면 살 수가 없는데요.”

“가격요?”

우왓! 이안의 얼굴이 엄청엄청 놀랐다는 표정을 짓다가 곧 이어 스칼렛과 함께 똑같이 ‘어이없다’ 라는 표정을 연달아 지어냈다.

“흠흠… 역시 설명이 불충분했던 것 같군요. 너무 오랜만에 오신 손님이고 또 카드의 주인이다 보니 너무 서둘렀던 것 같네요. 단도직입적으로 말하죠. 한바다님, 한바다님이 저희 가게에 온 것은 좀 전에 말했다시피 어떤 알 수 없는 ‘운명’ 에 의한 것이라고 말씀드렸죠?”

“네.”

난 순순히 고개를 끄덕이며 수긍했다. 난 10분 전에 들은 이야기를 까먹을 만큼 바보가 아니다.

“그리고 위시란 메뉴, 즉 제가 보인 카드들이 결코 아무나 선택하지 않는다는 것도 말씀드렸구요.”

“네.”

참 대답도 꼬박꼬박 잘하는 나였다. 언제부터 이렇게 말 잘 듣는 착한 어린이가 됐을까나.

“그 말은 곧 누군가 돈을 산으로 쌓아서 가져온다고 해도 카드가 원하지 않는다면 팔 수도, 살 수도 없다는 말입니다. 이제 좀 이해가 가십니까? 이건 파는 물건이 아닙니다. 그저 저희는 물건을 보관하고 있을 뿐 언젠가 주인이 오면 그 물건을 돌려 드리는 것일 뿐이지요. 그러니까 한바다님은 그 어떤 대가를 내놓지 않아도 되고 그저 ‘아아~ 원래 내 것이구나’ 라고 생각하고 받으시면 되는 겁니다. 아시겠죠? 자, 그럼 이제 카드의 존재들을 보러 가실까요?”

이안은 내 대답은 기다리지도 않고 뭐가 그리 급한지 내 손목을 잡

아끌면서 스칼렛이 미리 열어놓은 지하실로 통하는 듯한 문으로 들어
갔다. 우리가 들어가자 스칼렛은 뒤에 남아서 문을 닫았고 그와 동시
에 어둠침침하던 지하 계단의 양쪽 벽면에서 하얀색 불빛이 솟아났다.
무슨 초나 전등도 없이 허공에 하얀 불꽃이 머물고 있어서 좀 귀기스
러운 분위기였지만 이안은 이미 이런 것엔 익숙한지 눈 하나 깜짝하지
않고 두 계단씩 내려가고 있었다. 내가 좀 천천히 가자고 말을 해도 들
은 척 만 척했고 뭐가 그리 좋은지 싱글벙글거리며 도대체 끝이 보이
지도 않는 나선형 계단을 빙글빙글 돌면서 내려갔다. 내가 균형을 못
잡고 쓰러질 뻔할 때쯤 되자 겨우 멈춰 선 이안은 언제 나타났는지도
모를 철판이 덧대어진 나무 문앞에 한 손을 올려놓고 뭔가를 중얼거렸
다.

"나 이안의 이름으로 명한다. '스칼렛 테스퍼리티'!"

웅웅!

이안의 말이 끝나자마자 문은 무슨 바이브레이션이라도 설치되어
있는 듯 부르르 떨더니만 저절로 끼이익~ 하는 소리와 함께 열렸다.
자동문인가?

"어둠을 밝히는 빛 '라이트(light)!'"

이번에도 이안이 뭐라고 중얼거리자 천장에 팟! 하고 형광등 세 개
정도를 붙여놓은 것 같은 빛을 뿜어내는 발광체(發光體)가 만들어졌다.
역시 전선이나 전구 같은 건 보이지 않았다.

"설마?"

"마법입니다. 처음 보시죠? 아니, 처음 보는 건 아니겠군요. 계단의
벽면에 붙어 있던 불꽃도 마법이니까 두 번째군요."

난 반신반의하고 있던 마법의 존재를 두 눈으로 확인하게 되자 새삼

스레 이안의 존재가 대단하게 느껴졌다. 왜 그런 거 있지 않은가, 자신이 전혀 모르는 지식이나 능력을 가진 사람을 보면 왠지 대단하게 느껴지고 존경스럽게 보이는 거 말이다.

"대단하군요."

"별거 아닙니다. 그저 1클래스의 기본적인 마법인걸요. 만약 한바다 님이 마법을 배우신다면 1년 안에 이정도의 마법은 쉽게 하실 수 있을 겁니다."

"그래요?"

이안은 내 말투에서 어떤 감정의 변화를 느꼈는지 희미하게 웃고는 내 손을 이끌면서 지하실의 한쪽으로 끌고 갔다.

마법으로 만들어진 발광체가 빛을 뿌리는 지하실엔 어디 무슨 코스튬 플레이용품 전문점에서나 볼 듯한 물건들이 즐비하게 쌓여 있었다. 월트 디즈니에서 대여해 갔을 것만 같은 공중에 둥둥 떠 있는 양탄자하며 파란 싹이 나 있는 꼬부라진 스태프, 무슨 성인 클럽 사회자가 입는 옷에서 떨어진 반짝이를 달아 붙인 것 같은 화려한 로브—마법사가 입는 옷입니다. 모자가 달린 수도복 비슷하게 생겼다는군요—그리고 단연 압권인 괴상망측한 생물들의 표본 같은 게 담긴 유리병들이 벽면을 차지하고 있는 진열대에 가지런히 장식되어 있었다.

개구리인 줄 알았더니 등허리에 날개가 붙어 있는 게 있질 않나 잡풀인 줄 알았더니 뿌리가 꼭 비명을 지르는 사람 모양을 하고 있는 게 있질 않나, 하나같이 브리트니 대백과 사전에도 없을 것 같은 괴생물체(?)들이 즐비했다.

"이것들이 다 뭐죠?"

"마법을 쓰는 데 필요로 하는 물건들입니다."

으윽! 저런 괴생물체를 조물딱거리면서 배워야 하는 게 마법이라면 안 배우고 만다.

"자, 이겁니다!!"

"……?"

뭐냐?

난 이안이 득의에 찬 목소리로 자랑스럽게 소개하는 물건(?)들을 보고 잠시 패닉 상태에 빠지고 말았다. 이안이 보여준 물건은 절대 범상치 않은 물건이 아니었다(?).

"타조 알? 아니, 공룡 알?"

이게 내가 내 평생을 함께할 세 존재를 처음 보고 느낀 감상이었다.

첫 만남

    눈앞에 보이는 것들은 내가 '퀴즈 탐험 신비의 세계' 나 '동물의 왕국' 같은 TV 프로그램에서 자주 봤던 타조 알보다 좀 더 큰 크기의 둥근 물체였다. 얼핏 봤으면 타조 알일까 하고 착각할 수도 있었겠지만 이게 또 간단한 것이 아닌 게 꼴에 개성을 표현한다고 각각의 색깔이 전부 달랐다. 은빛, 붉은빛, 초록 빛깔을 띠고 있는 이 개성 넘치는 알(?)들은 카드에서 봤었던 안개 같은 광채를 뿜어내고 있었다.

"이게 뭡니까?"

"학명으로는 봉인석, 또 다른 이름으로는 호문클루스라고도 불리는 알입니다. 저희는 보통 세라프(Seraf), 태고의 존재라고 부릅니다만… 지금은 알 형태의 봉인석이지만 얼마 지나지 않아 종속자의 오라와 반응을 시작하면서 본래의 존재로 변하게 될 겁니다. 지금은 설명을 더 해드려도 이해하실 수 없으니까 차후에 어떤 변화가 생기면 찾아오세

요. 보통 사람들에겐 이곳의 입구가 벽으로 보일 뿐이지만 한바다님에
겐 처음 보셨던 입구의 모양으로 보이실 겁니다. 아참, 그리고 마법을
배워볼 의향은 있으신지요? 저들을 맡게 되신 이상 마법에 대해서 전
혀 문외한이라면 곤란한 점도 많으실 텐데……."

　말투나 지금까지 들어온 얘기를 종합해 봤을 때 이들은 자신들의 존
재를 세상에 알리고 싶어하지 않는 것 같았다. 그리고 내가 이들과 같
은 족속이 되지 않으면 어떤 조치가 취해질지도 모르는 이상 반항할
여지는 없었다. 실재로 마법이 존재하고 저 둘 중에 한 명이라도 매직
애로우 같은 공격 마법을 사용한다면 난 별다른 반항도 못한 채 죽어
갈 수밖에 없을 것이다.

　"선택의 여지가 없을 것 같네요. 배우겠습니다, 마법이란 것을. 하
지만 제가 그 마법 중에서 배우고 싶은 것만 배울 수 있을까요?"

　약간 체념한 듯한 말투로 대답했지만 이안은 나의 선택이 무척이나
기꺼운지 밝은 미소로 고개를 주억거리며 내 손을 잡았다.

　"잘 생각하셨습니다. 만약에 안 배우겠다고 하셨으면 기억 조작 마
법을 사용해야 하기 때문에 무척 부담이 되고 있었는데 정말 다행이에
요."

　영화에 나오는 MIB도 아니고 기억을 조작한다는 말을 아무런 표정
변화 없이 말하는 이안에게 왠지 모를 두려움이 느껴졌다. 이거 생각
보다 무서운 조직에 발을 들여놓는 거 아닌지 모르겠다.

　"그리고 배우고 싶은 마법만 배우고 싶다구요? 음… 그건 아마 힘드
실 것 같습니다. 모든 학문에도 절차가 있듯이 마법도 어느 정도 정해
진 배움의 길이 있습니다. 적어도 4클래스 익스퍼트 정도의 실력을 쌓
지 않는 이상 배우고 싶은 것만 배우실 순 없을 겁니다. 그리고 고위

마법으로 올라갈수록 여러 가지 마법과의 연계성을 띠고 있기 때문에 더 더욱 복잡 다단해지는 편인데… 음……."

가만히 놔뒀다간 마법에 대한 설명만 듣는 데 하루 종일이 소요될 것 같았다.

"휴… 알겠어요. 그럼 우선 전 집으로 가봐야 할 것 같네요. 늦었거든요. 자취 중인데 집주인이 좀 극성스런 편이라 조심해야 하거든요."

실제로 시계를 보니 벌써 6시에 가까워지고 있었다. 지금쯤이면 '그 녀석' 이 일어날 시간이니만큼 서서히 조바심이 나기 시작했다.

"그래요? 조용히 차나 한잔 마시면서 앞으로 있을 마법의 길에 대해서 말씀드리고 싶었는데… 언제 다시 오실 수 있습니까?"

이안은 퍽이나 안타깝다는 표정으로 날 쳐다봤다. 안경 너머로 보이는 눈빛이 초롱초롱한 게 나쁜 짓을 할 만한 인물이 아니라는 걸 말해주고 있었지만 어떤 의미로는 더욱 위험할 수도 있는 인물이란 생각도 들었다.

보통 학문에 관계된 길을 걷는 사람들의 대부분이 자신이 생각하는 바를 나누고 토론하고 싶어하는 충동을 조금씩은 가지고 있기 마련이다. 그것이 오늘의 경제 현실이든 북한의 핵 문제든 간에 자신이 가진 지식을 입 밖으로 내뱉고 싶어하는 족속이 학자이고 이안이 그중에서도 무척이나 독특한 '마법사' 란 학자(?)라면 누군가와 토론하고 싶어하는 열망이 그득할 것이다. 하물며 한국에서도 100명 남짓한 사람들만 마법을 배우고 익힌다는데 언제 한번 제대로 마법에 대한 이야기를 나눠본 적이 있었겠는가? 그런 종류의 사람이라면 까페에서 냉수 한 컵을 앞에 두고도 시간 가는 줄 모르고 떠들 것이다. 그리고 난 본능적으로 이안이 그런 사람일 것 같다는 직감이 파직 하고 내 머리 속을 스쳐 지나갔다.

"빠르면 오늘 오후에나 가능하겠네요. 에구구, 시간이 많이 늦었는데 가봐야겠어요."

"잠깐, 잠깐만요!"

어느 틈에 시침이 6이란 숫자를 넘어가고 있자 마음이 조급해진 나는 지하실을 빠져나가려다 이안의 외침에 멈추고 뒤를 돌아봤다. 왠지 발을 동동 구르고 싶은 충동을 참고 돌아보니 이안이 오른쪽 검지로 그 타조 알, 아니, 봉인석들을 가리키고 있었다.

"안 가져가실 겁니까?"

"너무 커서 한 번에 옮길 수가 없을 것 같은데……."

실제로 저기 있는 타조 알 하나의 크기가 웬만한 농구공 두 배만한데 한 번에 세 개를 들고 갈 수는 없는 일이었다. 드리블하면서 가져갈 수도 없는 노릇이고.

"저와 스칼렛이 하나씩 나눠서 들고 가죠. 이참에 한바다님 집에 가서 작업(?)도 좀 하고."

작업? 무슨 작업? 내가 뭐라 물어볼 틈도 없이 어느 틈엔가 이안은 내게 초록색 알을 안겨주었고 자기는 붉은색 알을, 언제 나타났는지 조용히 나타난 스칼렛이 은색 알을 품에 안고 앞장서서 걸어갔다.

'아무래도 단단히 코가 꿰인 모양이야. 훗, 죽기 전에 빠져나갈 수 있을까? 으응?'

왠지 억지로 끌려다니는 기분이 들긴 했지만 그리 기분이 나쁜 것만도 아니어서 나도 모르게 입가로 웃음이 피식 하고 새어 나왔는데 어느 순간 내가 들고 가던 알에서 이상한 반응이 잠깐 나타났다. 미미하긴 하지만 안에 든 무언가가 서서히 소용돌이치고 있다는 느낌이 들었다. 흘러나오던 초록색 빛도 서서히 약해지고 있었고.

"이안! 이안! 이거 뭔가 이상해요?"

나의 황급한 외침에 이안이 슬쩍 돌아보고는 이내 별거 아니라는 어투로 대답했다.

"아아~ 별거 아닙니다. 벌써부터 바다님의 오라에 반응해서 '성장'에 들어간 모양입니다. 아마 얼마 가지 않아 제가 안고 가는 적법사와 스칼렛이 들고 가는 문 나이트도 똑같은 반응을 보일 거니까 당황하지 마세요. 그저 가만히 놔두면 됩니다."

"네……."

이안의 너무도 태연한 대답에 호들갑을 떨었던 나 자신이 왠지 좀 초라해지는 것 같았다. 이래서 사람은 배워야 한다는 건가?

6시지만 연금술사의 집이 시장의 한쪽 구석에 있는 골목에 위치해 있었고 바로 얼마 떨어지지 않은 곳에 지하철 역과 버스 정류장이 있어서 오가는 사람이 꽤 많았다. 아침 바람이 좀 쌀쌀했는지 여기저기 지나가는 사람들이 옷깃을 세우고 부산히 오가고 있었다. 하지만 나와 이안, 그리고 외모만으로도 충분히 시선을 끌 만한 스칼렛이 농구공만 한 알을 들고 가자 어느샌가 사방은 우리를 바라보는 시선으로 가득했다.

"등교 시간이라 그런지 학생들이 많군요."

"아아, 네."

스칼렛과 이안은 지나가는 행인들의 시선이 아무렇지도 않은 듯 태연하게 주변을 둘러보면서 내게 말을 건넸다. 이 사람들, 자신의 외모와 지금의 행색의 독특함에 대해서 자각은 하고 있는 걸까? 의구심이 들었지만 이내 나도 당황해하던 안색을 지우고 담담히 대답했다.

연금술사의 집에서 내 자취방까지의 거리는 얼마 되지 않았다. 겨우 10분 정도의 거리랄까? 눈앞에 성심병원이라고 적힌 흰색의 큰 건물을 돌아서 뒤쪽 골목으로 들어서자 바로 얼마 떨어지지 않은 곳에 내가 기거하는 집이 보였다.

"바로 저기 지붕이 파란색 기와로 된 집 보이시죠? 저 지붕 밑의 다락방이 제 자취방이에요. 좀 지저분하지만 이해하세요. 원래 혼자 사는 남자의 방이란 게 다 그렇고 그런 거니까."

방 청소를 전혀 안 한다거나 방 안이 난장판인 것은 아니지만 스스로 생각하기에도 좀 지저분하다는 느낌이 들어서 집 안에 들어서기도 전에 변명을 하는 나였다.

"뭘요. 저도 스칼렛이 없으면 집 안을 난장판으로 만드는걸요."

"핏!"

이안의 말에 스칼렛이 픽 하고 웃었다. 그리고 둘이서 빨래가 어떻니 설거지가 어떻니 하면서 옥신각신하는 모습이 무척 정겹게 보였다.

그런데 한 가지 마음에 걸리는 게 있었다. 이안은 자기보다 적어도 10살은 어린 나에게 꼬박꼬박 존대를 했다. 사실 그 존대에 내가 부담스러워서 좀 전에도 하대로 바꾸라고 했지만 이안은 습관적인 거라며 결코 바꾸려 들질 않았다. 겨우겨우 한바다님이라고 하던 걸 '바다 군' 또는 '한 군'이라고 고쳤다는 게 그나마 크게 거둔 성과라면 성과랄까.

반면 스칼렛과는 오랜 시간을 함께했었는지 평대를 하는 편이었는데 내가 보기엔 이 둘의 관계가 심상치 않아 보였다. 아직 아무런 허물 없이 다가들 만큼 그들과 친해지지 않았다고 생각돼서 물어보진 않았지만 남매처럼 보이기도 하고 고용주와 피고용주같이 보이기도 하는 둘의 관계는 상당히 헷갈렸다. 하지만 한 가지 확실한 사실은 스칼렛은 이안이 하는 말이라면 거의 대부분 순종적으로 따르는 편이라는 것이고 이안도 스칼렛에게 무리한 부탁은 하지 않는다는 것이었다. 역시 계약 관계인 건가? 음…….

딸캉!

열쇠를 돌리자 딱딱한 금속성 소음과 함께 대문이 열렸다. 난 한쪽 팔로 들고 있던 알이 떨어지지 않게 조심하면서 대문 안쪽에 흩트러져 있는 여러 종류의 우편물을 주워서 살펴봤다. 그중에 3가지가 나한테 온 거였는데 내용물을 확인하는 순간 내 입에서 저절로 탄식이 흘러나왔다. 하나는 휴대폰 사용 요금이고 또 하나는 친구의 청첩장, 마지막으로 전기 요금이었다. 큭, 기본적인 세금만 벌써 10만 원이 넘어가다니……. 내년에 복할할 때 내야 할 등록금을 맞추기도 빠듯한데 이놈의 세금이 내 맴에 채찍질을 하고 있었다.

"휴우~ 올라오시죠."

건물의 담벼락 쪽으로 나 있는 좁은 계단을 가리키며 먼저 걸어 올라가자 이안과 스칼렛이 말없이 날 따라 위로 올라왔다. 옥상이라고 생각되는 곳에 올라가자 열 평 남짓한 지붕 밑 다락방이 나타났다. 생각 같아서는 어서 방 안으로 들어가서 이 세라픈지 뭔지 하는 알을 아무 데나 던져 놓고 한숨 자고 싶었지만 방문 앞에 살벌한 눈빛을 번뜩이며 서 있는 한 '녀석' 때문에 잠이 싹~ 달아나고 말았다.

"오호라~ 왜 이리 늦으신가 했는데 이유가 있었구먼?"

검정색 주름 치마, 붉은색 더블 반코트가 잘 어울리는 여자애가 하얀색의 심플한 머리띠로 뒤로 넘긴 긴 생머리를 휘날리면서 내 방문 앞에 서 있었다. 한쪽 어깨엔 삐딱하게 걸쳐져 있는 흰색 베네통 가방이 있었고 반대쪽의 손엔 보기에도 듬직해 보이는 스테인레스 보온 밥통이 들려 있었다. 하지만 왠지 내 눈엔 저게 밥통으로 보이지 않고 무슨 워해머나 모닝 스타 같은 흉기로 보였다.

"야야야, 이유는 무슨 이유우~ 이분들은 잠깐 물건 옮겨준다고 오신 분들이란 말이야. 너, 학교 안 늦냐? 어서 가야지? 너같이 착하고 이쁘고 귀여워서 깨물어주고 싶은 애는 지각 같은 거 하면 안 돼. 왜 이런 데서 찬바람 맞아가며 아까운 시간 죽이고 있니?"

"흥!"

거의 울상을 지으면서 사정조로 변명과 화제 전환을 동시에 노리는 내 의도를 콧방귀 한 방으로 날려 버린 여자애는 이 집주인의 딸로서 실질적인 이 건물의 총책임자이다. 이름은 이세나. '뭘 세냐?' 라고 한 번 놀렸다간 저 진공 스뎅—스테인레스의 줄임말이라기보단 사투리—밥통에 죽지 않을 정도로 두들겨 맞을 각오를 해야 할 만큼 성격 화통한 여자애였다. 물론 내가 이쁘고 귀엽고 어쩌고 한 것은 새빨간 거짓말이다. 힘든 세상 살아가기 위한 처세술이랄까?

한 달에 한 번씩 단돈 10원도 틀리지 않고 꼬박꼬박 세금을 받아갈 정도로 산수와 수리(數理)에 능하며 예전에 자기 목욕할 때 실수로 문 한 번 연 것 가지고 이 건물 안에 단 한 명뿐인 남자인 나를 쫓아내려고 혈안이 되어 있는 여자애가 바로 이세나였다. 당연한 이야기겠지만 그때 욕탕문을 연 것은 고의가 아니었기에 난 당당하다. 하지만 난 굴러 들어온 복을 발로 차는 놈이 아니기에 아직도 그때 그 모습을 똑똑히 회상할 수 있을 정로도 기억하고 있긴 하다. 좀 빈약했었지, 아마?

"내가 분명히 말했을 텐데? 무단외박은 용납 못한다고. 적어도 6시 전에 들어와야 한다는 약속을 잊은 건 아니겠지? 미안하지만 오늘 부로 짐을 싸서야겠네요. <u>오호호호호!</u>"

야간 아르바이트를 하는 나에게 무단외박이 무슨 소용이란 말인가? 크윽… 집에 30분 늦게 온 게 무단외박이라면 세상에 무단외박 안 해 본 놈이 몇 명이나 될까?

"세나야, 한 번만 봐주라. 무려—난 무려라고 했다—30분이나 늦었지만 맘씨 착하고 효녀에다가 재색 겸비, 박학다식, 다다익선 등등~ 수많은 사자성어들로 치장되고 무장되어 있는 니가 한 번만 봐주면 나중에 부탁 하나 들어줄게~ 응?"

참고로 마지막에 '응?' 하는 부분에선 최대한 동정심을 유발시킬 수 있도록 눈을 반쯤 감은 채 눈썹을 미간 쪽으로 모음과 동시에 고개를 약간 비틀면서 상대방을 올려다보는 고난도의 기술까지 펼쳐야만 했다. 내 나이 24살이건만 이제 19살 먹은 여자애한테 이렇게까지 비굴해지다니……. 사나이 한바다, 자취방 주인 잘못 만나서 있지도 않은 호연지기를 싸그리 버리는구나.

살짝 눈길을 돌려서 이안과 스칼렛을 보니 약간 얼이 빠진 얼굴로 나와 세나의 활극—희극도 비극도 아닌 활극이다—을 보고 있었다. 하긴 24살 먹은 덩치가 산만한—참고로 난 키가 178이고 세나는 163센티다. 어떻게 알게 됐냐고는 묻지 마라—남자가 머리 하나만큼은 작은 여자애한테 쩔쩔매는 모습은 다분히 희극적으로 느껴졌으리라.

"흐응~ 어떤 부탁이든?"

"음… 돈만 많이 드는 게 아니면 뭐든지!"

금전적으로 많이 쪼달리는 건 세나도 익히 아는 사실이니 너무 무리한 건 주문하지 않으리라 생각하지만 그래도 조금 겁이 나는 건 사실이었다.

"좋아. 그럼 오늘 저녁에 부탁할 거리를 생각해 놓을 테니까 각오하고 있어요. 그럼 난 학업이 막중한지라 이만~"

세나는 득의에 찬 표정으로 나에게 싱긋 웃더니 이안과 스칼렛을 스치면서 계단을 내려갔다.

"좀 유별나죠? 그래도 착한 애예요. 가끔씩 반찬도 가져다 주고 밥도 해주고 하니까요. 저러는 것도 부탁할 게 있는데 말은 못하겠고 해서 핑곗거리 찾느라 저런 거니까 신경 쓰지 않아도 돼요."

"그래요? 흠… 한 군."

이안은 잠깐 동안 곰곰이 생각하더니 내 어깨에 한 손을 척 하고 올리면서 진지하게 말했다.

"힘들 땐 언제든지 연금술사의 집으로 오세요. 방은 많으니까."

…….

그 뒤로 이안과 스칼렛은 내 방에다 그 세라프란 타조 알 세 개를 적당한 장소에 내려 놓고 군데군데에 이상한 부적이랑 보석 같은 걸 박고는 필요할 땐 언제든지 찾아오라는 말과 함께 돌아갔다. 그게 뭐냐고 물어보자 '소형 결계'라며 신경 쓰지 말라고 했는데 마법에 대해 전혀 문외한인 내가 알아봤자 뭐에 쓰겠는가? 거기다 뭐 어차피 마법을 배운다고 했기 때문에 천천히 알게 될 일이기도 해서 굳이 캐묻진 않았다.

"후우… 피곤한 하루였어."

8시경이 되어서야 겨우 취침 상태에 들어간 나는 꿈결에 뭔가 따뜻한 게 내 가슴 위와 양팔 속에 가득 차는 느낌이 들어서 오랜만에 꿈도 꾸지 않는 숙면을 취할 수 있었다.

짹짹짹.

"우웅~"

아직 잠을 덜 깨 기지개를 켜던 내 귓가로 겨울의 저녁을 알리는 참새들의 지저귀는 소리가 들렸다. 후훗! 과연 이 대구란 큰 도시—서울에 사시는 양반들, 대구도 큰 도시요—에 사는 사람들 중에 참새 소리에 깨서 하루 일과를 시작하는 사람이 얼마나 될까? 난 간만에 상쾌한 기분으로 잠에서 깨어나며 다락방이란 곳이 꼭 나쁘지만은 않다는 생각을 했다. 그리고 지난 밤의 피로가 싹 풀렸다는 걸 과시하기 위해서 벌떡 일어났다. 아니, 일어나려고 했다. 그러나 뭔가 알 수 없는 존재가 내 양팔과 가슴 위를 누르고 있어서 도무지 옴짝달싹할 수 없었다.

으윽? 그러고 보니 양팔의 감각이 전혀 없는 게 마치 내 팔이 아닌 것 같았다. 거기다 은근히 저려오기까지?! 설마 세나가 무단외박 했다고 내 팔을 잘라 버린 건 아닐까? 아하하! 아니겠지. 세나가 좀 성격 화통하고 뒤끝이 좀 있고 복수심이 강하다고 하지만 그렇게까지 사악하진 않을 거야. 암암, 그렇지… 않을까? 으윽! 나 스스로도 점점 의심이 쌓이기만 할 뿐이잖아!

으응? 그래도 목은 돌아가는구만. 어엉? 뭐야? 뭐가 내 팔을 이렇게 누르고 있는 거야? 지붕이라도 내려 앉았… 우에에에엑!

"퀘에에에엑?"

순간 내 입에선 차마 인간의 비명 소리라고는 생각 못할 괴성이 터져 나왔다. 그와 동시에 필사의 힘으로 온몸을 비틀며 최대한의 속도로 벽에 밀착했다.

헉! 방금 전의 격렬한 몸부림 때문이었을까? 내 가슴패기에 누워 있던 괴생물체와 내 양팔을 베고 누워 있던 두 개의 괴생물체가 부스스한 얼굴로 눈을 뜨고는 날 쳐다봤다. 더군다나 내 가슴패기에서 침까지 흘리며 코~ 자고 있던 괴생물은 바닥에 팽개쳐진 게 아팠는지 눈물까지 글썽거리고 있다.

"……?"

어억? 난 아무것도 몰라요~ 라고 말하는 듯한 저 똘망똘망한 눈동자라니!

"크아아아악! 뭐냐뭐냐뭐냐, 그 궁금하다는 물음표들은?!"

거의 제정신을 차리지 못할 정도로 흥분한 난 왜 그러냐는 듯한 그 괴생물체들의 반응에 그만 소리를 버럭 지르고 말았다.

"흐응… 힉… 히끅……."

"훙… 흐으… 흑……."

"으아아아아아아아아아앙!!"

"허어어어억?"

울었다. 아니, 울리고 말았다. 내가 잠깐 이성을 잃고 소리친 것 때문인지 괴생물체들은 무척 서럽게 울기 시작했다.

"왜? 왜 우는 거야?"

하아… 나도 울고 싶어진다.

10분쯤 지났을까? 난 울고 있는 세 명의 괴생물체… 아니, 아이들을 가까스로 달랜 다음 멍하니 산산조각이 나 있는 그 세라프인지 봉인석인지 하는 물건들을 보고 있었다. 역시 무슨 공룡 알이나 새알쯤 되는 것이었을까? 봉인석은 꼭 뭔가 부화하고 난 알 껍질처럼 얇게 쪼개져 있었다.

난 간단하게 유추해 보았다.

봉인석은 세라프인지 호문클루스인지 뭔지를 담고 있다.

그 봉인석은 세 개이고 이미 뭔가를 토해놓았다.

여기 있는 꼬마들은 세 명이다.

그럼 이 아이들이 봉인석에서 나온 세라프인가?

음…….

"헷갈려……."

양반다리를 한 내 허벅지를 베고 다시 잠 든 두 명의 꼬마와 내 팔에 안겨 잠이 든 세 명 중에 가장 여리게 생긴 꼬마의 얼굴을 살펴봤다. 흠, 이제 초등학교 3학년 정도 되는 몸집이랄까? 뭐, 내 허벅지를 벤 채 자고 있는 이 꼬마는 이제 초등학교 6학년 같지만.

우선 내 왼쪽 허벅지를 베고 있는 붉은 머리의 꼬맹이.

처음엔 알몸으로 있어서 황급히 내 옷 중에 커다란 스웨터 하나만 입혀놓았는데 꼬맹이 주제에 예쁜 다리를 가지고 있어서 무릎 위로 조금 올라온 스웨터가 무척 신경 쓰이게 하고 있었다. 젠장! 난 로리콘이 아니란 말이다! 입가로 약간의 침이 흐르고 있긴 했지만……. 가만히 보고 있자니 어디 CF에 나오는 아역 탤런트들보다 휘어어어얼씬 귀여운 얼굴을 하고 있었다. 특히 도톰하면서도 빨간 입술이 무척 귀여우면서도 섹시하게 느껴진… 카아아아악! 난 로리콘이 아니라고!!

"젠장……."

다음으로 내 오른쪽 허벅지를 베고 얼굴을 내 아랫배에 푹~ 파묻고 자고 있는, 그야말로 은발이 찬란한(?) 오리지날 미소녀인 꼬마, 아니, 키가 150㎝ 정도는 되니 꼬마는 좀 그렇고… 소녀는 좀… 아니, 상당히 이상한 면이 있는 여자애였다. 좀 전에 울 때도 다른 꼬마들은 소리를 지르면서 엄청 서럽게 우는 데 비해서 이 소녀는 소리는 거의 내지 않고 닭똥 같은 눈물만 주르륵~ 흘려서 날 가장 곤혹스럽게 만들었던 아이였다.

뭐, 이 녀석도 좀 전에 빨간 머리 꼬마와 마찬가지로 홀딱 벗고 있어서 내 단벌 남방을 입혀놓았다. 개인적으로 옷을 입힐 때 가장 고생한 녀석이기도 했다. 벌써부터 어느 정도 성숙한 여자의 상징이 보이기 시작하는 꼬마가 단추 꿰는 법도 모르다니. 아니, 단추를 꿰어줄 때 살풋이 웃는 게 꼭 기분 좋다는 표정이었는데… 설마 그 상황을 즐기고 있었던 건 아니겠지? 음… 어쨌든 나로선 그 당시 옷을 입히며 속으로 여기서 흥분하면 더할 나위 없는 완벽한 변태가 된다는 생각에 잇몸에 피가 날 정도로 이를 악물어야만 했었다.

"으웅……."

후우, 가만히 보고 있으면 천사가 현세에 강림한 건가 하고 착각할 정도로 귀여운 여자애들이라니……. 창백하다고 느껴질 만큼 하얀 피부와 분홍빛의 입술은 병약한 이미지를 주지만 진한 눈썹과 은발 때문에 그런 이미지보다 왠지 모르게 '강하다' 라는 묘한 느낌을 주는 여자애였다. 여기 있는 세 명 중에 가장 큰언니감이랄까?

그리고 마지막으로 내 품에서 꼬물락거리며 잠을 자고 있는 꼬마. 이 녀석은 진짜 꼬마였다. 한 10살 정도 됐을 것 같은 가녀린 몸에 커다란 눈망울 하며 좀 비정상적으로 뾰족한 귀는 일본 에니메이션에 나오는 '엘프' 라는 이미지 그대로 였다. 에메랄드 빛 머리카락은 약간 곱슬기가 있었는데 정말 '인형' 같다는 느낌이 들 정도로 귀여운 아이였다. 나도 나중에 결혼해서 딸을 낳는다면 이런 애를 낳고 싶다고 느낄 정도로 말이다. 얘는 도무지 입힐 만한 옷이 없어서 내 여름옷 중에 힙합 계열의 옷을 입혀놓았는데 사람이 옷을 입고 있는 게 아니라 옷이 사람을 걸치고 있는 느낌이 들었다. 하지만 그 모습이 또 왜 그리 귀엽게만 느껴지는 건지… 아아, 나도 몰랐던 나의 내면의 세계가 두렵게 느껴진다.

"벌써 7시인가?"

이제 슬슬 움직여야 할 시간이다. 저녁 10시부터 아르바이트가 시작되니까 지금부터 준비를 해야 그나마 라면이라도 끓여 먹고 나갈 수 있다. 하지만 도저히 지금 내 몸을 장악하고 있는 이 세 명의 꼬마들 때문에 몸을 움직일 만한 엄두가 나지 않았다. 사실 한 시간 전쯤에도 잠이 든 애들을 몰래 바닥에 눕혀놨었는데 어떻게 알았는지 셋 다 동시에 눈을 번쩍(!) 뜨고 울어대는 바람에 벌써 2시간째 이렇게 버티고 있는 중이었다. 24살 먹은 홀아비(?)의 품이 뭐가 좋다고 이렇게 달라붙어 있는 거람?

처음엔 이 세 명의 꼬마들이 세나의 친척 조카라도 되길 바랬었다. 왜 세나가 아침에 부탁할 게 있다고 그러지 않았던가? 그래서 친척 꼬마들을 맡긴 건 줄 알았었는데 곰곰이 생각해 보니 친척 애들을 맡길 거면서 옷을 홀딱 벗겨놓을 리도 없고—뭐… 변태로 누명을 씌울 생각이라면 불가능한 것도 아니지만—지금 내 품에 안긴 꼬마의 비정상적인 귀와 산산조각이 나 있는 봉인석을 발견한 뒤로는 이 세 명의 꼬마들이 이안이 말했던 '세라프'라는 존재라고 확신할 수밖에 없었다. 그나저나 세라프가 이런 꼬맹이었을 줄이야! 갑자기 엄청나게 난감해지기 시작했다.

뭘로 먹고 살지? 지금 아르바이트를 하고 있는 건 내년 봄에 복학할 때 쓸 학비를 마련하기 위해서이다. 거기다 집에서의 원조도 거의 없는 편이라 자급자족하고 사는 마당에 군식구가 셋이나 는다는 건 거의 치명적이다.

그리고 나의 미래는? 대한민국 여자들 중에 엄청난 추녀에다가 남자에 굶주려 죽을 것만 같은 여자, 거기다 어느 정도 재력도 받쳐 주는 여자가 아니고서는 애가 셋이나 딸린 남자를 원할 리 없다. 아니, 설사 앞에서 말한 모든 조건을 만족하는 여자가 나타난다 해도 내가 받아줄 리 요원한데 어떻한단 말인가? 으으으으~ 소박하게나마 꿈꿔오던 마이 스위트 하우스~ 여우 같은 마누라~ 토끼 같은 자식들~이 사라져 가는구나~

그때였다. 막 어둠에 휩싸여 가는 내 미래에 대해서 한탄하고 있을 때 누군가 계단을 올라오는 소리가 들렸다. 세나다! 이 시간에 저렇게 거침없이 내 방을 향해서 올라올 사람은 세나밖에 없었다. 그래, 오늘 저녁에 부탁할 게 있다고 했지? 우아아아아아악! 어떡하지? 지금 이 꼴을 본다면 분명 당장 짐 싸들고 나가라고 할 텐데! 아니, 그전에 변태라고 소리치면서 죽도록 두들겨 맞을 게 뻔하다.

뚜벅뚜벅뚜벅!

흐윽! 문밖에서 발걸음 소리가 멈추자 내 귀엔 자동으로 공포 영화에서나 나올 듯한 배경 음악이 자동으로 플레이되기 시작했다. 뭔가 내 뺨을 타고 주르륵 흘러내렸다. 눈이 따끔따끔해지는 게 이마에서 흐른 땀이 눈으로 스며드는 모양이었다.

"으으응… 아… 빠……."

……!!

아빠라니? 아빠라니? 아빠라니!

아빠. 아버지와 동의어이며 발음이 유창하지 않은 얼라들이 아버지란 단어를 줄여서 부르는 호칭으로 외국의 데디라는 표현과 일맥상통하는 단어. 최근엔 여자애들이 용돈을 타기 위해 아버지에게 애교를 부릴 때나 사용한다는 그 단어! 나 같은 다 큰 어른이 그런 말을 하며 아버지께 용돈을 구하면 재떨이가 날아온다는 그 단어! XX잡지에 의하면 원조 교제를 하는 어린 아해―아이―들이 교제의 대상에게―교제는 무슨, 매춘이겠지―붙여 부른다는 그 단어! 그런 단어가 왜 이 꼬맹이의 입에서 나오는 거야? 얼굴에 물방울 자국이 있는 걸로 봐서는 얼굴을 타고 흐른 땀이 뺨에 떨어지는 바람에 잠에서 깬 모양이었다.

"아빠……?"

크어어억! 또 아빠란다! 그리고 뭔가 땀을 닦을 만한 걸 찾는 듯 사방을 두리번거리더니 이내 자기 덩치에 비해 터무니없이 큰 옷자락을 꼬옥 쥐고는 내 얼굴의 땀을 닦아주었다. 크윽… 분명 누가 봐도 행복한 상황이긴 한데 왠지 불안하기만 한 이유는 뭘까?

그러고 보니 예전에 오리 같은 덜떨어진 동물들은 태어나자마자 처음 본 생물을 부모라 여긴다는 말을 들은 적이 있는데 설마 각인? 설마 세라프란 존재들이 오리 정도의 지능 수준을 지니고 있단 말인가?

"오빠, 일어났어? 들어가도 되지?"

내가 패닉 상태에 빠져서 어떻게 하지도 못하는 와중에 세나는 내 의사와는 상관없이 이미 문을 열고 있었다.

"에헤헤~ 부탁할 게 있어서 왔어. 오빠… 엉?"

뭔가 상당히 무리한 부탁을 하러 왔는지 평소완 다르게 좀 부드러운 미소와 함께 들어오던 세나는 내 몰골—세 명의 꼬마들에게 내 옷을 입혀 놓은 채 두 명은 무릎 베개, 한 명은 품에 안고 있는 상황—을 보더니 '에헤헤~' 하고 들어오던 얼굴을 무슨 악귀나찰, 혹은 전형적인 여깡의 얼굴로 변신시키더니 별안간 그 곱디고운 손을 불끈 하고 주먹을 꼬나쥐었다.

"아.하.하(어, 엄청 어색하다!! 이러면 안 되는데). 이게 말이야… 사정이 있거든?"

내 말이 세나의 귀에는 미처 들어가지 못했던 걸까? 난 왠지 눈물까지 글썽글썽하며 주먹을 들어 올리는 세나의 모습에 오늘 아무래도 아르바이트에 가지 못할 것 같다는 느낌이 들었다.

"이, 이… 벼어어언태!!"

이 말이 세나가 날 보고 내뱉은 첫 대사이자 구타를 멈출 때까지 무슨 주문처럼 외치던 마지막 대사였다.

"흐음… 그러니까 이 애들은 외국에 계시던 부모님들이 보낸 애들인데 불의의 사고(?)에 의해서 옷이 전부 갈.기.갈.기. 찢어져서 오빠

옷을 입혀놓고 있었다?"

"그, 그래. 아하하! 안 믿기니?"

"오빠 같으면 믿을 수 있어?"

당연히 아니지. 후우~ 아무래도 난 거짓말에는 소질이 없는 모양이다. 세나에게 허벌나게 두들겨 맞고 난 다음에 필사의 각오로 눈물을 흩뿌리며 매달려서 겨우 진정시켰지만 나는 이 사태를 어떻게 수습해야 할지 갈피를 잡을 수가 없었다. 별로 든 것도 없는 머리를 스팀이 날 정도로 과잉 작동시켜서 만들어낸 변명이 나 자신도 납득할 수 없는 조잡한 것이라니……. 뭐, 그래도 뻔히 보이는 거짓말이긴 하지만 세나는 다른 건 다 못 믿어도 내가 어린애나 노리는(?) 변태가 아니라는 점에서는 어느 정도 인정을 해주는 놀라운 이해심을 보여주었다. 덕분에 목숨도 간신히 부지할 수 있었고 말이다.

"그런데 왜 얘네들이 오빠보고 '아. 빠.' 라고 해?"

그렇다. 저녁때부터 소란을 일으켰던 저 세 명의 꼬마들은 다른 말은 전혀 못하면서 '아빠' 란 말은 어떻게 된 일인지 날 볼 때마다 하고 있었다.

"그, 글쎄? 아직 한국어가 서툴러서 '오빠' 란 발음이 힘든 게 아닐까? 아하하!"

하긴 내 나이가 얼만데 저만한 딸내미가 있단 말인가? 내가 초등학교 때부터 애 아빠가 되지 않은 이상 저런 딸 셋은 죽어도 무리지. 암, 무리고말고.

"좋아. 흥! 뭐, 24년 동안 변변한 여자 친구 하나 만들어보지 못한 오빠가 이런 '딸' 을 만들었다는 게 이상한 일이겠지."

같은 말을 해도 좀 좋게 말해 주면 어디가 덧나냐?

"좀 전에 있었던 일로 봐서는 오빠가 특별히 나쁜 짓을 한 것 같지는 않고 해서 이번만은 넘어가겠어. 하지만 얘네들을 이렇게 허름한 홑옷 한 장만 달랑 입혀놓고 지낼 생각은 아니지? 만약에 그렇다면 아동 학대죄로 고발해 버릴거야."

좀 전에 있었던 일이란 내가 허벌나게 맞고 있을 때 얘네들이 울면서 세나를 말린 걸 말하는 것이다. 하지만 세나 이것은 도대체 내 말을 어디까지 믿고 어디까지 불신하고 있는 거야? 딸이라니?! 후우우, 주체할 수 없는 한숨만 나오는구나. 하지만 곰곰이 생각해 보니 세나가 말했듯이 이 애들을 이렇게 홑옷 하나만 입혀놓고 지낼 수는 없는 일이었다. 옷이야 내가 나가서 대충 맞는 사이즈를 사 와서 입히면 되는 일이지만 이대로 함께 지내기에는 생활비가 턱없이 모자란다. 지금 하는 일도 힘든데 아르바이트를 하나 더 해야 되나?

"옷은 내가 예전에 입던 옷들을 고쳐서 입히면 되니까 쓸데없이 사려고 하지 마. 대신 속옷 같은 건 나가서 사야 될 테니까 그건 오빠가 부담하고… 음… 이젠 잠잘 곳인데… 아래층에 빈방이 두 개 있으니까 거기다 재울까?"

"글쎄, 그게 쉽게 될까?"

세나는 내가 작게 중얼거린 말은 못 들었는지 어느새 자신만의 세계로 들어가서 여전히 내 옷자락을 잡은 채 기대고 있는 꼬마들에 대한 조치를 구상하고 있었다.

다른 곳에서 재운다라……. 세나의 입장에선 당연한 일이 되겠지만 그게 쉽게 될는지 모르겠다. 어떻게 된 일인지 도무지 내 품에서 벗어날 생각을 안 하는 길다란 귀의 꼬마와 내 옷자락을 잡고 떨어지지 않는 나머지 두 명은 지금도 세나를 날카로운 눈초리로 쳐다보고 있었다.

힘만 있으면 달려들 것만 같은 표정을 짓고 있는 둘은 날 두들겨 패던 세나의 광기에 가까운 모습이 어지간히 무서웠는지 대놓고 덤벼들지는 못하고 있지만 두 눈에 흐르는 기운은 분명한 적의였다.

"안 되겠다. 오빠, 내일 나하고 시내에 나가서 쇼핑 좀 해야겠어. 그렇지 않아도 내일 쇼핑하면서 오빠를 짐꾼으로 쓰려고 했는데 잘됐네. 그리고 아직 식사 안 했지? 엄마가 내려와서 같이 밥먹제. 오는 김에 꼬마들도 같이 델꼬 오고(사투립니다. 뭐… 간간이 쓴다고 하죠). 아, 그리고 나 없는 틈에 이상한 짓 하지 말고. 설마 딸한테 그러진 않겠지? 오호호호~"

이렇게 완전히 마이 페이스적인 말만 하고 방을 나가 버린 세나는 끝끝내 내 속을 뒤집어놓았다. 딸한테라니?! 고3쯤 되는 여자애가 못 하는 말이 없어! 내가 변태라도 된다는 거냐? 저러니까 눈에 띌 정도로 예쁜 얼굴을 하고도 남자 친구 하나 없지.

"아빠……."

세나가 나가자 이제야 자기네들이 생각하는 편안한 분위기가 됐는지 꼬맹이들이 내 품으로 뛰어들었다. 울며 겨자 먹기 식으로 부드럽게 안아주긴 했지만 문득 머리에 떠오르는 생각이 있어서 충전기에 꽂혀 있던 핸드폰을 꺼내서 단축 번호를 꾹 눌렀다.

"응… 그래, 내다. 뭐 하노? 응, 그래? 시험 기간이라 수고가 많구만. 아아, 딴 게 아니고 부탁할 게 있어서. 니 오늘 내 대신 알바 좀 해줄 수 있겠나? 뭐? 시험 기간이라 힘들다고? 웃기지 마라, 임마. 니가 시험 공부 한다고 성적이 제대로 나올 놈이가? 아아… 빈정대지 말고 내 대신 오늘 하루만 알바 대타 부탁한다. 어차피 손님도 별로 없는데 카운터에 앉아서 공부하면 되잖아. 나중에 술 한잔 살게. 야야야~ 자꾸

반항하면 나중에 누구누구한테 니가 좋아한다는 거 다 불어버린다. 큭
큭큭! 그래, 나 사악한 거 이제 알았냐? 앞 근무자 누나한테는 내가 말
해 놓을게. 부탁해~엥."

딸각.

"응?"

전화하는 모습이 신기했는지 꼬맹이들이 눈을 똥그랗게 뜨고 날 쳐
다보고 있었다. 뭐야? 전화기도 모르는 건가? 아아… 그렇지. 얘네들
은 지금까지 봉인석 안에 있었으니 아직 유아기적인 사고 능력밖에 없
겠지. 난 들고 있던 핸드폰을 반짝반짝하는 눈빛으로 바라보고 있던
긴 귀의 꼬마에게 건네주었다.

"응?"

조막만한 손으로 폴더를 열었다 닫았다 하면서 불이 들어왔다 나갔
다 하는 액정을 쳐다보고 있었다. 나머지 두 명도 신기한지 둘 다 손을
뻗어서 안테나를 뽑았다가 넣었다가 하면서 열심히 관찰하고 있었다.
뭐, 한쪽 손만은 끈질기게 내 옷자락을 잡고 있었지만. 그렇게 신기한
가? 훗! 이렇게 보니까 귀여운데?

"좋아, 아무래도 내가 너희들을 데리고 살아야 할 것 같으니까 이제
부터 이름을 지어줘야겠구나. 주인 아줌마가 나가라고 할지도 모르지
만 여차하면 이안 씨네 집에 신세지면 되겠지. 어디 보자, 도저히 동양
계의 얼굴은 아니니까 양놈틱한 이름을 붙여줘야 할 텐데, 우선 은발
머리인 니가 젤 큰언니 같으니까… 음… 세리스라고 하자. 그리고 빨
강 머리 넌… 그래, 훼릴. 왠지 불꽃 같은 느낌이 드는 외모랑 잘 어울
리는걸? 그리고 음… 너는… 음… 그래, 엘리. 엘리가 젤 잘어울리는
것 같다. 세리스, 훼릴, 엘리. 어때? 그리 나쁜 작명 센스는 아니지?"

내가 손가락으로 한 명 한 명을 지목하면서 이름을 불러주자 꼬맹이들을 이내 그게 자기 이름인 줄 알고 '훼릴, 훼릴' 하면서 열심히 자기 이름을 외었다. 그리고 문득 생각났는지 세 명이 동시에 내 얼굴을 빤히 쳐다봤다. 왜 그러지? 아아… 내 이름을 깜빡했구만.

"잘 들어. 내 이름은 아빠가 아니라 '한바다', 바다야. 알았지? 따라 해봐. 바.다."

"빠.다."

"바다."

"바아다."

윽! 그나마 세리스가 제일 괜찮게 발음을 하는구만. 엘리는 너무 어려서 그런지 바다란 이름을 '빠다' 라고 발음했다(나머지 하나는? 당연히 훼릴이닷!). 빠다라니! 내가 뭐 마아가린 가문의 종손도 아니고 말야.

"그나저나 얘네들 데리고 가도 될까? 아직 말도 제대로 잘 못하는데……. 에이, 외국에서 살다 와서 아직 한국어에 익숙하지 못하다고 하면 되겠지. 자, 잠깐만 떨어져 봐, 오빠 옷 좀 갈아입게."

난 그 뒤로 계속 달라붙는 꼬마들을 겨우겨우 떼어놓고 파자마 대신 입었던 츄리닝을 벗었다.

"응? 왠지 굉장히 뜨거운 눈초리가? 허억?"

세상에나 만상에나! 내가 일부러 고개를 돌려놨었던 세리스 외 2명은 내가 옷을 벗는 모습을 처음부터 끝까지 빤히 쳐다보고 있었다. 거기다 훼릴은 뭔가 굉장히 못 참겠다는 듯이 손가락을 꼬물락꼬물락거리는 게 사람을 불안하게 했고 세리스는 무표정한 얼굴에 약간 홍조까지 띠고 있는 게 아닌가? 어라? 엘리는 어디 갔지?

"바다. 바다."

아뿔싸!! 키가 제일 작아 내 시야 범위에서 벗어나 있던 엘리가 어느 틈에 내 발치까지 다가와서는 내 몸에 유일하게 걸쳐져 있는 사각 팬티 끝자락을 향해 손을 뻗고 있었다. 웃! 이걸 잡히면 안 된다는 생각에 허리를 옆으로 틀면서 피하려고 했다. 하지만 그 순간 엘리의 눈에서 뭔가 섬광이 번뜩였다는 착시(?) 현상과 함께 내 팬티 자락은 이미 엘리의 손아귀에 잡혀 있었다. 그리고 엎친 데 덮친 격이랄까, 첩첩산중이랄까? 아니면 티코한테 부딪칠 것 같아서 피하다가 18톤 덤프 트럭에 치인 격이랄까? 내가 허리를 트는 반동을 못 이기고 엘리가 균형을 잃고 비틀거리기 시작했다. 팬티 고무줄이 늘어나는 느낌이 엉덩이와 골반 부근에 여실하게 느껴졌다. 아무래도 신은 나에게 시련을 주기로 마음먹은 모양이다.

"아, 안 돼!"

벌컥!

"오빠, 빨리 안 내려오고 뭐… 해?"

넘어지려는 엘리를 붙잡으려는 손짓은 갑작스레 문을 열고 들어온 세나에 의해서 잠시나마 흠칫하고 말았고 덕분에 엘리는 너무나 자연스럽게 발이 미끄러지고 말았다. 다행스럽게도(?) 그 와중에 내 팬티 자락만은 꼭 쥐고 있었던 덕분에 그 예쁜 얼굴이나 귀여운 뒤통수가 바닥에 부딪치는 사고는 면할 수 있었다. 하지만 호사다마라고, 나 역시 팬티가 벗겨지는 것만은 피해야 한다는 생각에 팬티 윗부분을 꼭 쥐고 있었던 터라 내 오랜 친구인 팬티는 처절한 절규를 부르짖어야만 했다.

찌이이익!

"앙?"

"으아아아?"

"캬까아아아아아아아악!!"

오늘, 난 내 생에 24년 동안 지켜온 순결을 오늘 하루 동안 4명의 외간 여인네들─꼬맹이들도 여자다─에게 유린당하고 말았다. 날카로운 비명과 함께 날아오는 세나의 철권에 당하면서도 내 입에서 나오는 건 한마디뿐이었다.

"어무이……."

뒤에 안 일이지만 세리스와 훼릴은 그날부터 날 책임져야 한다는 사명감에 불탔다고 한다. 왜냐고? 정조를 잃어버린 남자를 책임져야 했기에. 뭐, 훗날의 이야기이기에 다음에 말하기로 하고 난 찢어진 팬티를 화장실에서 눈물을 머금고 갈아입은 뒤 아이들을 데리고 2층으로 내려갔다.

"실례하겠습니다."

"어서 와라, 바다야. 어머? 얼굴이 왜 그 모양이니?"

죽었다 깨어나도 세나에게 얻어맞았다고는 말 못한다. 어설픈 복수는 더욱더 처절한 피의 복수를 부를 뿐이기에.

"아, 별거 아녜요. 계단에서 굴렀거든요."

"이런~ 조심하지 않구. 너희 어머니가 아시면 난리나겠구나."

문을 열고 들어가자 중년에 접어드는 예쁜 아주머니가 에이프런을 두르고 서 계셨다.

세나의 어머니인 정은정 씨는 무척 특이한 분이시다. 가끔 보고 있자면 농담하는 걸까 하고 착각할 정도로 뭔가 '깨는' 성격을 가지고 있었다. 그리고 묘하게 자기 주장이 강하신 분이라 평소엔 있는 위엄 없는 위엄 다 부리시는 주인 아저씨도 아주머니의 필살기인 '미소 지으며 화내기' 에 걸리면 옴짝달싹 못하신다. 그리고 그건 주인 아저씨 뿐만 아니라 이 건물, 아니, 최소한 아주머니의 행동 반경에 있는 모든 존재들에겐 거의 절대적인 위력을 가지고 있었다.

"부모님이 애들을 보내셨다면서?"

"네. 애들아, 들어와."

내가 부르자 문 뒤에서 내 옷자락을 잡은 채 눈치만 살피고 있던 세 명의 꼬마가 빼꼼히 고개를 내밀었다. 그리고 내가 이름을 부르는 순서대로 한 명씩 아주머니께 인사를 했는데 세리스는 특유의 무표정한 얼굴로 고개만 까딱이는 동작으로 인사를 했고 훼릴은 아주머니가 좋은 사람이라고 느꼈는지 밝게 미소 짓는 걸로 인사를 대신했다. 그리고 마지막으로 엘리는 여전히 내 손을 잡은 채 갈팡질팡하다가 거의 울 듯한 얼굴로 허리를 꾸벅 숙이고는 다시 내 옷자락을 잡았다. 에고고, 이런 데서 성격 차가 확연히 나타나는구만.

"독특한 애들이네? 그리고 전부 다 인형처럼 이쁘구. 한데 재성 씨는 도대체 무슨 생각으로 애네들을 보냈을까?"

아주머니는 내게 뭔가 더 많은 설명을 요구하는 눈빛을 던졌지만 난 애써 외면했다. 예전부터 왠지 아주머니에겐 거짓말을 할 수가 없어서 그저 침묵을 지킬 수밖에 없었다. 거기다 겨우 불의의 사고로 옷을 전부 잃어버렸다는 거짓말을 해놨는데 계속 캐묻게 된다면 비밀 아닌 비밀을 지킬 자신이 없어서였다. 그리고 가장 신경이 쓰인 건 엘리의 뾰족한 귀 모양이었는데 세나 아주머니는 그저 독특한 귀 모양이거니 하고 별로 신경쓰지 않는 모양이었다. 무신경한 건지 아니면 대범한 건지…….

"흐응~ 뭐, 천천히 듣기로 하지 뭐. 어머머? 내 정신 좀 봐. 계속 문

앞에 세워놓기만 했네. 어서 들어와. 아참, 그리고 세리스하구 훼릴,
엘리는 세나 방에 보내렴. 걔네들 옷 준비한다고 정신이 없더라."

"그래요? 모두들 날 따라와."

세리스와 훼릴, 엘리는 내가 따라오라고 하자 작게 고개를 끄덕이더
니 내 옷자락을 꼭 쥐고는 올망졸망 따라오기 시작했다. 헤에, 꼭 이러
니까 엄마 오리가 새끼 오리들을 데리고 다니는 것 같다.

똑똑똑.

"세나야, 들어가도 돼?"

"들어와."

방 안으로 들어서자 난 마치 '폴더가이스트' 현상이라도 맞은 것 같
은 세나의 방을 목격할 수 있었다. 옷장의 옷이란 옷은 전부 꺼내져 있
었고 몇몇 개의 옷들은 가위질까지 돼 있는 것이 얘가 오늘 정신적인
충격으로 훼까닥 해버렸나 하는 생각이 들 정도였다.

"에헤헤, 좀 지저분하지? 얘네들한테 입히려니까 좀 크잖아? 그래서
사이즈를 줄이고 있는 중이었어. 짜자잔~ 그 짧은 시간에 무려 세 벌
이나 완성했다구. 다행히 내가 중학교 때 입던 옷들이 남아 있어서 많
이 줄이거나 할 필요는 없었어."

세나가 '짜자잔~' 하고 보여준 옷을 본 나는 감탄을 금치 못했다.
세 벌 다 교복 셔츠와 주름 치마 두 벌과 낡은 청바지를 가위로 자른
것임에도 불구하고 마치 새옷처럼 잘 수선되어 있었다. 특히 팔 부분
은 어깨 부위에서 길이를 줄여서 마치 레이스 같은 느낌이 들게 만들
어서 웬만한 디자이너의 솜씨를 능가하는 것 같았다.

"이야, 꼭 무슨 디자이너가 만든 것 같은데? 훌륭해!"

"당연하지. 거기다 난 고등학교에 들어오면서부터 키가 갑자기 자란

편이라 크게 줄일 필요도 없었다구."

그랬구나. 하긴 중학교 때의 세나는 반에서 제일 작은 편에 들어가는 소위 '발육 부진아'였지. 오죽하면 중학교 2학년 때 초등학생으로 오인을 받았을까. 뭐, 지금이야… 흠흠… 충분하지만.

이제 10살 남짓한 애들이랑 중학교 때 자신의 신체 사이즈가 비슷했다는 건 별로 자랑할 만한 이야깃거리가 아니라고 말해 주고 싶었지만 간만에 기특한 짓을 하는 애한테 찬물을 끼얹는 짓은 하고 싶지 않아 근질거리는 입을 잘 단속해야만 했다.

"그나저나 어서 갈아입히자. 애들아, 이제 그런 구리구리한 옷은 벗어버리고 이 언니가 만든 예쁜 옷 입자~ 키히히히히."

저런저런. 그렇지 않아도 날 두들길 때의 그 광기 어린 모습이 각인되어 있는 판에 또 저런 비정상적인 웃음소리라니……. 포커페이스의 극치를 달리던 세리스마저 움찔하며 내 옷자락을 붙잡았다. 에효, 왜 이리 겁들이 많은지……. 어떻게 된 게 내 주위에서 1미터 이상 벗어날 생각을 안 하냐?

"이런 옷만 입고 다니면 나중에 감기 걸리니까 어서 갈아입어. 그래그래, 옷을 벗고 갈아입으면……? 어억?"

입에서 터져 나오려는 소리를 손으로 틀어막은 나는 애들을 보지 않기 위해 황급히 몸을 돌려야만 했다.

"세상에……!"

등 뒤에서 세나의 어이가 없다는 듯한 탄식 소리가 들렸다. 휴우우! 그럴 만도 한 것이 아무리 어리다지만 그래도 여자애들인데 어떻게 외간 남자인, 척 보기만 해도 아무런 혈연 관계가 없어 보이는 내 눈앞에서 아무 거리낌 없이 옷을 홀딱 벗을 수 있단 말인가?

"뭐 하는 거야, 오빠?! 어서 나갓!"

잠깐 동안 맞이한 현실을 부정하던 세나는 이내 정신을 차리고 내 등을 떠밀며 방 밖으로 쫓아내려 했다. 반항했다가는 훗날 닥쳐올 후환이 두려워서 막 발걸음을 옮기던 나는 내 옷자락을 잡는 세 개의 손길에 멈추고 말았다.

"……."

안 봐도 비디오다. 세리스와 훼릴, 그리고 엘리가 어느새 내 뒤로 다가와서 내 바짓가랑이를 붙잡고 물기가 그렁그렁한 눈으로 날 쳐다보고 있었다. 그것도 셋 다 셔츠의 단추를 잠그다 만 채로 말이다. 난 세리스의 풋풋하기만한 가슴이 눈에 들어오는 바람에 얼른 시선을 천장으로 돌렸고 내 등을 떠밀던 세나는 어이가 없다는 표정으로 날 쳐다봤다.

"오빠! 도대체 애네들한테 무슨 교육을 시킨 거야? 설마… 설마 이 어린것들한테 그렇고 그런 걸 가르친 건 아니겠지? 아니면 이젠 주위에서 여자가 안 잡히니까 이참에 키워서 잡아먹겠다고 다짐한 거야 뭐야?"

뭐가 어쩌고 어째? 이게 사람을 어떻게 보고! 또 뭐가 그렇고 그런 거야? 뭐? 키워서 잡아먹어? 내가 자기랑 똑같은 수준인 줄 아나? 지금도 잡아먹을 수 있는데… 허억? 이건 아냐!!

"아아~ 나한테 따지지 마. 어떻게 된 건지 셋 다 내 주위 1미터 밖으로는 벗어나려고 하질 않아. 아마 낯선 곳에서 생활하려다 보니까 무서운가 보지. 그리고 아무래도 이 상태로는 밖으로 나가지도 못할 것 같으니까 니가 애들 옷이나 입혀. 눈 감고 있을게. 됐지?"

등 뒤로 따가운 살기와 함께 한탄 섞인 한숨 소리가 들리더니 세나가 애들을 달래면서 옷을 입히는 소리가 들렸다. 세리스와 아이들이 내 옷자락을 꼭 쥐고서 놓지 않는 바람에 세나가 고생을 했지만 내가 눈을 감은 채 애들의 머리를 한 번씩 쓰다듬어 주자 안심했는지 옷 입기를 마무리할 수 있었다.

"다… 됐어."

세나의 기운 빠진 말에 20분 만에 눈을 뜬 난 순간 할 말을 잃고 말았다. 비스크 인형이란 걸 본 적이 있는가? 유럽의 인형 제작자들이 예술품을 만들 듯이 만든다는 비스크 인형은 너무나 인간답게 만들어짐과 동시에 예술가들이 생각하는 총체적인 미의 결정들만을 모아서 만들기 때문에 혹자들에게 '무섭다' 는 이미지를 줄 정도로 아름다운 인형이다. 어떤 이가 이렇게 말한 적도 있다. 역사 속에 세상을 떨어울렸던 미인들도 이 비스크 인형의 아름다움 앞에서는 태양 앞의 반딧불에 불과하다고. 하지만 난 지금 당장이라도 내 눈앞에 있는 세리스와 훼릴, 그리고 엘리가 그 비스크 인형들보다 몇백 배는 더 이쁘다고 자신 있게 말할 수 있다.

"정말 예쁘지? 진짜 천사가 있다면 이런 애들과 같지 않을까?"

"……."

같은 여자가 봤을 땐 아무리 예뻐도 그저 예쁜 걸로만 보이는 걸까? 남자는 예쁜 여자를 보면 이상한 생각이 들기 마련인데……. 난 미처 이 애들이 이렇게 아름다웠다는 사실을 발견하지 못하고 있었던 내 눈의 시력이 의심스러워졌다.

"세나야, 내 눈이 나빴니?"

"당연하잖아? 지독한 근시에 난시까지 있는 오빠 눈이 그럼 좋은 거야? 안경도 쓰고 다니면서 무슨 헛소리람."

"그랬구나."

세리스와 훼릴은 세나가 중학교 때 입던 교복 치마를 줄여서 만든 치마를 입고 그 안에 흰색 팬츠 형식의 타이즈를 입고 있었다. 아직 속옷을 구하지 못했기 때문에 충분히 공감이 가는 코디였다. 그리고 엘리는 체격이 제일 작아서 남들보다 두 번은 더 접은 소매에 원래 길이의 절반 정도 되는 청바지를 입고 있었다. 세나의 말로는 치마로는 아무리 줄여도 안 될 것 같고 엘리가 입을 타이즈가 없어서라고 했는데 내가 보기엔 이것도 이것 나름대로 귀여워서 맘에 들었다. 뭐, 내 기분이 문제가 아니라 옷을 입은 당사자들의 기분이 중요한 거겠지만 내가 예쁘다고 하자 세 명 다 함박웃음을 지으며 내게 안기는 걸로 충분히 알 수 있었다. 흠… 설마 내가 예쁘다고 하면 무조건 오케이라는 건가?

"휴우… 정말 오빠를 잘 따르네? 도대체 어떻게 교육을 시킨 거야? 내 친구 동생들은 절대 이렇지 않던데."

세나가 푸념 섞인 어조로 잠깐 한탄하더니 식탁으로 먼저 가서 자리를 잡고 앉았다. 하지만 여기에 전혀 생각지도 못했던 복병, 혹은 매복, 혹은 대인 지뢰가 숨어 있었으니……

간만에 먹는 제대로 된 식사라고 잔뜩 기대하고 식탁에 둘러앉은 나와 꼬맹이 셋, 그리고 아주머니와 세나는 차려진 음식을 감사하는 마음으로 먹기 시작했다.

그런데 어찌 된 일인지 세리스와 훼릴은 내가 식사 전에 가르쳐 준 대로 포크가 달린 숟가락으로 재주껏 밥을 먹고 있는데 엘리만큼은 전혀 손도 못 대고 있었다.

"엘리야, 왜 안 먹어? 입맛에 안 맞니? 흐응……"

세리스와 훼릴은 처음엔 좀 거부 반응을 보이는 것 같더니 이내 적응하는 것 같았다. 외국인이 처음 먹을 땐 눈물을 쏙 뺄 정도 맵다고 느낀다는 청량 고추로 양념을 한 김치도 콧잔등에 땀방울이 송골송골 맺혀가며 먹는 게 귀엽게까지 했다. 다만 그 김치란 걸 내가 손수 찢어서 숟가락 위에 올려줘야 한다는 부작용(?)이 있긴 했지만 말이다. 그와 반면에 엘리는 처음에 밥만 숟가락으로 깨작깨작 먹더니 다른 반찬에는 손도 못 대고 있었다. 겨우 먹는 거라고는 단무지나 물김치류 정도였고 그것도 몇 번 먹다가 숟가락을 놓고 말았다.

"골고루 먹어야 몸이 튼튼해진다구. 편식하면 안 돼."

내가 좀 강한 어조로 말을 해서 그런 것일까? 엘리는 내가 숟가락 위에 올려준 배추김치를 눈을 딱 감고 먹더니 그대로 의자째 뒤로 넘어가 버렸다. 일명 실신, 기절로 알려진 반응이었다.

"우와아아악! 엘리야!!"

잠시 동안의 소란이 있은 다음 엘리는 세나의 침대 위에서 정신을 차렸다. 간호사로 큰 병원에 근무하신 경력이 있는 아주머니 덕분에 금방 안정을 찾았는데 아주머니나 나나 아직 엘리가 왜 기절했는지에 대해서는 아무런 추측도 못하고 있었다. 그저 매운 것에 극도로 약하다라고 막연히 추측하고 있을 뿐이었다.

"매운 걸 못 먹는다고 말을 하지. 아니면 싫다고 고개라도 저었으면 됐잖아. 담부턴 꼭 자기 의사를 밝혀. 알았지? 지금처럼 억지로 뭔가를 하다가 쓰러지지 말구."

내 말을 알아들은 걸까? 엘리는 눈물을 글썽이면서 내 손을 꼭 잡았다. 그리고 엘리의 좌우에서 훼릴과 세리스가 손을 잡아주자 이내 얼굴에 미소를 배시시 띠고는 내 품에 안겨들었다.

세나와 아주머니는 '뜨겁다, 뜨거워~' 라고 놀리면서 방 밖으로 나갔는데 더 웃긴 건 엘리가 이 말뜻을 아는지 얼굴을 붉힌다는 거였다. 괜스레 웃음이 터져 나오는 걸 가까스로 참은 나는 아주머니와 세나에게 고맙다고 인사한 다음에 물어볼 것도 있고 방금 알게 된 엘리의 식사 문제도 알아볼 겸 '연금술사의 집'으로 향했다.

우리 집에서 연금술사의 집, 즉 이안의 집까진 걸어서 10분 거리밖에 안 된다. 끽 해봐야 직선 거리 300미터 정도? 도중에 횡단보도도 없고 큰길을 따라 걸어가다 시장 안쪽 골목으로만 들어가면 된다. 하지만 난 오늘 처음으로 그 길이 이렇게까지 멀고 힘든 길이란 걸 알 수 있었다.

왜냐구? 다름 아닌 누구 말처럼 '천사' 같이 예쁜 아이들 때문이었다. 세리스와 훼릴은 여전히 내 롱코트 옷자락을 꼭 쥔 채 따라오고 있었고 엘리는 나나 세리스, 훼릴의 걸음걸이 속도에 못 맞출 것 같아서 내가 안고 가고 있었다. 여느 때라면 성격 좋게 생긴 삼촌이 유전의 법칙을 초월한 조카들을 데리고 놀러 가는 장면으로 보거나 아니면 생긴 건 멀쩡하게 생긴 놈이 어느 나라 공주님을 납치하는 걸로 볼 광경이었겠지만 지금 때가 어느 때인가!

바로 2002년 12월 8일! 크리스마스란 마(魔)의 빨간 날을 17일 남겨 놓은 날이 아닌가? 이미 연말연시 분위기에 젖어서 늑대, 여우 목도리를 끼고 다니는 연놈(?)들이 길바닥에 천지로 깔려 있는 날이다. 거기다 일요일 저녁이기까지 하다. 골목에서 빠져나와서 지하철 성당못역을 거쳐 시장 입구 근처까지 오는 그 짧은 거리 동안 내게 시비 아닌 시비를 거는 사람들도 스무 명이 넘어갔다. 무슨 시비인고 하니.

'어머머머머' 라고 닭살이 주르르륵 흘러내릴 것만 같은 감탄성을 쏟아내며 타박타박 뛰어와서는 세리스나 훼릴의 머리를 쓰다듬는 여자가 7명이 넘었고 내 품에 안겨서 '아기 천사'가 뭔지 온몸으로 시츄에 이션 하고 있는 엘리에게 내 딸이냐며 물으면서 마누라가 엄청난 미인이겠다고 주절거린 사람이 8명이나 됐었다.

하지만 최고조를 이룬 것은 조경물로 만들어져 있는 분수대 앞을 지나갈 때였다. 바코드 헤어스타일에 왠지 귀축적인—변태적—기운을 무진장 뿌리는 중년 놈—놈이다! 놈!—이 세리스에게 허연 지폐 하나를 주면서 '아, 아저씨랑 놀러 가지 않을래? 재, 재밌게 해줄게. 하아… 하아… 하아아아아…' 라고 할 때였다. 그 순간만큼은 무표정하던 세리스도 거의 공포에 질린 표정으로 내 코트 안으로 숨어들었고 훼릴과 난 거의 본능적으로 그 변태 중년을 발로 밟아버렸다. 뭐가 재밌게 해주겠다는 거야! 카아아아앗! 늙어도 더럽게 늙어가지고.

"허억! 허억! 다 왔다."

내 눈앞엔 오늘 새벽에 왔었던 막다른 골목길이 있었다. 하지만 연금술사의 집은 보이지 않았는데 내가 골목길의 경계선을 넘어서 들어가자마자 맞은편에 있던 벽이 사라지고 '연금술사의 집' 이란 간판이 걸린 까페가 나타났다.

"햐~ 그땐 몰랐는데 이렇게 알고 보니까 굉장히 신기하네?"

꼭 영화 속의 컴퓨터 그래픽 처리로 만들어진 특수 효과 장면이 현실 속에 나타난 것만 같아 신기해하는 나와는 달리 세리스와 훼릴, 그리고 엘리는 별로 당황하지도 않고 덤덤해했다. 괜히 민감하게 생각하는 건가 싶어서 물어보진 않았지만 지금까지 내 옷자락을 놓지 않고 있던 세리스와 훼릴이 나와 떨어져서 문을 열고 들어가는 걸로 봐서는 내가 모르는 뭔가가 있는 것 같았다. 설마 싶어서 엘리의 얼굴을 봤지만 내가 어떻게 표정을 읽어서 속내를 알 수 있겠는가? 포기하고 말았다.

딸랑딸랑~

"어서 오세요… 어라? 바다 군이네? 어머, 세상에! 주인님~ 내려와 보세요!"

카운터에서 어제와 마찬가지로 찻잔을 닦고 있던 스칼렛이 날 보고 반갑게 인사를 하다가 뒤따라 들어온 세리스와 훼릴, 그리고 내 품에 안긴 엘리를 보더니 요란을 떨면서 이안을 찾았다.

"뭐야? 응? 한 군 아닌가? 어라라? 세라프?"

뭔가를 한참 하던 중이었는지 군데군데 검댕이가 묻은 몰골로 내려 오던 이안도 애들을 보더니 거의 경악에 가까운 표정을 짓고 한 번에 세 계단씩 내려와서는 아무 말 없이 세리스와 훼릴, 엘리 순으로 유심 히 쳐다봤다.

"엄청 빠르군. 설마 하루 만에 세 명을 다 각성시키다니, 생각보다 상성이 무척 좋은 모양이군요."

이안은 밑도 끝도 없는 말을 혼자 주워섬기더니 스칼렛에게 '언제나 마시던 걸' 부탁하고는 나와 애들을 바의 맞은편에 있는 좀 큼지막한 테이블로 안내했다.

"아마 오늘이나 내일쯤 올 거라고 생각은 했지만 설마 벌써부터 세 라프를 셋이나 이끌고 올 줄은 몰랐습니다."

난 이안의 말에 느끼는 바가 있어서 잠깐 생각에 잠겼다가 천천히 입을 열었다.

"역시 이 애들이 그 '세라프'가 맞는가 보군요."

"네, 틀림없군요. 문 나이트, 적법사, 엘프. 각자의 특성에 맞는 외양 을 확실히 갖추고 있어서 구분하기도 편하네요."

　이안은 세리스, 훼릴, 엘리 순으로 손가락으로 가리키며 카드의 이름을 말했는데 난 아직도 이 애들이 그 타조 알 같은 것에 들어 있다던 존재로 생각되지가 않았다. 분명 믿어야 하는데도 말이다.

　"화아~ 정말 예쁘네요."

　스칼렛이 유리로 된 예쁜 홍차 포트와 찻잔 세트를 들고 오면서 연신 애들의 미모에 찬사를 금치 못하고 있었다. 내 생각엔 스칼렛의 미모도 만만치 않다고 생각하지만 역시 나와 관계있는, 그것도 어떻게 특별하다면 무척이나 특별한 관계에 있는 존재가 아름답다는 평을 받으니까 무척 기분이 좋아졌다. 세리스들도 집에서 보여줬던 소극적인 모습이 아니라 조금은 안정된 모습을 보이며 스칼렛이 주는 밀크 티를 미소와 함께 받아 들었다. 참고로 엘리만은 둘과는 다르게 따뜻하게 데운 우유였다.

　"아, 그러고 보니 궁금한 게 있어서 찾아왔어요."

　"말해 보세요."

　난 오늘 하룻 동안 있었던 일들을 하나하나 말하기 시작했다. 좀처럼 내 곁에서 떨어지려고 하지 않는 아이들의 행동과 내가 하는 말을 이해는 하는 것 같은데 말을 하지 않는 것, 미묘하게 내 말에 절대적으로 복종하려는 태도, 그리고 엘리가 김치를 먹고 실신한 것까지 상세하게 설명을 했다. 그중에 이안과 스칼렛은 마지막 대목, 엘리가 김치를 먹고 쓰러졌다는 말에 박장대소했지만 이내 웃음을 참고는 그 이유를 말해 줬다.

　"바다 군, 잘 들어요. 엘프란 종족에 대해서 들어본 적이 있나요?"

　"글쎄요, 소설로 조금씩은 본 적이 있지만……."

　이안은 나의 뒤끝을 흐리는 말에 그럴 줄 알았다는 듯 고개를 끄덕이고는 안경 너머로 이지적인 눈빛을 빛내면서 설명하기 시작했다.

"엘프는 숲의 종족입니다. 하지만 행간에 떠도는 판타지 소설에 나오는 엘프와는 조금 그 성격을 좀 달리하죠. 이들은 숲의 정령입니다. 하지만 실체를 가지고 있는 정령이지요. 이들은 지금은 사라진 세계수라는 태고의 존재에서 태어났습니다. 음… 사과나무에 사과가 열리듯이 말이죠. 이렇게 태어난 엘프들은 거의 천 년을 살아가면서 나무 열매와 얼마간의 곡식만을 먹고 살아간다고 합니다. 저도 책에서 읽은 거라 확실하진 않지만 육류, 즉 고기 성분은 절대 먹지 않는다고 하더군요. 엘리가 음식을 먹지 못했던 것은 그것 때문일 겁니다. 특히나 김치 같은 경우엔 자극이 강한 향신료와 생선 젓갈 종류가 들어가서 엘프에겐 참기 힘든 고통이었겠죠."

이안의 마지막 말은 조금 책망기가 섞여 있어서 엘리에게 무한히 미안한 마음이 들게 만들었다. 쳇, 내가 그런 걸 알고 그랬나? 하지만 역시 엘리에게 못할 짓을 했다는 느낌은 쉽사리 지울 수가 없었다.

"엘리야, 미안하다. 다음부턴 꼭 주의하도록 할게."

곁에서 스칼렛이 준 우유를 홀짝홀짝 마시고 있는 엘리의 머리를 쓰다듬으며 말하자 엘리는 괜찮다는 듯 엷은 미소와 함께 고개를 아래위로 끄덕였다. 에구, 귀여운것.

"그리고 언어 소통에 관한 건 지금은 깊게 설명할 수 없는 사안이라 천천히 대답해 드리도록 하죠. 하지만 걱정할 건 없어요. 한 3일 정도 지나면 단편적이나마 말을 할 수 있을 겁니다. 세라프는 마스터와 영혼으로 이어진 존재이기 때문에 특별히 말을 가르쳐 주지 않아도 시간이 지나면 스스로 터득하게 될 겁니다. 기다리는 게 힘들다면 함께 텔레비전이라도 보면서 간접적으로라도 더 많은 문물을 접하게 해주면 그 기간이 단축될 듯하네요.”

“그렇습니까? 전에 제 이름을 말하는 걸로 봐서 벙어리는 아니라고 생각했지만 이제야 마음이 놓이네요.”

이 뒤로도 이안과 나는 아이들에 대한 사항에 대해 이것저것 질문과 답변을 나눴다. 시간이 길어지자 스칼렛이 솜씨를 부린 미트 스파게티를 내놓아서 분위기는 한층 더 좋아졌다. 아, 물론 엘리는 싱싱한 과일과 야채로 만든 샐러드를 먹었지만 말이다.

이안과의 대화에서 내가 알아낸 것은 적지 않았다. 특히 중요한 것은 세라프는 자신이 선택한 존재를 ‘마스터’, 즉 주인으로 인식한다는 말이었다. 이 말을 듣고 이 애들이 변태들을 선택했으면 어떻게 됐을까 하고 상상하다가 이런 생각을 하는 나 자신도 변태의 요지가 다분하다는 걸 느끼고는 그만두고 말았다.

둘째로 세리스를 비롯한 훼릴, 엘리는 내가 성장해 감에 따라 같이 성장하며 때가 되면 순식간에 어른으로 성장한다는 거였다. 이안의 예상으로는 평균 3년 안에 일어날 거라고 했는데 그 기간이 세라프들에 따라 불규칙적이고 특별한 계기가 있다면 얼마든지 빨라질 수 있기 때문에 확실하진 않다고 했다. 그러다 어느 순간 스칼렛까지 끼어든 대화에서 문득 앞으로의 일에 대한 사항이 대두되었다.

“그런데 바다 군은 이제 어쩔 거죠? 세라프, 아니, 세리스와 훼릴, 엘리를 키우면서 지금과 같은 생활을 하기엔 꽤 많은 제약이 따를 텐데요?”

스칼렛의 이 말에 대해서 난 뭔가 뾰족한 대답을 할 수 없었다. 학비도 내가 일해서 충당하는 와중에 본의 아니게 세 명의 딸 아닌 딸을 키우게 됐으니 재정적으로 크나큰 구멍을 떠안게 됐다. 아르바이트를 해

서 받는 돈으로는 나 혼자일 때도 생활비와 학비를 마련하는 데 빠듯
한 편이었는데 이젠 딸린 식구까지 생기니 눈앞이 막막해졌다.

"아르바이트 개수를 더 늘리든가 해야죠."

"내년 3월에 복학한다면서요? 학교를 다니게 되면 그것도 힘들 텐데
요? 그리고 마법도 배우시겠다고 결심한 마당에 과연 바다 군이 체력
적으로 그걸 견딜 수 있을지……."

이안이 염려스럽다는 얼굴로 대꾸했다. 뭐, 솔직히 학업을 포기하지
않는 이상 이 상황의 탁월한 해결책은 나오지 않고 있었다. 그렇다고
학교를 그만둘 수도 없는 일이고. 약간의 정적이 흘렀을까, 마땅한 대
꾸거리를 찾지 못하고 갈등하고 있는 내게 이안이 조심스럽게 해결책
을 내놓았다.

"한 군, 사실은 그것 때문에 미리 생각해 놓은 게 있습니다만……."

이안이 내놓은 해결책은 간단한 거였다. 우선 내가 하고 있는 야간
아르바이트를 그만두고 이안의 가게에서 일을 하는 것이었다. 어차피
손님도 없으니 애들과 함께 지내며 소일거리도 하고 틈틈이 마법을 배
우라는 제안이었다. 거기다 학비를 이안네가 전액 부담해 준다는 전제
조건과 함께 마법을 어느 정도까지 익힌 다음 이안이 속한 '학파' 소
속으로 들어가 몇 가지 일을 하라는 것이었는데 그리 어려운 일은 아
니라고 했다. 어떤 일인지에 대해서 자세히 듣진 못했지만 내 예상으
로는 마법사만이 할 수 있는 일인 것 같았다. 또 덧붙여서 범죄 쪽 일
이 아니라고 확답했기에 어렵지 않게 결단을 내릴 수 있었다. 사실 이
런 조건을 거절한다면 바보다.

"그럼 이안님의 말씀대로 하죠. 저도 갓난애기 같은 애들을 두고 딴
일을 못할 것 같았거든요. 많이 부족하겠지만 잘 부탁드리겠습니다."

“후우, 별말씀을요. 덕분에 저도 한시름 놓을 수 있을 것 같은데요.”

“호호호, 아마 바다 군이 할 일은 내가 결정할 것 같군요. 실수하지 말고 잘 도와줘요. 알았죠?”

이안은 뜻모를 한숨까지 내뱉으며 내 결정에 기꺼워했고 스칼렛은 한쪽 눈을 찡긋 감았다 뜨면서 내 손을 잡고 흔들었다.

세리스와 훼릴, 엘리는 이런 우리들의 모습에 멀뚱멀뚱한 얼굴로 쳐다보고만 있었다. 귀엽다고 내가 머리를 쓰다듬어 주자 모두들 배꽃처럼 하얀 미소로 답해 주었다. 하하, 이거 진짜 동생이 생긴 것 같은데? 것두 엄청 나이 차가 많이 나는 동생으로 말이야.

그리고 그날 저녁 이안에게 마법에 대한 여러 가지를 듣느라 새벽 2시가 넘어 지쳐서야 집으로 돌아올 수 있었다. 세나에게 들키지 않기 위해서 나를 비롯해 세리스, 훼릴은 까치발로 살금살금 들어가야 했지만 말이다. 엘리? 엘리는 연금술사의 집에서 일찌감치 코~ 잠들어 버리는 바람에 내가 안고 왔다.

다음날 아침.

난 새벽부터 내 방문을 뻥뻥 걷어차 대는 소음에 거의 반사적으로 베개를 문 쪽으로 던지며 웅얼거렸다.

“세에~ 나야~ 오빠느은~ 피곤하니까 그만 학… 하아아암… 교나 가라~ 음냐~”

“뭐? 세에~나? 죽고 잡냐? 얼렁 이 문 안 열어?”

허억!

잠결에 시계를 얼추 보니 새벽 6시여서 당연히 세나인 줄 알았는데 들리는 목소리는 거의 악에 받친 들개 울음소리였다. 누구지? 이런 시간에 찾아올 놈이 있을 턱이 없는데?

부스스한 얼굴로 문을 여니까 거기엔 벌겋게 충혈된 눈으로 살기를 쫙쫙 뿌리고 있는 내 죽마고우 종필이가 서 있었다. 아… 그리고 보니 잊고 있었네.

"이눔 자식! 우선 몇 대 맞아라!"

우에엑! 나와 10년도 넘게 사귄 나의 절친한 친우이자 심심하면 주머니를 털리는 나의 영원한 물주인 이씨 집안의 종필이라는 놈은 다짜고짜 힘줄이 돋도록 힘을 주고 있던 주먹을 휘둘러 뜨거운 우정을 나의 온몸에 새겨주는 걸로 아침을 열어주었다.

"야야야~ 말로 해라, 말로!"

"마알로오(말로)? 그래, 말로 해보자. 도대체 너, 어제 뭣 때문에 나한테 알바 맡긴 거야? 엉? 여자라도 만난 거… 야? 뭐야? 뭐야? 뭐야?"

침까지 튀겨가며 가슴속에 맺힌 울분을 풀려던 종필이가 갑자기 눈을 땡그랗게 뜨더니 뭐야란 말을 연발했다. 왜? 그런 거…… 아뿔싸!!

난 어제 하루 동안 줄곧 느꼈던 은근한 옷자락의 늘어남에 종필이의 눈이 땡그래진 이유를 뒤늦게 나마 눈치 챌 수 있었다. 언제 다가왔는지 런닝셔츠 대신 입고 있던 반팔티의 끝자락을 당기고 있는 세 개의 손이 있었던 것이다.

"너, 너, 너어!!"

"야야야! 이건 이유가……."

더 이상의 대화는 통하지 않았다. 단지 왠지 모르게 홀아비 냄새 풀풀 풍기는 한 남자의 처절한 절규만 있을 뿐!

"이 짐승 같은 넘아!!"

…그 후 종필이가 진정한 건 한 30분 후쯤이었다. 그것도 그나마 유일하게 찬바람을 막아주던 내 방문 경첩이 떨어져 나가고 난 다음의

일이었다. 젠장…….

"하아~ 그러니까 얘네들은 전부 부모님이 보낸 애들이라는 거냐?"

종필이는 내가 세나에게 했던 말을 똑같이 듣고 짐짓 미안하다는 얼굴이었다. 그러게 왜 자초지종도 듣지 않고 사람을 그렇게 지레짐작만으로 두들겨 패는 거냐고! 뭐, 그 자초지종이라는 것도 전부 거짓말이긴 하지만. 진실을 말해 줘봤자 믿지도 않을 넘이니까 별다른 죄책감은 느껴지지 않았다.

"으그그그… 애꿎은 문은 왜 부숴가지구 이 고생이야? 너, 이 번에알바 땜방 들어가 준 거 이걸로 상쇄한다. 알았지?"

난 입에 물고 있던 나무 못으로 떨어져 나간 경첩을 다시 고정하면서 이를 갈아붙였다. 불만을 토로하면 이 못을 네놈의 이마에 박아주겠다는 눈빛을 던지며 말이다. 내 말과 눈빛에 한쪽 얼굴이 씰룩거리긴 했지만 종필이는 애써 얼굴에 미소를 띠며 알았다고 대답했다. 만쉐이~ 돈 굳었다~

"그런데 얘네들은 원래 이렇게 너만 졸졸 따라다니냐? 꼭 무슨 밥주길 기다리는 강아지 같으니……. 이 정도로 따르는 거 보면 니 딸이라고 해도 믿겠다."

"나무 못이랑 니놈 머리랑 어느 게 더 단단한지 시험해 보고 싶냐?"

종필이는 열심히 보수 작업을 하고 있는 내 주위를 서성거리며 내가하는 일을 멀뚱멀뚱 쳐다보고 있는 세리스들을 보고는 감탄 아닌 감탄을 하면서 손에 든 망치를 건네 주다가 나의 살기등등한 말에 이걸 건네 줘야 하나 말아야 하나 하고 갈등했다.

"망치 이리 줘. 쫄기는……. 나라고 별로 특별한 거 없어. 아직 애들이 한국이라는 나라에 적응되지 않아서 그래. 거기다 아직 말도 서툴

고. 그리고 우리 부모님이 날 오빠처럼 따르라고 잘 교육하신 모양이
더라. 이제 됐냐? 쓰잘데기없는 소리 말고 문이나 잡아.”

“그런데 어느 나라 애들이냐?”

윽! 이봐, 이봐, 그렇게 너무 많은 걸 알려고 하다가 쥐도 새도 모르
게 죽어 나간 엑스트라들이 셀 수도 없을 만큼 많다는 걸 알고는 있는
거냐?

“으음… 글쎄. 유럽 쪽에 계신 건 알겠는데 정확히 어디서 데려온
건지는 잘 모르겠어. 전에 영어로 물어보니까 대답을 못하더라. 그러
니까 어설프게 영어로 묻거나 하진 말아줘.”

“그래? 근데 왜 보내신 걸까?”

종필이는 혼자 종알종알거리면서 자기만의 세계로 빠져들어 갔다.
완벽한 빈틈을 보이고 있는데 이 틈에 손에 들고 있는 망치로 뒤통수
가 뽀개질 만큼 두들겨서 이 녀석의 기억을 reset 시켜 버릴까? …아냐,
잘못하면 시스템 포맷을 해야 될지도 몰라. 이건 관두기로 하자.

한 시간 정도 장정 둘이서 뚝딱뚝딱하자 떨어져 나간 문은 조금은
엉성하지만 원래의 자리를 찾았다. 하지만 종필이 녀석은 집에 갈 생
각을 하지 않았다. 세리스가 무척 맘에 드는지 뭔가 말을 전하고 싶어
서 안달인 모습이었다. 하지만 내 마음속에 얼음 공주라고 정의를 내
리고 있는 세리스는 그저 내 얼굴과 종필의 얼굴을 번갈아 보더니 고
개를 팩 돌리고는 내 허리춤을 꼬옥~ 끌어안는 걸로 종필이에게 무한
한 패배감을 안겨주었다.

카캬캬캬~ 비록 나이 어린 얼라긴 하지만 여자애가 좋아해 주니까
왠지 뿌듯해지는구만.

“크윽… 나두 저런 여동생이 있으면 좋겠는데……. 여동생… 여동

생… 크으으윽……."

"니 동생 은지가 있잖아?"

여기서 은지는 종필이와 두 살 차이 나는 이 녀석의 친여동생이다. 내가 보기엔 은지도 꽤나 귀엽고 착한 여동생인데 왜 세리스에게 집착하는 거지?

"그 녀석은 이제 다커서 전~혀 귀. 엽. 지. 않아!!!"

읏?! 느낌표가 무려 세 개가 붙을 정도로 단호히 말하는 녀석의 모습에 '로리콘'이란 단어가 떠올랐다. 하지만 나 역시 세리스의 그 독특한 귀여움이 독보적이란 걸 인정하는 입장이라 녀석의 기분을 이해할 수 있었다. 아아, 이러다 세리콘—세리스를 좋아하는 로리콘이란 줄임말. 순간적으로 떠올랐다—이라고 불리는 거 아냐?

"하하, 그럼 엄마 아빠한테 늦둥이 하나 부탁드리지?"

"크아아아악! 죽을래?"

이런저런 소란이 있은 후 우리는 집 안에 있는 쌀이랑 라면을 전량 투입시켜서 아침을 만들어 먹었다. 남자 혼자 자취하는데 무슨 변변한 반찬이 있겠는가? 끽해야 폭삭 삭은 배추김치 하나뿐이지만 혼자 먹을 때랑은 그 기분이 사뭇 달라서 무척 맛이 있었다. 가족이라는 평소에 안 들어가던 향신료가 들어가서 그런가? 하하!

그러나 세리스나 훼릴과는 달리 매운 거랑 비린 음식을 전혀 먹지 못하는 엘리에겐 따뜻하게 데운 우유뿐이었다. 밥이나 라면을 먹을 수 있지 않을까 하고 생각했지만 어제 같은 경험은 별로 하고 싶지 않아서 일부러 먹지 못하게 했다. 종필이가 이것 가지고 캐물을까 봐 한식은 잘 못 먹는다고 미리 둘러댔고 의외로 녀석은 그렇게 큰 관심을 보이지 않았다. 흠… 너무 어린애는 타겟에서 벗어난다는 건가?

“아! 맞다. 종필아, 너 내 아르바이트 인수받지 않을래?”

“아니, 왜? 어렵게 구한 그 좋은 자리를?”

종필이 녀석이 놀라서 침까지 튀겨가며 반문했다. 하긴 내 아르바이트 자리가 결코 쉽게 구할 수 있는 흔한 알바 자리가 아니긴 하다. 피씨방인데 저녁 10시부터 새벽 4시 전후로만 일하면서 페이도 많이 받고 손님도 거의 없는 한적한 가게여서 처음 시작할 땐 주위에서 넘겨달라는 놈들이 줄을 설 정도였다. 그런데 그런 좋은 알바 자리를 복학하려면 아직 3개월이나 남은 놈이, 더군다나 학비도 다 마련하지 못한 상황인 내가 넘겨주려 하자 종필이도 많이 놀란 모양이다.

“아, 그보다 더 좋은 일자리가 생겨서. 급료는 그곳보다 못한 편인데 얘네들 때문에…….”

“그러냐? 나도 시험 기간이라 당장은 어려운데… 에이, 내 후배 중에 한 명 물색해서 인계시키마. 근데 이번에 하려는 일은 뭐야?”

“별거 아냐. 가게 관리하는 건데 가까운 곳이기도 하고 일하면서 얘네들도 데려갈 수 있고 해서 하겠다고 했지.”

연금술사의 집에 대해서 말해 줄 수도 없는 일이라 난 적당히 둘러대야만 했다.

“짜식, 어떻게 그렇게 좋은 일자리만 구하는 거냐? 나중에 나 취업 못하면 너한테 부탁해도 되겠다. 아니, 이참에 어디 직업 소개소 같은 거 하면 어떻겠냐? 너라면 충분히 비전이 있어 보이는데?”

“됐어. 지금 하려는 일만으로도 머리가 뽀개질 것 같으니까 사양할래.”

그 뒤로 실없이 농담을 하면서 식사를 끝낸 우리는 종필이를 보내면서 아르바이트에 관한 일을 맡기고 세리스들과 함께 연습장과 연필을 가지고 글자 공부랑 말 공부를 시작했다. 어디 유치원에 가서 글자 놀이, 숫자 놀이 장난감이라도 구하고 싶지만 그쪽 방면엔 별다른 인맥을 쌓아놓지 못한 편이라 호구지책으로 내놓은 방안이었다.

사실 네 명이 한꺼번에 앉을 책상 같은 게 자취하는 대학생의 집에 있을리 만무했으므로 부득이하게 세나네 집에서 커다란 상을 얻어와서 방에 펴야 했다. 그리고 그 위에 평소에 안 쓰던 주황색 모포를 한 장 깔자 일본에서 쓰는 책상 난로 같은 것이 만들어졌다. 음… 이렇게 된 거 밑에 전기장판도 깔아볼까? 어느새 공작 활동에 열중한 나는 한 시간 만에 멋진 4인용 책상을 만들 수 있었다.

"세리스, 훼릴, 엘리. 자, 각자 한 모퉁이에 자리 잡고 앉아. 이제부터 쇼핑 나갈 때까지 글자 공부랑 말 공부를 하는 거야. 너희도 아무 말 못하고 있으니까 답답하지?"

내 말에 세리스랑 훼릴은 고개를 끄덕였고 엘리는 책상이 너무 높아 고개를 끄덕이다가 책상 모퉁이에 머리를 박고 말았다. 으이그…….

"엘리는 너무 작아서 방석을 깔아야겠다."

책상에 깔아둔 담요 덕분에 피부가 까지거나 하진 않았지만 발갛게 부은 게 안쓰럽게 보인다. 엘리는 집에 있는 여분의 이불을 차곡차곡 접어서 밑에 깔고 나서야 가슴을 책상 위로 드러낼 수 있었다.

"내가 초등학교 교원 자격증은 없지만 너희들에게 글자 하나 못 가르치겠냐? 명색이 대학생인데. 자, 모두 연필을 이렇게 잡아."

대답은 없었지만 모두들 고개를 끄덕이면서 내가 시키는 대로 연필을 잡기 시작했다. 뭐, 부연적인 설명을 하자면 세리스는 감이 좋은지 곧잘 내가 시키는 대로 연필을 잡고는 이리저러 휘둘렀고 훼릴은 벌써부터 연필로 연습장에 뭔가를 끄적이기 시작했다. 도무지 알아볼 수 없었지만 일정한 규칙이 있어 보이는 게 뭔가 의미가 있는 것 같기도 했다. 엘리? 10살 정도로 보이는 애가 처음 잡아보는 연필로 뭘 할 수 있겠는가? 단지 내가 다음 지시를 내리길 기다리고 있을 뿐이다.

"이야~ 훼릴은 따로 글자 연습 같은 걸 시킬 필요가 없겠는걸?"

한 것도 없이 대견하게 느껴진 훼릴의 머리를 내가 쓰다듬자 세리스와 엘리는 그게 부러웠는지 시키지도 않은 낙서를 해댔다. 이런 것도 질투의 대상이 되는 건가?

"이런이런. 자, 낙서는 그만 하고 지금부터 기본적인 한글을 가르쳐 줄게. 자, 이건 'ㄱ' 이라고 쓰고 '기역' 이라고 읽는다. 자, 따라 해봐. 기역!"

"기역!"

"끼억!"

"…기역!"

이렇게 시작된 글자 공부는 세나가 학교를 마치고 올 때까지 계속됐다. 스승의 가장 큰 기쁨은 똑똑한 제자가 잘 배울 때라고 했던가? 내가 느낀 건데 세리스와 훼릴은 거의 천재에 가까웠다. 처음엔 애들의 수준을 몰라서 내 수준에 미루어 며칠 동안 철자나 가르쳐 주려고 했는데 나중에 잠깐 쉬면서 보니까 심사숙고해서 고른 교재인 동화책 '인어공주' 를 띄엄띄엄하게나마 읽고 있는 게 아닌가! 참고로 그때 가르치고 있었던 건 자음과 모음을 모아서 소리 내는 법뿐이었다. 그런데 겨우 그걸 배우고 책을 읽다니……. 다행히 엘리는 보통 어린아이 수준에서 조금 나은 정도의 학습 능력을 보여줘서 가까스로 내 자질에 좌절하는 사태만은 피할 수 있었다.

그래도 가르치는 게 왠지 재밌기만 한 것은 거의 하루만에 기초적인 철자법을 익힌 애네들의 목소리를 들을 수 있다는 데 있었다. 지금까지진 그냥 고개를 끄덕이거나 표정만으로 모든 의사소통을 해야 했던 우리 관계를 좀 더 진전시킬 수 있겠다고 느꼈으니 말이다. 그래서 내가 이제 모든 표현을 '말' 로 하라고 하자 어설픈 발음과 문장력이지만 또랑또랑한 목소리로 의사 표시를 해댔다.

다만,

"이… 건 무엇입니까?"

"컴퓨터."

"컴퓨터는 어디에 쓰는 것입니까?"

"인터넷과 워드 프로세서를 사용하기 위해선데……."

"인터넷은 무엇입니까?"

"그건… 그건… 일종의 전자 네트워크로써…… 크아아아아아아악!!"

이런 식으로 대화가 진행되는 경우가 많아서 그렇지 웬만하면 전문적인 교육 기관으로 데려가서 교육을 시키고 싶었지만 학비도 자급자족하는 내겐 그럴 능력도 없었고 애들의 천재성을 봐서는 단번에 메스컴의 주목을 받고도 남을 것 같아 포기하고 말았다.

가르치는 사람의 자질은 별로였지만 배우는 사람이나 가르치는 사람이나 의욕이 넘치는 바람에 벌써 점심을 먹은 뒤로 3시간이 넘게 가르쳤다.

에고, 언제 이렇게 시간이 지나갔냐? 그럼 오늘은 이만 끝내도록 할까? 후후, 그전에 오늘의 교육 성과를 들어봐야지?

"오늘은 이만 하자. 자~ 오늘도 열심히 했어요."

"네에, 수고하셨습니다아." ×3

큭큭큭… 어떤가!!!! 느낌표가 네 개다. 나의 감동이 느껴지지 않는가, 이 교육의 성과가!!

지금까지 고개만 '까닥' 하던 녀석들이 이젠 해맑은 미소와 함께 인사를 하지 않는가? 순간 감동의 파도가 몰려오는 바람에 눈물까지 흘릴 뻔했다. 장하다, 한바다! 넌 성공했어. 이 맛에 교대 놈들이 초등학교 선생님을 하는 건지도 모르겠다.

"좀 있으면 세나가 올 거니까 그때까지 TV나 보면서 기다리자."

"응."

"TV가 뭐야?"

"세나는 왜 와?"

말을 내뱉기가 무섭게 애들이 질문을 퍼부었다. 처음에 대답한 건 거의 모든 일에 순종적인 엘리, 두 번째는 어떤 물건에 대한 호기심이 넘쳐 나는 훼릴, 마지막은 왠지 주변으로 다가오는 모든 사람들에게 경계심을 보이는 세리스였다. 지치지도 않나, 얘들은?

"음… TV는 저기 네모난 상잔데 저기서 움직이는 그림이 나오는 거야. 그리고 훼릴, 나도 그 원리 같은 건 잘 모르니까 그건 나중에 다른 사람에게 물어봐. 알았지? 그리고 세나는 좀 있다 너희들과 함께 밖으로 입을 옷을 사러 갈 거야. 이거 하나만 입고 다닐 수는 없잖니? 이제 궁금한 건 나중에 물어보기로 하고 지금은 TV나 보도록 하자. 음음음 ∼ 아무거나 보고 싶긴 하지만 애들 정서에 맞게 만화 채널이나 볼까?"

리모콘으로 전원을 넣고 어린이 만화 채널로 맞추자 조금은 생소한 에니메이션이 나왔다. 뭐냐? 베르세르크? 이런 만화가 있었던가? 오프닝부터 조금 심상치 않았지만 어쨌든 만화라는 생각에 이걸 보여주기로 마음먹은 나는 볼륨을 조금 높인 다음 점심때 미뤄둔 설거지를 하기 시작했다.

투득! 서걱서걱!

푸슈슈슈슛!

"컥(누구 숨넘어가는 소리)!"

어라? 이건 또 무슨 소리야? 누가 어디서 고기라도 다지고 있나? 웬 고기 썰어대는 소리? 한참 퐁퐁을 풀어서 거품을 내고 있던 나는 귓가에 들리는, 좀 살기 넘치는 소리가 신경 쓰이기 시작했다.

"……."

거기다 어째 애들의 반응도 조용하기만 했다. 예상대로라면 굉장히 신기해하면서 소리라도 지를 텐데… 애들이 실수로 전원이라도 뺐나 싶어 고개를 뒤로 돌린 나는 엄청난 광경에 턱이 빠지는 줄 알았다.

쿠어어어어어어어!!

웬놈의 털복숭이 괴물이 괴성과 함께 숲의 나무를 모조리 파괴하면서 돌진하고 있었다. 참고로 이때 엘리는 하얗게 질려 있었다. 그리고 괴물이 달려가는 곳엔 심상치 않게 생긴 애꾸 놈이 무슨 대형 널뛰기판 같은 칼을 뽑고 있었다. 이때 세리스는 흥분에 못 이겨 주먹을 꼭 쥐고 콧잔등에 땀까지 흘리고 있었다. 마지막으로 괴물과 치열한 접전을 벌이던 사내의 오른손이 대포로 변하면서 일격에 괴물의 몸을 산산조각낼 땐 훼릴이 '호오~' 라고 하면서 탄성을 질렀고 말이다.

핫?! 너무 황당한 장면에 정신을 놓고 있었다니!

"뭐냐, 뭐냐, 뭐냐, 뭐냐, 뭐냐, 뭐냐아아아아, 이건!! 이런 게 어떻게 어린이 프로그램에 나오는 거야!!"

황급히 TV 전원을 껐지만 이미 때는 늦어 있었다. 뭐가 늦었냐구? 훗(자조의 웃음인 것 같다)!

세리스는 전원을 끄자마자 벌떡 일어서서 만화 주인공으로는 느껴지지 않던 그 심상치 않은 놈을 흉내 내고 있었고 훼릴은 그 남자의 팔에 달려 있던 대포를 연습장에 세밀하게 그려가며 뭐라고 중얼대고 있었다. 하지만 둘 다 엘리에 비하면 아무것도 아니었다. 엘리는, 엘리는 그 작은 몸의 어디서 그런 힘이 났는지 알 수 없지만 놀랍게도 TV를 번쩍 들고 던지려 하고 있었다.

"아, 안 돼!!"

역시 이번에도 잠깐 이성이 외출을 나가는 바람에 뒤늦은 단말마를 외친 나는 저만치 날아가는 TV에 그 자리에서 허물어지듯 주저앉고 말았다.

슈우우웅~ 쾅!

이렇게 6개월 무이자 할부로 샀던 78만 원짜리 29인치 대형 평면 텔레비전은 2개월 만에 운명을 달리하고 말았다.

어무이! 흑! 오늘따라 당신의 얼굴이 보고 싶습니다.

"괜찮아, 괜찮아. 저런 그림 상자는 나중에 다시 구하면 돼. 그렇게 비… 싼 것도 아닌걸?"

"으응… 훌쩍……."

아직 미안하다는 감정의 표현법을 몰라서일까? 괴력을 발휘해서 나도 번쩍 들기는 힘든 29인치짜리 평면 TV를 날려 버린—더군다나 결코 싸지 않은—엘리는 그 자리에서 눈물을 주르륵 흘리고 말았다. 사고를 저지르고 나니까 야단맞을 게 두려워진 건가?

"나무들이… 흑, 나무들이……."

엥? 나무? 엘리는 눈물을 뚝뚝 흘리면서 '나무들이' 만 연발하고 있었다. …설마 지금 울고 있는 건 텔레비전을 부숴서 우는 게 아니라 좀 전에 만화에서 배경 화면으로 처리되는 나무들이 죽어 나가서 우는 거란 말인가? 하긴, 전에 이안이 엘프는 나무의 딸이라 나무를 부모와 같이 느낀다고 했었다. 에구구… 불쌍한 나의 텔레비전아~ 결국 너의 명복을 빌어주는 사람은 나밖에 없구나. 쯧쯧…….

"울지 마. 뚝! 예쁜 어린이는 우는 게 아니에요. 그리고 아까 죽은 나무들은 진짜 나무가 아니구 그림이라서 정말로 죽은 나무는 없어. 그러니까 울지 마. 얼루루루루(애 달래는 소리)~"

"킥… 훌쩍… 아하하……."

우는 애 달래기의 방편으로 손으로 양볼을 짜부러뜨리며 괴상한 소리를 내자 엘리는 울다 말고 내 모습에 자기도 모르게 웃고 말았다. 거기에 용기를 얻은 난 손가락으로 들창코도 만들고 귀를 접었다 폈다 하면서 저팔계 흉내에 사오정, 손오공 흉내까지 내가며 엘리의 얼굴에 다시 미소가 피어나도록 노력했다. 크크크. 왠지 이 모습을 보니까 과거 먼 선사 시대부터 내려오는 유명한 진리 아닌 진리가 떠오르는구나. 그건 바로!

"얼레꼴레! 울다가 웃으면 엉덩이에 털 난데요~ 아하하… 억?"

"털? 어디? 엉덩이?"

"우아아아악!"

아아… 역시 얘네들을 상대로 함부로 입을 놀리면 안 된다는 걸 다시 한 번 느끼고 말았다. 어떻게 내가 그런 말을 했다고 곧이곧대로 엉덩이를 까버리냐? 거기다 더욱 가관인 건 세리스와 훼릴의 반응이었다.

"어디어디?"

“털이 어디에 있어?”

“……..”

　한 20분간 그저 농담일 뿐이라고 설명을 하고 나서야 혹시나 자기 엉덩이에 털이 났나 싶어 자기 꼬리를 물려는 강아지마냥 빙글빙글 돌고 있는 엘리를 멈출 수 있었다. 속옷이 없어서 하얀 엉덩이가 적나라하게 보였지만 난 어린애한테 성욕을 느끼는 변태가 아니었기에 이성을 잃지 않은 채 바지를 추려주었다. 그리고 모든 상황을 종료시킨 후 가슴을 쓸어내리는 찰나 문을 벌컥 열고 들어오는 이세나 양. 30초만 일찍 들어왔어도 천추의 한을 남길 뻔한 아슬아슬한 상황이었다.

“오빠, 준비 끝났어?”

“무슨 준비?”

“오늘 쇼핑 가기로 했잖아. 응? 그런데 무슨 땀을 그렇게 많이 흘려?”

　아하하… 그건 말할 수 없는 비하인드 스토리가 있단다. 너무 많은 걸 알면 다쳐요. 다른 누구도 아닌 바로 내가!

“애, 애들이랑 노니까 땀이 난 모양이지. 잠깐만 나가 있어. 애들은 몰라도 난 아직이거든. 아, 그리고 애들 데리고 나가 있어라. 옷 좀 갈아입게.”

“알았어. 빨리 나와.”

　무슨 좋은 일이 있는지 밝게 웃으면서 말하는 세나는 바로 옆에 있던 세리스의 손을 잡고 나가려 했다. 하지만 전혀 상상도 못했던 세리스의 반응에 그대로 굳고 말았다.

“놔.”

“응?”

“놔.”

어라? 세리스의 어투가 조금 더 거칠어진 것 같다. 나한테 말할 땐 절대 저러지 않았는데?

"어머, 세리스! 니가 말한 거니? 오빠, 언제부터 말을 한 거야?"

"놓… 으라고 했다."

세리스가 계속 '놔' 라고 말하는데도 불구하고 세나가 자기 손을 잡고 있자 세리스는 잡혀 있는 오른손을 밑으로 내리며 왼손으로 세나의 손목을 잡고 비틀어 버렸다. 그러자 세나는 눈 깜짝할 사이에 바닥에 누워서 천장을 바라보고 있는 상황을 연출했다. 무, 무슨 일이 일어난 거야!

"세나야!"

"무슨……? 세리스, 니가 그런 거니?"

다행히 쓰러질 때 어디 다치진 않았는지 벌떡 일어난 세나는 세리스에게 놀랍다는 말투로 물었다. 하긴 세나가 연약해 보이긴 해도 벌써 검도가 3단이다. 종목이 어떻든 간에 무술을 익힌 사람을 저렇게 간단히 던져 버리다니, 나뿐만 아니라 세나도 놀란 듯했다.

"왜 그랬어?"

"손을 놓으라고 했다. 그런데 저 여자, 듣지 않았다."

세나의 말에는 아무런 대꾸도 하지 않고 그저 노려보고만 있던 세리스를 내 쪽으로 돌린 다음 문자 좀 어색하긴 하지만 간략 명료하게 대답을 했다. 웃! 세리스의 등 뒤로 보여지는 세나의 전신에서 무슨 아지랑이가 피어오르는 것만 같았다. 자존심에 상처를 입은 건가? 그래도 어린애를 상대로 심한 짓은 안 하겠지. 하지만 왠지 나를 바라보는 눈빛이 예사롭지 않은 게 아무래도 나한테 분풀이를 할 것 같은 예감이 든다.

그러나 이건 다음에 나올 말의 여파에 비하면 아무것도 아니었다.
후에 생각했지만 이때의 질문과 대답은 사상 최악의 문답이었다.

"고작 그거 때문에?"

"나, 훼릴, 엘리는 '주.인.님.'의 곁을 떠나지 않는다."

"그래그래, 주인님의 곁……? 주인님!"

나와 세나는 세리스의 말에 어이가 없어서 어리벙벙한 표정으로 훼릴과 엘리의 표정에서 뭔가 해답을 구하려고 했다. 하지만 걔네들의 얼굴도 세리스의 말에 동조를 한다는 듯이 고개를 끄덕끄덕하고 있는 게 아닌가?

"호오~ 오빠, 설마 여자 친구가 없다고 이런 식으로 만족감을 얻으려 하다니~ 미쳤지?"

"무, 무슨 소리야! 난 저런 거 가르친 적없다고!!"

"얘들아~ 이 사람은 주.인.님.이 아니라 변.태. 오빠란다."

"카아아앗! 아니라니깐!"

세나는 내 말이 지나가는 개 짖는 소리로 들리는지 완전히 무시하고는 세리스에게 안됐다는 듯 머리를 쓰다듬어 주려 했다. 그러나 어쩌면 당연한 반응일지도 모르지만 세리스는 세나의 손을 슬쩍 피하더니 다람쥐처럼 나한테 쪼르르 달려와서 내 허리춤을 꼭 끌어안았다. 거기다 세리스에게 편승했는지 훼릴과 엘리까지 가세해서 양쪽 다리마저 봉쇄되고 말았다.

"하아! 도대체 어떻게 세뇌 교육을 시킨 거야? 완전히 강아지가 따로 없네?"

"안 되겠다, 세나! 너 나가 있어, 옷 갈아입고 나갈 테니까."

"그래그래~ 변태 오빠~ 애들한테 알몸을 보여주든 말든 맘대로 하라고!"

꽝!

으… 삐쳤나? 세나는 혼자 씩씩거리면서 방문을 박차고 나갔고 난 아침에 고친 경첩이 또 떨어져 나갈까 봐 걱정스런 마음으로 지켜봐야만 했다.

"세리스, 내 이름이 뭐지?"

"바다."

좋아, 여기까진 정상.

"그럼 난 너한테 어떤 사람이야?"

"주인님."

커억! 순간 세리스의 작고 귀여운 입에서 '주인님' 이란 단어가 나왔을 때 뭔가 심장이 터질 듯이 두근거리긴 했지만 겨우겨우 진정시키고는 이번엔 훼릴에게 다시 똑같은 질문을 했다. 결과는 세리스와 똑같았고 엘리 역시 다를 건 없었다. 단지 마지막에 '주인 오빠' 라고 대답한 게 좀 달랐을 뿐. 결국 난 밖으로 나가기 전에 나에 대한 호칭부터 교육시키고 나가기로 마음먹었고 왠지 아쉬움이 남지만 '오빠' 나 '바다 오빠' 라고 부르라고 지시했다. 왜 '지시' 했냐고?

'주인님을 주인님' 이라고 말하는데 낸들 어쩌겠는가? 하는 수 없이 그 '주인님' 의 권한으로 외출할 때나 다른 사람이 있을 땐 날 '오빠' 라고 부르게 했다. 뭐, 솔직히 '주인님' 이란 호칭이 쪼금… 아주 쪼오오금 맘에 들긴 하지만 나도 이성이란 게 있다.

여전히 전날과 마찬가지로 세 명의 꼬마들이 빤히 쳐다보는 와중에 얼굴을 붉혀가며 겨우 옷을 다 갈아입은 뒤 방문을 열고 밖으로 나간 나는 문밖에서 살기를 풀풀 날리며 서 있는 세나를 발견할 수 있었다.

오오~ 이빨까지 갈고 있는 게 심상치 않아 보인다.

"왜, 왜 그래?"

"뿌드득! 여자가 화가 나서 밖으로 뛰쳐나갔으면 예의상으로라도 나와서 살펴봐야 되는 거 아냐?"

커억! 괜히 제풀에 화내고 뛰쳐나갔으면서 왜 나한테 화풀이야? 결코 좋게 끝나지 않을 거란 생각은 했지만 저 표정을 보니 적어도 일주일은 갈 것 같았다. 그래도 다행히 내가 평소처럼 엘리를 품에 안고 있어서 세나가 함부로 주먹을 쓰진 않았지만 말이다. 후후, 고맙다, 엘리야~

"그럼 내가 옷 갈아입는 거 보고 있으려고 그랬어? 생각 외로 밝히는구나?"

내가 은근히 세리스와 훼릴을 제2의 방패로 내세우며 세나에게 빙글빙글 웃으며 말하자 세나는 다부진 주먹을 부르르 떨더니 애써 인내심을 발휘하더니 홱 돌아서서 밑으로 내려갔다.

"큭큭, 간만에 스트레스를 푸는구나. 자자~ 어서 내려가자. 내려가면 세리스 넌 세나에게 사과해. 저래도 너희들을 생각해서 쇼핑 가자고 한 거니까 함부로 대하면 안 된다. 알았지?"

"응."

뒤이어 내려간 우리는 세리스가 간단히 '좀 전엔 미안' 이라고 말하는 걸로 어느 정도 패어진 골을 메우고는 사이좋게 시내로 향했다. 어떻게 보면 너무 간단히 끝난 것 같지만 이것도 다 세나가 뭘 쌓아두는 성격이 아니었고 세리스도 내 말이라면 뭐든지 순종적으로 따라주었기에 가능한 해결책이었다. 그렇다고 세나가 나한테 쌓아놓은 원한 아닌 원한까지 사라진 건 아니었지만.

chapter 4

목욕

예상을 못한 건 아니지만 백화점에서 우리 일행은 굉장한 주목을 받았다. 나를 제외한 네 명의 여인네들이 보통의 미모를 가지고 있는 게 아니니 당연한 일인지도 몰랐다.

비록 인정하긴 싫지만 머릿결이 좋아 보이는 긴 생머리에 하얀 피부, 누구나 호감을 가질 만한 귀여운 이목구비, 고3 주제에 몸매 관리는 열심히 하는지 늘씬한 몸매를 가진 세나는 둘째 치고 세리스와 훼릴, 그리고 엘리의 외모는 거의 현세에 강림한 천사로 보일 정도여서 어디로 움직여도 주위에서 웅성웅성하는 소리가 끊이질 않았다.

탈색을 해서 만들어낸 은발과는 달리 윤기가 자르르르 흐르는 허리까지 오는 긴 생머리를 가진 세리스는 그 머리카락만으로도 단연 주목의 대상이 되고도 남을 정도여서 일부 변태 중년들의 느끼한 시선을 독차지하는 수모를 겪기도 했다. 그뿐이랴. 훼릴은 그 빨간 곱슬머리의 소녀답게 호기심에 가득 찬 눈빛으로 조금 어리숙한 어투긴 하지만 매장 직원에게 이것저것 묻는 모습은 보는 사람으로 하여금 저절로 미소가 떠오르게 만들었다. 그리고 엘리는 내 품에 안겨서 귓속말을 하는 등의 행동으로 주위 사람들에게 '나도 저런 딸이 있었으면' 하는 열망을 품게 만드는 데 한몫했다. 부부끼리 와서 우릴 봤다면 오늘 저녁부터 한동안은 2세 만들기에 열중할지도…….

이런 특출난 외모 덕분이었을까? 물건을 사려는 사람보다 각 매장의 직원들이 더 열성적으로 옷을 갈아입히고 벗기고 하는 바람에 시간이 많이 지체되긴 했지만 무척 싼값에 옷을 구입할 수 있었다. 특별히 비굴한 표정을 지어가며 물건 값을 깎을 필요도 없었다. 돈이 좀 모자란다는 제스처를 조금만 취해줘도 직원들이 알아서 30% 정도 할인해서 파는데 무슨 말이 필요하겠는가?

마지막으로 애들 속옷을 사러 여성용품 전문 매장으로 들어갈 땐 정말 낯뜨거워서 죽는 줄 알았지만 세리스를 비롯해서 애들이 내가 안 가면 못 간다고 하니 어쩔 수가 없었다. 크흑! 그때 세나의 음흉한 웃음은 결코 잊지 못할 것 같다.

마치 전쟁 같았던 쇼핑을 마치고 돌아온 우리는 집 앞에서 잠깐 숨을 돌렸다.

"아아… 피곤해. 세나야, 너도 수고 많았다."

"뭘. 나도 살 게 있어서 나가는 길에 잠깐 도와준 것뿐인데. 그나저나 정말 요란했지?"

"으응, 두 번 다시 쇼핑하고 싶지 않을 정돈걸."

"킥킥킥."

세나는 백화점에서 있었던 일을 떠올리는지 혼자 키득대며 웃었다.

아, 그러고 보니 애들 옷 갈아입히러 들어갈 때 산 게 있었지?

"세나야, 자, 이거. 오늘 수고한 대가."

"응? 뭐야?"

"감사의 표시. 별거 아냐. 뜯어봐."

주위에서 선물을 빤히 쳐다보는 세 쌍의 눈동자가 느껴지긴 했지만 애써 무시했다. 야야, 그래도 너희들을 위해서 열심히 돌아다녀 준 언니야한테 싼값에라도 인사는 해줘야 하지 않겠어?

"이건?"

세나의 손에 뜯겨진 선물 상자에서 나온 건 은으로 세공된 머리핀이었다. 은은한 광택에 작게 음각으로 장미 무늬가 수놓아져 있어서 얼핏 보기에도 조금 고급스러워 보였다. 짧은 시간 동안에 고른 것치고는 가격도 괜찮았고 디자인도 마음에 들었다. 잘 어울리겠다 싶어서 샀는데 세나도 그리 싫은 기색은 아니었다.

"언제 산 거야?"

"아아, 애들 옷 입히러 탈의실에 들어갈 때 잠깐 짬을 냈지. 비싼 거 아니니까 부담 갖지 말고. 으힛, 춥다. 어서 들어가자."

자뭇 감격한 표정을 짓는 세나의 얼굴에 왠지 머쓱해진 나는 어서 들어가자고 채근했고 세나는 그런 내 모습에 피식 웃더니 열쇠로 대문을 열었다.

"고마워, 오빠. 그런데 이렇게 예쁜 동생들을 앞에 놔두고 바람피워도 되는 거야?"

"바람은 무슨 바람. 어여 들어가."

조그만 게 계속 사람 머쓱하게 만드네. 바비 인형처럼 짤랑짤랑거리며 웃는 모습이 귀여워서 봐주긴 한다만 담부터 이런 거 선물해 주나

봐라.

"오빠, 잘 자~"

"너두. 자, 세리스, 훼릴, 엘리. 인사해야지."

"수고하셨습니다."

"…수고……."

크… 역시 세리스는 뒷말을 뚝 잘라먹은 채 대답하고는 내 소매를 붙잡고 계단으로 끌고 갔다. 뭐야? 질투라도 하는 거야?

방 안으로 들어온 나는 양손에 가득 들고 있던 쇼핑백을 방에 내려다 놓고 보일러 불을 켰다. 세리스와 다른 애들도 피곤했는지 방에 들어오자마자 꾸물꾸물거리면서 이불 속으로 파고들었다. 이것들이 아직 어르신이(?) 신발도 벗지 않았는데! 괘씸하다는 생각이 들었지만 어린애들을 상대로 화를 낼 수 없고 해서 결국 한숨만 폭 쉬고는 이불을 확 젖혔다.

"자자, 씻고 자야지. 어서 전부 욕탕으로 들어가."

가만히 생각해 보니 지금까지 씻겨본 역사가 없는 것 같은데 얘네들이 씻는다는 의미를 알긴 알까? 하지만 욕탕이 어딘지는 알고 있었는지 전부 축 늘어진 모습으로 천천히 욕탕으로 들어가고 있었다.

추운 겨울일수록 더 열심히 씻고 다녀야 병에 덜 걸린다고 알고 있는 난 애들의 건강을 생각해서라도 꼭 씻길 생각이었다. 그래서 방에 들어오자마자 보일러를 급탕으로 맞춰놓은 거고 말이다.

내가 자취하는 이 옥상의 다락방은 애초에 누군가가 살 것을 염두하고 만들었는지 간단한 부엌에다가 욕실까지 마련되어 있었다. 어떻게 보면 과연 이게 돈없는 자취생의 방인가 싶을 정도로 호화판이긴 하지만 다행히 주인 아저씨가 내 아버지와 친구지간이어서 이 좋은 방에 싼값으로 머물고 있는 것이다.

"그런데… 어떻게 씻기지? 음… 음… 음……."

한참을 고민했지만 별다른 수가 없었다. 내가 직접 씻겨야지.

남들이 보면 민망한 장면일 수도 있지만 어쩌란 말인가? 아직 목욕이라는 개념도 잘 잡혀 있지 않은 애들을 놔두고 지들끼리 씻으라고 할 수도 없지 않은가? 뭐, 몇 번만 같이 해주면 다음엔 스스로 할 거란 생각도 있고 해서 너무 심각하게 생각하지 않기로 했다. 설마 초등학생을 앞에 두고 남녀의 정절을 따지는 놈은 없겠지. 그리고 알몸이란 게 신경 쓰이면 나만이라도 수영복을 입고 목욕하면 될 일이었다. 솔직히 아이들이 남자와 여자의 차이는 구분하고 있을지도 의문인 판인데.

룰루루루~ 음냐냥냐~ 하지만 왠지 욕탕으로 가는 발걸음이 가볍게 느껴지는구낭~

드르륵.

"뭐야, 이거?"

욕탕의 문을 연 내 눈에 들어온 건 수도꼭지랑 세면 도구를 가지고 장난치고 있는 세 명의 악동들이었다. 무슨 짓을 했는지 모르겠지만 세리스의 옷은 완전히 홀딱 젖어서 속을 다 비추고 있었고 훼릴은 샴푸랑 린스의 향기가 신기한지 향기를 맡는 한편 엘리는 자꾸 손에서 미끄러지는 비누로 장난을 치고 있었다.

"에고, 머리야~"

난 장난에 열중하고 있는 세리스들을 피해서 욕조에 물을 받고는 모두 옷을 벗으라고 지시한 다음 나도 밖으로 나와 잘 안 입던 수영복을 찾아 입었다.

사락사락!

윗! 아무리 꼬마들이라곤 하지만 등 뒤로 옷자락 흘러내리는 소리가 들리자 나의 의지와는 상관없이 아랫배에 힘이 불끈 들어갔다. 우오웃! 안 돼! 안 돼! 진정시켜야 돼! 여기서 흥분했다간 천추에 두고두고 변태로 낙인찍히게 된다. 그래! 생각의 방향을 다른 쪽으로 전환시켜자. 음, 최근 대선의 방향이 이씨랑 노씨랑 열나게 싸우고 있는 것 같지만 뒤에 따라오는 권씨도 말발 꽤나 세고 카리스마 넘치니까 양당 대결의 양상은 이 후보의 움직임에 큰 영향을 받을지도 모르겠군. 아니, 어쩌면 차기 대선에선 진짜 대선 당선 후보로 나올지도 몰라. 그러니까… 음음…….

후우, 별로 신경 쓰고 싶지 않는 정치 쪽으로 정신을 분산시키니까 저절로 피가 머리 쪽으로 몰렸다. 시선을 돌려서 아랫도리 쪽으로 봐도 잠잠한 것이 한동안 별문제 없어 보였다. 진정하자, 진정!

"다 벗었니?"

"응."

푸헤헤헥! 다 벗었댄다~ 이야아아아… 가 아니라 이런 데서 흥분하면 어쩌자는 거냐! 나란 놈은 도대체 어떻게 돼먹은 놈인지……. 심장이 두 근 반 세 근 반 뛰고 있는 걸 억지로 다시 진정시킨 나는 최대한 태연한 신색으로 애들을 돌아봤다. 하지만 이렇게 왠지 모를 두근거림으로 안절부절못하던 내 심장도 눈앞에 선 세 명의 아이들을 보고는 이상할 정도로 쉽게 진정되고 말았다.

세리스와 훼릴, 엘리는 전부 완전한 알몸이 돼서 내 눈앞에 서 있었다. 아직 남녀 간의 유별함을 몰라서일까? 아무런 부끄러움도 없이 당당히 서 있는 애들의 모습은 내가 왜 부끄러워했을까, 이 애들한테 뭘 바란 걸까 하는 생각에 오히려 자기 혐오감까지 들 정도였다. 그야말로 태초에 신이 인간을 창조했을 때 아담과 이브가 서로의 치부를 보고도 부끄러움을 느끼지 않은 것처럼. 선악과를 먹기 전의 가장 순수한 인간 본연의 모습으로 서 있는 아이들의 모습에 자못 경건해지기까지 하는 내 심경의 변화를 느낄 수 있었다.

"에고, 내가 뭘 생각한 건지. 후우! 자, 모두들 이리 와. 샤워부터 하자."

난 물의 온도를 적당하게 맞춘 다음 애들을 머리에서부터 물을 끼얹어 쫄딱 젖게 만들었다. 안경을 쓰고 있었더니 좀 뿌옇게 보이긴 했지만 오히려 그 때문인지 촉촉이 젖은 은발에서 떨어지는 물방울이 무표정하게 서 있는 세리스를 더 아름답게 보이게 만들었다.

'아름답다……'

겨우 열댓 살 남짓한 어린아이를 앞에 두고 이러한 생각을 하는 나 자신이 과연 정상일까 하는 의심이 들었지만 내 머리에서 '아름답다' 란 말을 제외하고는 그 어떤 단어도 떠오르지 않았다.

다행히 아직 세리스보다 어려 보이는 훼릴과 엘리의 경우엔 그저 귀엽다는 생각만 들 뿐이었다. 하지만 분명 얼마 지나지 않아 예전의 나였으면 한 번 만나보기도 힘들어질 정도로 아름답게 자랄 것이 틀림없었다.

"자, 전부 날 따라 해. 여기 이 거품 타월에 비누를 문지른 다음 마구마구 비벼주는 거야."

샤워기로 온몸을 적신 다음 비누칠을 하기 위해서 여분으로 가지고 있던 거품 타월까지 총동원해서 각자에게 하나씩 나눠 줬다. 내가 설명을 해가며 직접 시범을 보이자 비누와 거품 타월이 만들어내는 미묘한 화학 반응에 아이들의 기묘한 탄성이 터져 나왔다. 하아, 어디 공중 목욕탕이라도 데려갔으면 평생 목욕 한 번 못해본 애들로 알 거 아냐.

"문질러? 비벼?"

"이게 뭐야?"

"…부드러워……."

문질러? 비벼? 이게 뭐야? 부드러워? 어떻게 따로 잘 각색해서 편집하면 완전 X등급 영화의 한 장면을 만들 수도 있겠다. 그래도 이미 객관적인 입장에서 애들을 바라보게 된 내 귀엔 그저 세상 모르는 천진난만한 아이들의 순수한 감탄성으로만 들렸다.

"자, 그걸 이렇게 온몸에 문지르면 돼. 아! 너무 세게 문지르지 말구. 자, 이렇게, 이렇게."

이렇게 우리는 수영복을 입은 어른 남자 한 명이랑 발가벗은 여자애 세 명이 출연하는 한편의 블랙 코미디를 만들었다.

"자, 등을 닦을 땐 이렇게, 이렇게, 이렇게~"

"이렇게, 이렇게?"

"소, 손이 안 닿아. 힝~"

"가, 간지러워~"

각양각색의 다양한 반응을 한쪽 귓가로 흘리면서 우리는 15세 이상 관람 금지 영화를 만들어갔다. 시간이 흐를수록 내 모습이 우습기도 하고 남들이 보면 어떤 생각을 할까 싶어 저절로 웃음이 나왔지만 마지막으로 좀 은.밀.한 부위를 닦을 땐 나도 어쩔 수 없이 얼굴이 붉어질 수밖에 없었다. 뭐, 어쩌겠는가. 남자의 시커먼 본능은 둘째 치고서라도 꼭 몽정을 시작한 아들에게 미숙하게나마 성교육을 시키는 부모의 마음이 이럴까 싶었다.

“자~ 이제 탕으로 들어가자~ 우휴휴휴(무, 무슨 의미냐, 이건?)~”

“까아아아~”

“너무 좁아~”

“…뜨겁다~”

엘리는 내가 안고 탕으로 들어가자 뭐가 그리 즐거운지 그 조그만 입으로 까아까아 소리를 질렀고 훼릴은 세리스와 함께 조심조심 욕조로 들어와 앉으면서 큰 목소리로 욕조가 작음을 불평했다. 이렇게 요란 법석을 떠는 중에 세리스만 조용하게 물이 뜨거운지 살짝 아미를 찡그리며 거의 코 부분까지 물에 몸을 담갔다. 나한테 적당하게 물의 온도를 맞췄는데 아직 애들의 피부는 여린지 좀 뜨겁게 느껴질 수도 있겠다 싶었다.

그러고 보니 빼먹은 게 있었다.

“이걸 깜빡했군.”

난 머리맡에 놓여져 있는 바구니에서 향긋한 냄새가 나는 가루를 욕탕 안에 풀어 넣었다.

“이게 뭐야?”

“조오은 거~”

그렇다. 이건 정말 좋은 거였다. 나도 구입해 놓고 한 번 쓸까 말까 했던 초호화 사치품! 허브 아로마 입욕제!! 1kg에 이십만 원을 호가하는 고가의 물건인데다가 쉽게 구할 수도 없는, 부르조아들이나 쓰는 사치품이었다. 당연한 말이겠지만 이 물건은 내가 돈을 주고 구입한 건 결코 아니다. 예전에 아버지 친구 분 중 한 분이 수입상가를 운영하고 계셨는데 아버지가 외국으로 가신다는 말을 듣고 선물로 보낸 거였다. 하지만 날짜를 잘못 맞추는 바람에 아버지가 떠나신 다음에 도착해서 지금은 내가 가끔씩 쓰는 사치품이 되고 말았다.

"어때? 물 색깔이 예쁘게 변했지?"

라벤더 아로마를 함유하고 있는 입욕제라서 물 색깔이 금방 보라색으로 변하면서 매끄럽게 변했다.

"좋은 냄새~"

"마셔도 돼?"

"……."

황급히 물을 떠 먹으려는 엘리를 말린 나는 나름대로 입욕제를 즐기는 훼릴과 엘리의 모습에 흐뭇한 미소를 지었다. 사실 내가 아까워서 잘 쓰지 않던 입욕제를 쓴 건 결코 그저 향기가 좋아서도, 아이들이 좋아할 모습을 보기 위해서만도 아니었다. 지금 쓴 이 입욕제는 아로마 향기만 품고 있는 게 아니라 강력한 계면 활성 성분이 포함되어 있어서 굳이 때를 밀 필요가 없게 만드는 기능도 있어서였다. 좀 전에도 봐서 알다시피 비누칠을 하는데도 그렇게 힘들었는데 때수건으로 때라도 밀게 된다면 그 후의 사태는 보지 않아도 삼천리였다. 비누칠도 잘 못 룻이고, 솔직히 아직 애들의 알몸을 보는 것도 익숙해지지 않아서였가 않았다. 그래서 차선책으로 생각한 게 입욕제였다.

"자~ 이제 나가서 다시 비누칠 한 번 더 하고 머리 감구~ 세수하고~ 끝내자. 알았지?"

"응~"

이번엔 내가 따로 가르쳐 주지 않아도 세리스와 훼릴은 곧잘 샤워를 했다. 엘리도 조금 버벅대긴 했지만 내가 옆에서 같이 씻어주자 배실배실 웃으면서 내게 거품도 뿌리고 하며 재밌게 씻었다.

'이제 마지막으로 머리를 감는 건데… 그걸 써야겠군.'

보통 나이 어린 아이들을 씻길 때 가장 고생하는 부분이 바로 머리를 감기는 거다. 샴푸의 거품이 눈으로 흘러 들어가면 무척 따갑기 때문이다. 또 애들은 그 고통을 참지 못하고 마구 발버둥 치기 마련이라 나도 어릴 땐 머리 감다 말고 발버둥 치다가 엄마한테 허벌나게 맞은 적이 있었다. 뭐, 조금만 요령이 생겨도 눈을 뜨고 머리를 감을 수 있지만 씻는다는 게 처음인 이 아이들에게 그런 걸 바란다는 건 어불성설이었다. 그래서 이미 이 모든 상황을 예측한 나는 좀 전에 쇼핑할 때 만반의 준비를 끝낸 터였다.

"자, 엘리, 이걸 머리에 쓰자."

"아우웅?"

엘리의 머리에 씌워진 건 부드러운 고무 밴드로 결코 비누 거품이 얼굴로 흘러 들어가지 않게 설계된 바블캡이었다. 크크크, 왠지 이걸 한 번쯤 씌워보고 싶었다니깐~

"자, 눈 꼭~ 감고 있어."

"눈 꼭 감아?"

"그래~ 눈 뜨면 안 돼~"

샴푸를 손에 덜어서 가벼운 터치로 엘리의 부드러운 머리에 세팅! 그리고 부드러운 손놀림으로 가늘고 곱슬곱슬한 머리에 전체적으로 드레싱! 두피를 가볍게 두드리는 듯한 섬세한 거품 형성과 두피 마사지! 마지막으로 미온수로 거품을 걷어내며 잔류 화학 물질이 남지 않게 살짝 털어주는 듯한 샤워링까지! 완벽해!!

"응?"

손가락 사이로 흘러내리는 듯한 엘리의 가늘고 긴 초록색 머리카락의 감촉이 너무 좋아서였을까? 난 내 수영복 팬티 바로 앞에 고개를 숙이고 있던 엘리가 내는 호기심 가득한 눈빛을 알아채지 못하고 있었다.

"아?"

웃? 갑자기 엘리의 어깨가 움찔하더니 그 작은 어깨가 바르르~ 떨리기 시작했다.

그때 난 엘리가 간지러워서 그런 줄 알았다. 그때 난 꿈에도 엘리가 눈을 동그랗게 뜬 채로 나의 어느 부위를 유심히 바라보느라 거품이 그 속으로 스며들어 갔다는 사실을 알지 못했다. 버블캡의 성능을 너무 맹신하고 있었던 탓일까?

"우, 우, 으, 우아아아앙!! 따가워!! 따가워!!"

뒤늦게 혹시나 안면으로 비누 거품이 스며들어 갔을지도 모른다는 생각에 샤워기의 물줄기 방향을 얼굴로 향하는 찰나 갑자기 발버둥을 치는 엘리 때문에 샤워기를 놓치고 말았다. 그리고 샤워기를 잡으려고 손을 뻗는 순간 나의 소중한 부위를 향해 날아오는 조막만한 발이 있었으니…….

퍼어억!

"쿠어어어어억!!"

요즘 번개는 건물도 관통하나? 순간 눈앞에 번갯불이 번쩍하더니 사타구니 사이에서 격렬한 통증이 발생함과 동시에 척수에 나 있는 신경계 고속도로를 노브레이크로 타고 올라온 전기적 자극이 측두 옆을 강렬하게 두들겼다.

"끄어어어어……."

"우에에에에! 따가워! 따가워!!"

눈앞에 사신이 왔다 갔다 하는 환상이 보일 정도로 격통에 시달리던 나는 거슴츠레하게나마 뜬 두 눈으로 거품이 눈에 들어가 발광하고 있는 엘리의 모습이 보였다. 큭, 거품이 눈에 들어가는 바람에 이런 발광을 일으킨 건가? 순간적으로 29인치 대형 컬러 TV를 번쩍 들던 누군가의 모습이 파팟 하고 머리 속을 스쳐 갔다.

"쾌… 차나… 게엔… 차나… 흐업!!"

거의 초인적인 인내심으로 고통을 가라앉힌 난 부들부들 떨리는 손으로 샤워기를 잡고 엘리의 얼굴에 남아 있는 거품을 씻어주었다.

"히잉, 따가워. 주인님, 따가워어~"

"괜찮아, 괜찮아."

겨우 눈의 따가움에서 진정한 엘리는 '주인님'을 연발하며 내 품에 안겼다. 하지만 아직 시련은 끝난 게 아니었다.

"주인님, 나두, 나두."

"나두……."

내가 울고 있는 엘리를 보듬어 안아준 게 그렇게 부러웠던 걸까? 옆에서 지켜보고만 있던 훼릴과 세리스가 자기도 안아달라고 내게 매달렸다.

'커어어억! 가슴이! 허벅지가! 헉!! 부, 부드럽따아아아!!'

…….

아무리 어리고 귀엽게 보여도 여자는 여자란 말인가? 24년 동안 변변한 여자 친구 하나 없었던 내게 이제 막 풋풋하게 솟아오르기 시작하는 세리스의 가슴은 주체할 수 없을 만큼 강렬한 충격으로 다가왔다.

불끈불끈.

'허어어어어어어어어어어억?!'

아, 안 돼! 여기서 그게 서(Stand)버리면!!

'잊자! 잊어야 한다! 지금 내 오른쪽 어깨에 닿은 건 가슴이 아니

라… 가슴이 아니라… 가슴이 아니닷!! 커어어어억!!'

결국 오른쪽 어깨에 닿은 세리스의 가슴에서 느껴지는 감촉을 다른 어떤 걸로 대체해서 상상하지 못하고 말았다. 거기다 그렇지 않아도 엘리의 발길에 채여 고통스러운 그곳이 크나큰 부상에도 불구하고 자신의 건재함을 한껏 과시하는 바람에 밖으로 토해낼 수 없는 단말마를 허파가 꺼지게 내질러야만 했다.

…커어어어어억! 엘리 이 녀석, 쪼그만 게 힘은 왜 그리 세가지고…….

엄니, 아들 장가 다 갔습니다! 흑!

필사의 각오로(?) 나머지 두 명의 머리까지 감긴 후 애들을 데리고 나온 나는 또 한 번 애들의 머리를 말리는 데 30분이란 시간을 투자해야 했다. 태어난 지 이제 이틀째인 주제에 머리는 왜 그리 긴지. 뭐, 보기에 이쁘긴 하다만.

"자～ 이젠 잠옷을 입자～"

전날 옷을 입은 채 잠을 자는 바람에 세나가 열심히 만들어준 옷이 구겨졌다는 걸 기억한 나는 쇼핑할 때 애들이 입을 잠옷을 따로 준비했다. 하지만 요즘 물가가 그렇듯 잠옷 가격이 보통 비싼 게 아니었다. 애초에 잠잘 때 만 입는 옷인데 왜 그렇게 고급 원단을 고집해서 만드는 건지… 쯧. 하나같이 10만 원을 상회하는 가격이었다. 그래서 '잠옷' 으로 디자인된 옷을 포기한 나는 시선을 힙합 전문점으로 돌렸다. 마침 철 지난 커다란 XXXL급 반팔 티가 할인가로 나와 있었다.

‘저게 좋겠다.’

이렇게 고른 초대형 트렁크 티는 세리스가 입으면 끝자락이 무릎까지 올 정도로 큰 사이즈라 잠옷으로 써도 별문제가 없을 것 같았다. 뭐, 전날처럼 팬티도 안 입고 자는 게 아니니까 잠결에 옷자락이 쓸려 올라가도 크게 낭패를 볼 일은 없을 것이고 말이다. 그리고 지금 세리스와 훼릴, 엘리에게 입혀놓으니 생각지도 못했던 옵션 기능까지 딸려서 날 즐겁게 해주었다. 꼬맹이들이 트렁크 티를 입고 팔랑팔랑거리며 뛰어다니는 모습이라니. 귀여운 거 좋아하는 사람이 보면 당장에 카메라에 담고 싶을 정도로 깜찍한 자태를 발산하는 애들이었다.

‘나중에 싸구려 카메라라도 하나 구입해야겠다.’

속으로 이런 생각을 하던 나는 까아까아거리며 방 안을 뛰어다니는 훼릴과 엘리를 각각 한 팔에 끌어안고는 바닥에 깔아놓은 요 위에 눕혔다. 어려도 맏언니라 그런지 세리스만은 내가 애들을 눕히자 알아서 내 옆쪽에 와서 자리를 잡았다. 음, 조금만 활발한 성격을 가진다면 훨씬 더 귀여울 텐데…….

“세리스, 너도 이제 자렴. 많이 피곤했을 텐데.”

“주인님이 먼저 자야 저도 잡니다.”

“이런, 날 주인님이라고 부르지 마. 전에도 말했잖아. 오빠라고 불러. 그리고 너도 어서 자.”

“…….”

훼릴과 엘리는 내가 ‘오빠’란 호칭을 쓰라고 하니까 곧잘 쓰는데 세리스만은 도무지 쉽게 고쳐지지 않았다. 냉막한 표정만큼이나 내면도 딱딱하게 굳어 있는 걸까? 아니면 세라프라는 존재들은 자신이 선택한 사람을 주인으로 인식하기 때문일까? 하지만 훼릴과 엘리는 내가 시키는 대로 하루 만에 ‘주인님’ 이란 호칭에서 ‘오빠’ 란 호칭으로 고쳐서 부르고 있었다. 그렇다면 그건 내 말에 절대 복종하기 때문이어서일까? 아니면 애초에 날 주인으로 인정을 하지 않아서였을까? 하지만 또 그렇게 생각한다면 세리스는 어떻게 된 걸까? 입으로는 날 꼬박꼬박 ‘주인님’ 이라고 부르면서 내가 부탁하는 건 듣지도 않는데?

후우, 아무리 생각을 해봐도 머리 속만 복잡해질 뿐 뭔가 명확한 답이 솟아나지 않았다.

‘깊게 생각해 봤자지. 아직 세리스들이 나와 함께 있는 이유조차 모르는데… 아직 걸음마 정도의 어휘력밖에 구사 못하는 애들한테 물어봤자 나만 답답할 뿐이고… 역시 내일 이안에게 가봐야 알 수 있는 건가?

간만에 머리를 굴려봤더니 담배가 그리워졌다. 그리고 보니 세리스와 훼릴, 그리고 엘리 때문에 지금까지 한 개비의 담배도 피우지 못했다. 도대체 죽기 살기로 붙어다니니 담배를 피울 수가 있어야지. 찰싹 달라붙어 있는 세리스가 신경 쓰이긴 하지만 잠깐 나가서 담배라도 한 대 피울까?

“……?!”

“아, 그렇게 불안해하는 눈으로 보지 마. 잠깐 나가서 담배라도 한 대 피워볼까 해서 그런 거니까. 추우니까 넌 나오지 말구.”

살며시 몸을 일으키는데 겨우 눕혀놓은 세리스가 무슨 괴기 영화라도 찍는 것마냥 눈을 번쩍 뜨더니 내 소매를 잡아끌었다. 약간 세게 손목을 흔들어서 세리스의 손을 떨친 나는 간단하게 코트를 걸치고 문밖으로 나섰다. 코트 안엔 잠옷 대신 입은 파자마가 전부지만 담배 피우는 데 시간이 오래 걸리는 것도 아니니까 크게 상관없다고 생각했다.

하지만 막 바깥으로 나와서 담배에 불을 붙이려던 나는 이젠 익숙해져 버린 옷자락이 당겨지는 느낌에 한숨을 폭~ 쉬고 말았다.

"에효, 왜 따라 나온 거야?"

조금 짜증이 나서 차갑게 툭 내뱉듯이 말했다. 어떻게 단 한 순간도 나만의 시간을 가지지 못할 수가 있지? 단 하루뿐이었지만 나의 모든 신경과 시선은 세리스와 훼릴, 그리고 엘리에게서 벗어나지 못하고 있었고 난 은근히 짜증이 솟구치고 있었다. 그것은 아버지와 어머니가 외국으로 나가신 뒤로 줄곧 혼자서 자유롭게 자취 생활을 해온 내겐 가족의 훈훈함을 느끼는 시간인 반면 무척 갑갑하고 짜증나는 시간이 기도 했다. 하지만 그리 심각하게 느끼지 못했던 것은, 그저 사람 좋은 얼굴로 참을 수 있었던 것은 애들이 아직 어리고 스스로 할 수 있는 게 아무것도 없는 존재라고 여겼기 때문이다.

그런데 그렇게 가만히 눌러놓고만 있던 짜증이 담배라는 사소한 문제 때문에 서서히 분출되고 있었다. 원래 모든 큰일의 원흉은 사소한 일에서부터 시작된다고 했던가? 작은 말다툼에서 시작해서 살인이 될 수도 있고 북아메리카에 사는 나비의 날갯짓이 남반구에선 태풍이 될 수도 있다잖는가. 지금 내 감정의 변화가 바로 그러한 상태였다.

내가 뭘 하러 이런 애들을 뒷바라지해야 하는 거지? 내가 왜 모두가 부러워하던 아르바이트 자리까지 내팽개치면서 이 애들을 돌봐줘야 하는 걸까?

종속된 존재?

세라프?

마법사?

그게 나랑 무슨 상관이 있다고? 지금까지 그런 거 몰라도 잘 살아오지 않았던가? 난 도저히 지금 당장 이 감정을 표출하지 않고서는 참을 수 없을 것만 같았다. 세리스를 돌아봤다. 뭔가 한마디 해주고 싶었다. 귀찮게 하지 말라고. 그냥 시키는 대로 하라고. 그게 싫다면 차라리 다시 봉인된 상태로 돌아가 버리라고! 하지만 아무것도 모른다는 듯이 그저 불안이 가득한 눈동자로 날 바라보고 있는 세리스에게 차마 그런 말을 할 수 없었다. 아무리 인정이 매마른 나라고 하지만 진짜 세상 물정 모르는 어린애한테 분풀이를 할 정도로 막돼먹은 인간은 아니었던 모양이다.

"제기랄!"

괜히 치솟아오른 화를 풀 곳이 없어진 난 손에 쥐고 있던 라이터를 바닥으로 집어 던지며 소리를 질렀다.

내가 왜 이럴까? 이런 감정조차 잘 다스리지 못하고. 에잇, 제기랄! 뭐 하나 내 맘대로 되는 게 없잖아! 난 그저 호기심 때문에 연금술사의 집에 들어간 것뿐인데 강제로 애들을 맡게 되고 또 마법사가 되길 강요받고, 정말 왜 이렇게 엉망진창인 거야? 내가 언제부터 자선사업가나 말 잘 듣는 어린애가 됐다고!

"이런, 씨발……."

입에서 잘 나오지 않던 쌍소리가 나왔다. 군대 갔다 온 뒤로 입에 붙어다니던 욕을 하지 않으려고 지금까지 신경 많이 썼었는데 이것도 맘대로 되지 않는구만.

"흑……."

그때였다, 귓가를 스쳐 지나가듯 작은 흐느낌이 들린 건.

"하아……."

가슴속에 자리 잡고 있던 분노가 싸그리 사라짐과 동시에 한숨이 절로 나왔다. 코트의 한쪽 끝자락에서 느껴지는 세리스의 손길에 멈칫하는 손으로 머리를 쓰다듬는 걸로 대답한 나는 그 자리에 쭈그려 앉았다. 내가 왜 이렇게 신경질을 낸 걸까? 나란 녀석이 원래 이 정도의 일로 신경질을 내면서 어린애나 울릴 정도의 남자밖에 되지 않았었나? 군에서 느꼈던 그 갑갑함과 모멸감도 웃으며 받아넘겼던 내가!

환멸감이 들 것 같았다. 난 내 앞에 가만히 서 있는 세리스의 허리를 감싸 안았다. 코트를 입고 있는 나와는 달리 세리스는 잠옷 대신 입고 있는 트렁크 티셔츠뿐이라 피부가 얼음장처럼 차가웠다.

"바보같이 뭐라도 하나 더 껴입고 나오지."

두 손을 비벼서 열을 낸 다음 세리스의 팔과 어깨를 주물러 줬다. 어깨가 움찔하면서 바르르 떨고 있는 것이 느껴졌다.

"이리 와."

입고 있던 코트의 앞섶을 펼쳐서 세리스를 품에 안았다. 두 사람의 체온이 합해지면 더 따뜻해지겠지.

"…주인님… 주인님……."

무슨 말을 하려는 걸까? 세리스는 마치 울 것만 같은 표정으로 '주인님'이란 말만 되풀이하고 있었다. 지금까지의 나답지 않게 소리도 지르고 짜증도 내고 해서 놀란 걸까? 평소엔 냉막하기만 하던 세리스가 지금 처음으로 내게 표정다운 표정을 보여주고 있었다. 천지가 개벽해도 꼼짝하지 않을 것만 같던 세리스가 거의 울 것만 같은 표정으로 내 품에 안겨 있었던 것이다. 그리곤 자기도 뭔가를 말하고 싶은데 그에 맞는 어휘를 찾을 수 없어서 답답한지 가만히 발을 굴렀다. 그런 세리스의 모습에 뭔가 확연히 깨달아지는 게 있었다.

왜 알아차리지 못한 거지?

단지 하루라는 시간이었을 뿐이지만 지금까지 내게 이렇게까지 기대어온 사람이 있었을까? 나는 뭔가 착각하고 있었던 건지도 모르겠다. 세리스와 아이들이 날 구속하고 있는 존재라고. 하지만 이안은 내게 이렇게 말했었다. 세라프라는 존재는 자신이 선택한 주인에게 영혼으로 종속된 존재라고. 당시엔 무슨 뜻인지 알 수가 없어서 그저 세리스들은 그저 내게 종속된 존재라고만 생각하고 있었다. 그리고 내가 이 애들을 그저 종속된 존재, 즉 잠정적인 노예라고 생각하지 못했던 이유는 그런 관계에 익숙하지 않아서였을 뿐이라고 생각했었다. 그리고 그걸 인정하는 순간 나라는 존재가 지금까지의 나와는 달라질 것만 같아 자제하고 있었을 뿐이다.

하지만… 하지만 지금 생각해 보니 결코 그게 아니었다. 그렇다. 종속된 건 세리스와 훼릴, 그리고 엘리가 아니라 나일지도 모르겠다. 무슨 이유에서든 어떤 운명의 실이 우리를 엮어놓은 건지는 모르겠지만 종속된 건 나뿐만 아니라 세리스와 훼릴, 그리고 엘리도 함께였다. 만약 내가 이 애들에게 당장 멀리 사라져 버리라고 한다면 그렇게 될 가능성도 농후했다. 어쨌든 이 아이들은 내 말에 절대적으로 복종한다고 했으니 말이다. 하지만 난 그러지 않았다. 왜냐하면, 왜냐하면 언제부터인지 모르겠지만 그저 내게 기대기만 하고 무언가 바라기만 하는 이 아이들이 결코 밉지 않아서였다. 아니, 이렇게 사랑스러운 존재들을 어떻게 미워할 수 있을까?

난 눈을 잠깐 감았다가 다시 떴다. 그리고 세리스를 바라봤다.

지금 내 눈앞에서 뭔가 말하지 못해서 안타까워하고 있는 세리스는 그저 한 명의 소녀일 뿐이었다. 표현하지 못하는 마음이 안타까워서 눈물까지 흘리는 소녀.

“저, 저는… 저는…….”

고개를 푹 숙인 채 꼭 두 손을 꼭 쥐고 어깨를 움찔거리고 있는 세리스의 모습이 너무나 안타깝게 보여 내 품 안으로 더 세게 끌어안아 주었다. 에구, 날씨도 추운데 잠옷 하나만 달랑 입고 나오는 너의 정성도 대단하구나. 너무나 대단해. 제길.

“괜찮아, 괜찮아. 지금은 아무 말도 하지 않아도 돼. 불안하겠지.”

나 역시 불안하긴 마찬가지니까.

“하지만 걱정하지 마. 결코 너희들을 저버리지 않을게.”

너희들이 날 저버리지 않는다면 영원토록.

“하하, 순간적이나마 내가 무슨 생각을 한 거였을까? 어차피 인간은 자기도 모르는 인연의 그물에 엉켜 있다는 것을…….”

소리 내어 울지는 않았지만 난 세리스가 울고 있다는 걸 알고 있었다. 코트 안으로 팔을 둘러서 내 허릴 꼭 끌어안고 있는 두 팔의 작은 떨림과 한쪽 가슴에 느껴지는 촉촉한 느낌으로 충분히 알 수 있었다.

“들어가자.”

“네, 주…….”

“오.빠. 알았지?”

또 주인님이란 말을 하려 하자 난 세리스의 얼굴을 두 손으로 감싸 쥔 채 악센트를 넣어가며 ‘오빠’란 단어를 강조했다.

“…….”

역시 안 되는 건가? 세리스는 고개를 푹 숙인 채 말이 없었다. 그리고 ‘천천히 고치면 되겠지’ 라고 생각하며 돌아가려는 순간 귓가로 개미 하품하는 소리만한 세리스의 대답이 들렸다.

“…네… 오… 빠.”

아하하하하! 좋아. 뭐, 비록 담배는 피우지 못했지만 결과적으로 세리스가 날 '오빠' 라고 부르는 크나큰 성과가 있는 날이기에 기쁜 마음으로 잠자리에 들 수 있었다. 그리고 그날 세리스는 내 손을 꼭 잡은 채 놔주지 않아서 결국 잠이 들 때까지 손을 잡아주고 있어야만 했다.

그러고 보니 이 상태로 가다간 금연을 해야 하는 건가? 음… 힘든데… 제길.

난 옛날부터 숫자와는 친하지 않았다. 초등학교—당시엔 국민학교. 아~ 구시대의 유물이여—1학년 때는 구구단을 못 외우는 바람에 오후 3시까지 남아서 선생님과 혈투(?)를 벌였었고 중학교 때는 실수, 자연수, 허수의 개념을 잘 몰라서 언제나 수학 성적만큼은 바닥을 기어다녔었다(그렇다고 다른 과목의 성적이 딱히 좋은 것도 아니었다).

고등학교 때도 별반 다를 게 없어서 나의 최대의 적은 바로 미적분 공식이었고 그렇지 않아도 수학에 잼병이었던 나는 통계와 확률이란 분야에서 장렬한 전사를 맞이해야만 했다. 즉, 수능을 이 둘 때문에 망쳤다는 말이다.

그런데 마법을 배우기 위해 연금술사의 집이란 수상한 곳에 위장 취업(?)한 나는 또다시 이 경멸, 환멸, 하여튼 X멸스러운 수학과 전투를 벌이고 있었다.

"하아아아아(신음 소리가 아닙니다)~ 이안, 도저히 미분, 적분은 모르겠어요. 이제 와서 고등학교 수학이라니, 마법이란 게 원래 이렇게 수학적인 요소가 많은 거예요?"

"한 군, 저 역시 도저히 한 군이 24살이나 된 대학생이라는 게 믿기지 않는군요. 어떻게 기초적인 미분, 적분의 개념을 모를 수 있습니까? 심리학과란 말에 인문 계열 치고는 어느 정도 수학에 소질이 있는 줄 알았는데… 좀 심하군요."

크윽. 아무렇지도 않다는 듯한 어투로 잘도 내 맴을 난도질하시는군요. 하지만 나도 심리학과란 곳이 여타 다른 인문 계열 학과와는 달리 통계학이나 확률 따위와 그렇게 많은 연관성을 가질 줄 알았다면 들어가지도 않았을 거라고요! 뭐, 이렇게 말해 봤자 공부 못하는 열등생의 한탄밖에 되지 않는다는 걸 잘 알고 있어서 입 밖으로 꺼내진 않았다. 그러나 책장에서 고등학교 수학 책을 꺼내고 있는 이안에게 날카로운 시선 정도는 던지는 나였다.

"노려본다고 못하는 공부가 잘되는 것은 아닙니다, 한 군."

캑! 이 사람은 뒤통수에도 눈이 달렸나? 책을 고르고 있던 이안이 질책했다. 괜히 무안해진 나는 옆 테이블에서 스칼렛과 열심히 공부하고 있는 세리스와 훼릴, 그리고 엘리를 쳐다봤다.

스칼렛은 애들을 앞에 두고 여러 가지 그림책과 숫자 놀이 장난감을 가지고 진짜 유치원 선생님처럼 가르치고 있었다. 오오~ 누가 유치원 선생님이 가장 이상적인 여인상이라고 했던가! 딱딱하게 굳은 세리스의 얼굴에 미소가 피어오를 정도로 부드러운 말과 표정으로 가르치는 스칼렛의 모습은 '천사' 그 자체였다. 나도 저기서 공부하고 싶어~ 같은 내용을 공부하더라도 스칼렛이 가르쳐 주면 더 열심히 할 자신이 있는데. 누구는 예쁜 여자 선생님이고 누구는 중년남이라니… 너무 불공평해!

"어쩔 수 없군요. 한 군은 마법보다는 고등학교 수학부터 먼저 배워야겠습니다. 아무런 수학적 기초 지식 없이 마법을 배워봤자 제대로 된 사용은커녕 부작용까지 생길 수 있을 뿐이니까요. 자자, 한 군. 지금부터 이 책을 열심히 공부하도록 하세요."

짐짓 책망 어린 말투로 이안이 내게 던져 준 책은 '고등학교 공통수학의 정석'이란 책이었다. 첫장을 들추자 흰색 바탕에 노란색 무늬가 아로새겨져 있는 가운데 내 심금을 울리는 '머리말'이 보였다. 이 책은 고교 수학의 개념과 정의를 배우는 데 있어 기초적인 지식을 배양하기 위해 만들어진… 어쩌구저쩌구… 하아~ 한숨이 저절로 나온다. 내가 재수할 때나 봤던 책이다.

"정말 이걸 공부해야 돼요?"

"네."

거의 애원하는 듯한 눈으로 물어봤지만 이안의 대답은 단호했다.

"한 군, 이런 기초 수학을 공부하는 게 싫으신가 보죠? 그냥 미적분을 설명해 드릴까요?"

"아, 아니, 꼭 그런 것만은 아니지만……."

"그럼 제가 왜 이 수학이란 과목을 배워야 하는지 간단하게 설명해 드리죠. 현대 수학의 시작은 그리스에서 시작됐다고 하죠."

수학의 필요성을 말하겠다며 케케묵은 역사 이야기를 하던 이안의 이야기는 점점 놀라운 이야기로 변해가기 시작했다.

"하지만 실제 수학의 시작은 그리스의 철학자들이 시작한 게 아닙니다. 수학의 시작은 바로 우리 마법사들이죠. 아틸란티스 대륙의 전설을 아십니까? 그건 그저 전설이 아니에요. 아틸란티스 대륙은 실제로 존재하는 대륙이었고 지금도 존재하고 있습니다. 그저 어떤 특별한 방법을 통하지 않고는 들어갈 수도, 나올 수도 없기 때문에 일반 사람들이 모르는 것뿐입니다. 그리고 뉴턴과 가우스, 아르키메데스, 파스칼, 피타고라스… 역사적으로 인류에 크나큰 영향력을 미친 수학자들은 거의 대부분이 어떤 경로를 통해서든 '마법' 이란 존재와 만난 사람들입니다. 단지 그 당시의 사회적인 분위기와 가르침을 준 이들에 의해 드러나지 않았을 뿐이지요. 그 이유야 여러 가지가 있지만 지금은 그게 중요한 게 아니니 다음에 말씀드리도록 하겠습니다. 제가 이런 말을 하는 이유는 현대의 수학은 일반적인 산술적 계산법을 제외하고는 거의 대부분이 마법의 부산물로 이룩되어진 것이라는 겁니다. 마법은 그저 '오라' 를 가지고 있다고 해서 쓸 수 있는 것이 아닙니다. 그 오라를 자신의 의지로 어떤 법칙에 따라서 배열하고 움직일 수 있어야 마법을 구현시킬 수 있는 겁니다. 그리고 그 법칙과 배열 순서를 정하는 데 도움을 주는 게 바로 수학이지요. 한 군은 12 곱하기 12를 할 때 어떻게 하십니까? 초등학교 때 배운 대로 끝자리 2와 2를 곱하고 또 2와 십 단위의 숫자 1을 곱한 다음 4와 20을 더하고 또 그 수의 두 배를 한 다음 십과 십을 곱해서 그 값을 산출해 내십니까? 아닐 겁니다. 아마 중학교 때 배운 제곱의 법칙에 의해서 12의 2승은 144란 지식이 머리 속에 남아 있다면 1초도 걸리지 않아 그 값을 산출해 낼 수 있을 겁니다. 한 군이 만약 3클래스까지의 마법을 배우는 데 만족한다면 이런 어려운 마법 공식은 배울 필요가 없을 겁니다. 하지만 4클래스에 접어들게 되면 이런 수학 공식을 숙지하고 있지 않다면 대단위 마법을 발현시키는 데 무척 오랜 시간이 걸리게 될 거예요. 간단하게 예를 들지요.

4클래스의 마법 중에 파이어 월이란 마법을 생성시키기 위해선 적어도 다섯 가지의 수식이 필요합니다. 우선 마나를, 일정 수준의 마나를 병렬로 배열시키기 위해 순열의 법칙을, 그 마나를 동시에 격발시키기 위해서 분산식을, 그리고 그 지속 시간과 범위를 결정하기 위해서 적분 공식을, 마지막으로 해지를 위해서 미분 공식과 인수분해가 들어가게 됩니다. 이래도 수학을 배우지 않을 생각이십니까?"

듣기만 해도 머리가 아파온다. 순열에 분산식에 미분, 적분. 과연 내가 이걸 다 배워서 쓸 수 있을까 하는 의심과 마법을 꼭 배워야 하나 하는 생각이 들었다.

"안… 배우면 안 돼요?"

찌리리리릿!

허어어억! 수학의 엄청난 필요성에 자신이 없어진 내가 안 배우면 안 되냐는 말을 하자마자 이안은 안경 너어로 보이는 눈으로 도끼를 만들면서 살기를 뿜어댔다.

"만약 마법을 배우지 않으시겠다면 비밀을 지키기 위해서 지금 이 자리에서 한 군의 기억을 모조리 지운 다음 혹시나 있을지도 모르는 사태에 대비해서 암울한 인생을 연출시켜 드리겠습니다. 그래도 좋으신가요?"

삐질. 저리도 잔인한 말을 도끼눈에 살기까지 흘리면서 하면 누가 거절할까?

"Never mind! 결코 그럴 일은 없을 겁니다. 뭐부터 해야 한다구요? 미분? 적분? 아아, 즐거운 수학~ 열심히 공부해야지!"

이렇게 나의 마법 공부는 여러모로 삐걱대며 시작됐다. 그렇다. 무식한 넘은 서러운 것이다.

하지만 내가 연금술사의 집에서 마냥 수학 공부만 하는 건 아니었다. 집중적으로 공부하는 시간은 한두 시간이면 족하다고 말한 이안은 나머지 시간엔 세리스들과 함께 놀 수 있게 해주었다. 그래서 처음 한두 시간은 그저 텔레비전을 보면서 세상 돌아가는 걸 아이들에게 가르쳐 주었다. 하지만 그것만으로는 무료했던 우리를 만족시키지 못했다. 그래서 요리 준비를 하던 스칼렛의 제안으로 아이들과 함께 식사 준비를 하는 데 동참하기로 했다.

아이들이 아무것도 하는 거 없이 사랑(?)만 받으면 버릇이 없어진다는 스칼렛의 지론과 갑작스레 많아진 식사 량에 의거, 부족해진 일손을 거들어주라는 이안의 의견이 맞물려서 나온 제안이었다. 뭐, 나도 별로 하는 것 없이 받기만 하다 보니 뭔가 도움을 줄 수 있다는 생각에 흔쾌히 승낙했다.

그래서 나의 하루 일과는 이렇게 정해지고 말았다. 아침 기상과 함께 아이들과 함께 세수, 간단한 토스트와 계란 후라이로 아침을 해결한 다음 아이들과 함께 연금술사의 집으로 출근, 그리고 아침의 정기를 받아(?) 열심히 수학 공부에 열중한 다음 점심 준비를 하고 오후엔 이안이 오라를 이용해 마나를 끌어들이는 연습이라고 설명한 명상을 했다. 그리고 아이들과의 즐거운(?) 놀이 시간을 가진 다음 저녁 준비를 하고 기초적인 마법 이론을 공부하고 퇴근했다. 한마디로 먹고 공부하고 놀고, 먹고 자고(?) 놀고 먹는 게 일과였는데…….

"오라버니~ 나 오늘 이거 다 외웠다?"

"오, 그래? 대단한걸? 뭔데?"

점심을 먹은 다음 잠깐 소화도 시킬 겸 난로 옆 소파에 앉아 있던 내게 훼릴이 곰살맞게 안기며 자랑스럽게 말했다. 그러고 보니 엘리와 세리스는 날 부를 때 '오빠' 라고 하는데 훼릴은 어디서 배워왔는지 몰라도 꼭 '오라버니' 라고 불렀다. 뭐, 그것도 귀엽긴 하지만 뭘 다 외웠다는 걸까? 1에서 100까지 다 외웠다고 말하는 걸까 하고 생각하는 나에게 훼릴은 배실배실 웃으며 등 뒤에서 커다란 책을 보여줬다.

"짜잔~"

"캑?!"

나는 훼릴이 보여준 책을 보고 막 목구멍으로 넘어가려던 침이 기도를 넘어가는 바람에 사레가 들려 버렸다. 진짜 이걸 다 외웠단 말인가?

"…2003년 개정판 대백과사전? 정말 이걸 다 외웠어?"

"응!"

"나두! 나두 거의 다 외웠다. 잘했지?"

내가 놀라서 반문하자 훼릴은 자기도 자랑스러운지 내 팔에 매달린 채 고개를 힘차게 끄덕였고 엘리도 지지 않으려는 듯 내 가슴에 올라타면서 응석을 부렸다. 에구, 이것아~ 오빠 숨넘어가겠다.

"정말? 세리스는?"

"아, 세리스? 세리스도 저기서 이거랑 그림책을 다 외웠는데? 웅~ 뭐드라? 때껀도? 그 책에 나온 그림 따라 하고 있어. 막 붕붕 날아다닌다?!"

"뭐? 어디어디?"

난 가슴에 올라와 있던 엘리를 안아 들고는 훼릴과 함께 세리스가 있다는 곳으로 갔다. 세리스는 2층에 있는 좀 널찍한 방에 있었는데 긴 은발을 휘날리면서 손발을 허공에 마구 휘젓고 있었다. 너무 빨라서 잘은 모르겠지만 그건 태권도였다. 초등학교 때 조금 배우다 말았지만 군대에서 어거지로 태극 8장까지 배운 바가 있어 확실히 알 수 있었다.

세상에! 믿을 수 없지만 세리스는 태극 8장에서 고려, 금강, 태백, 평원… 에구, 이름도 모르는 품세까지 능수능란하게 구사하고 있었다. 그리고 저 유연한 몸과 마치 날아다니는 것 같은 몸동작이라니!

"세리스, 뭐 하는 거야?"

"아… 오… 빠, 태권도라는 무술을 익히는 중이었습니다."

순간 어색하다라는 말이 나올 것만 같은 말투였지만 예전처럼 '주인님'이라고 불리는 것보단 많이 발전한 세리스였다.

"태권도? 지금 그걸 책만 보고 이렇게까지 해냈다는 거야?"

"원래는 검술을 배우고 싶었는데 아직은 진검을 쓸 수 없는 나이라 내력 수련과 체술부터 익히려고 한 겁니다."

"그, 그래?"

정말 대단하다는 생각밖에 들지 않았다. 어제 내가 조금 가르쳤을 때부터 이 아이들의 천재성을 익히 알고 있었지만 이건 정말 상상을 초월하는 수준이었다. 정말 제대로 된 교수진 밑에서 공부한다면 인류의 역사를 바꿀 만한 대천재로 거듭나는 것도 어려운 일은 아닐 것 같았다. 아니, 세리스의 겨우엔 지금이라도 올림픽에 나가서 태권도 부분의 금매달은 따고도 남을 것만 같았다. 저렇게 유연한 다리 하며 거의 눈에 보이지도 않는 스피드라니…….

"호오, 역시 무신이라 불리던 문 나이트(Moon Knight)답게 무술에 대한 재능과 육체적인 능력은 단연 발군이군요. 아는 지인을 통해서 무법서(武法書) 몇 개를 전해줬는데 벌써 저 정도의 발전이라니……."

"이안 선생님. 언제?"

"아, 이쪽이 왠지 시끌벅적하길래 와봤어요. 그나저나 슬슬 아이들이 스스로의 능력을 조금씩 각성해 가고 있군요."

"각성?"

무슨 소리냐는 듯한 내 표정에 이안은 날 끌고 2층의 베란다 쪽으로 나갔다. 겨울 날씨가 추워서 나가고 싶지 않았는데 의외로 베란다 쪽은 마치 봄날씨처럼 훈훈했다. 결계가 쳐져 있다더니 이것도 마법의 영향인가 보다. 이안은 호주머니 안에서 담배를 꺼내더니 내게도 하나 권했다. 하지만 어제 일도 있고 해서 금연을 결심한 나는 정중히 거절했고 이안은 담배 연기를 길게 뿜어냈다. 지금 생각난 건데 약간 이국적인 외모의 이안이 담배를 피우는 모습은 무척 멋있었다. 긴 머리가 살짝 날리면서 이지적인 모습을 물씬 풍기는 중년이라니……. 동네 아줌마들이 본다면 한눈에 뿅갈 만한 멋진 장면이었다. 하지만 날 바라보며 말하는 이안의 눈빛은 무척이나 차갑게 느껴졌다.

"한 군, 세레스와 훼릴, 그리고 엘리의 카드 명이 무엇이었는지 기억하고 있습니까?"

"음…그야 당연하죠."

이안의 질문에 난 쉽게 대답할 수 있었다. 그리 오래된 일도 아니었고 또 내게 어쩌면 삶의 큰 전환점이기도 한 그 사건을 쉽게 잊을 리가 없었다.

"문 나이트, 적법사, 엘프가 아니었던가요?"

"정확히 기억하고 있군요. 그럼 그중에 누가 문 나이트이고 적법사인지 알 수 있나요?"

두 번째 질문도 그렇게 어려운 건 아니었다. 조금만 눈치가 있는 사람이라면 대번에 알 수 있을 정도로 아이들의 외모는 이름과 잘 어울렸다.

"좀 전에 말씀하신 대로 세레스가 '문 나이트', 훼릴이 '적법사',

엘리가 '엘프' 아닌가요?"

"맞았어요. 한 군의 말대로 세리스가 '문 나이트' 훼릴이 '적법사' 엘리가 '엘프' 입니다. 하지만 그 이름이 뭘 뜻하는지는 모르시죠? 조만간에 저절로 알게 될 일이겠지만 육아 과정에 참고하면 좋겠다 싶어 조금 정도는 말씀드리는 것도 나쁘진 않겠군요."

아하하… 육아 과정이라니. 왠지 애 아빠가 된 것 같은 발언은 좀 삼가해 주시죠.

"문 나이트, 그러니까 세리스는 타고난 전사라고 말해 주고 싶군요. 아마 확실한 수준은 모르겠지만 각성을 하지 않아도 몇 가지 무술만 가르쳐 주면 그녀를 제압할 만한 사람은 거의 없을 거라 해도 과언이 아닐 겁니다. 그녀가 선택한 첫 번째 주인은 그녀를 기사로 만들었죠. 기록에 따르면 그녀를 상대로 일 대 일이든 일 대 다수든 이길 자가 없었다고 하네요. 굉장하죠?"

이안은 담배 연기를 훅~ 하고 뿜어내면서 뭔가 자랑스럽게 말했다. 그런데 첫 번째 주인이라니? 그럼 나 말고 세리스가 이미 선택한 사람이 있었단 말인가?

"첫 번째 주인? 무슨 말이죠?"

"그건 저로서는 함부로 말해 줄 수 없어요. 나중에 세리스가 각성하면 그녀에게 직접 들으세요."

이안은 안색을 굳히며 대답하길 꺼려했다. 하지만 세리스가 그에게 직접 말하지 않았다면 분명 이안도 누군가에게서 들었거나 책 같은 것에서 읽었다는 건데 왜 내게는 말해 주지 못한다는 거지?

"지금 당장 말해 주실 순 없습니까?"

"세리스를 잃고 싶나요?"

세리스를 잃는다? 인정하고 싶지 않았다. 그까짓 일로 세리스를 잃을지도 모른다니. 하지만 분명 세리스조차 기억하지 못하는 과거를 알게 된다면 분명 그녀를 보는 내 인식에 변화가 올 것은 틀림없었다.

"큭, 어쩔 수 없군요. 나중에 직접 물어보도록 하죠."

세리스의 과거가 궁금하긴 하지만 이안의 말에 결국 물어볼 수 없었다. 알고 지낸 지 겨우 3일이지만 이안이 결코 허튼소리를 하는 성격이아니란 걸 잘 알고 또 스스로의 판단 때문이기도 했다. 분명 내가 지금알면 안 되는 일이라도 있는 모양이었다. 하지만 왠지 불안해지는 이기분은 뭐지?

"그리고 적법사라고 불리는 훼릴의 능력은 불에 관한 한 모든 마법을 마스터할 수 있다는 겁니다. 보통 한쪽 원소 계열의 마법에 특별한재능을 가진 사람을 원 파워 마스터(One Power Master)라고 하는데 보통 다른 계열의 마법은 정상인들과 다름없는 데 비해서 재능을 가진마법은 거의 극에 이르르게 됩니다. 더군다나 화염 계열 마법이라면더할 나위 없을 만큼 위협적이지요. 적법사 역시 한 번의 주인을 섬긴적이 있었는데 그때의 주인이 그녀를 화염에 관한 원 파워 마스터로키워냈습니다. 한 군의 마력이 높아짐에 따라 훼릴도 높은 수준의 화염 마법을 쓸 수 있을 겁니다. 여타 다른 세라프들과는 달리 무척 뛰어난 능력이죠."

이안의 태연한 말에 문득 화가 나는 걸 느꼈다. 첫 번째 '주인' 이라니? 그럼 이안은 날 세리스와 훼릴의 두 번째 '주인' 쯤으로 여기고 있다는 말인가? 저 창문 안쪽에서 날 보고 웃고 떠들고 있는 아이들의 주인?

"이안 선생님, 한 가지 묻고 싶은 게 있습니다. 대답해 주실 수 있습니까?”

“뭐죠?”

내가 정색을 하고 말하자 이안 역시 그저 사람 좋은 표정이 아니라 조금은 냉정해진 얼굴로 대답했다. 나는 창문 안쪽에서 내게 시선을 집중시킨 채 바라보고 있는 아이들에게 손을 한 번 흔들어준 다음 무거운 마음으로 입을 열었다.

“이안 선생님은 세리스와 훼릴, 그리고 엘리를 어떤 존재로 보고 있으신 거죠?”

달리 예시를 달지는 않았다. 노예? 아니면 첫 번째 주인들이 한 것처럼 뛰어난 능력을 가진 도구 비슷한 것? 이안이 어떤 생각을 하고 있는지 궁금했다. 난 결심을 했다. 이안이 내가 원하는 대답을 하지 않는다면, 노예나 도구로써 세리스들을 대한다면!

난 이곳을 떠날 생각이었다. 기억이 지워지든 말든, 인생이 암울해지든 말든 그런 건 중요하게 여겨지지 않았다. 세리스와 훼릴, 그리고 엘리가 어떤 인생을 살지는 아무런 힘이 없는 나의 결정보다는 이안의 결정이 더 크게 작용하니까 말이다. 그러나 난 결코 아이들이 도구로써 살아가길 원하지 않았다.

“당연히 세리스, 훼릴, 엘리로 보고 있죠. 다르게 대답해 드릴까요? 저 애들은 당신의 아이들입니다. 오빠라고 불리고 있지만 어떤 의미에서는 당신을 어버이로 두고 있는 아이들이라고 할까요? 한 군, 당신은 내가 세리스와 훼릴의 첫 번째 주인의 이야기를 하며 저 애들의 능력을 악용하려 하지 않을까 걱정했던 건가요? 그렇게 생각했다면 잘못 생각하신 겁니다. 저 애들은 한바다 군 당신의 말이 아니면 결코 듣지 않으니까요.”

이안의 말에 난 완전히는 아니지만 어느 정도 안도감을 느낄 수 있었다.

"하아아아… 그런가요? 다행이네요."

나도 모르게 큰 한숨이 나왔다. 이안은 그런 내 모습이 우스웠는지 피식하고 웃더니 다시 담배를 권했다. 나도 이번엔 거절하지 않고 한 개비를 꺼내서 이안이 마법으로 만들어낸 조그마한 불꽃으로 불을 붙이고는 한껏 연기를 들이마셨다.

"하하… 이거 금연 결심한 지 하루 만에 무너지는데요?"

"그런 결심은 주머니에 든 담배부터 버리고 난 다음에 해야죠."

"네."

무슨 소리냐는 내 반문에 이안은 좀 안쓰럽다는 미소와 함께 엄지손가락으로 등 뒤를 가리켰다. 손가락의 방향으로 시선을 돌린 나는 입에 물고 있던 담배를 떨어뜨리고 말았다.

"뭐, 뭐하는 거야 , 너희들?"

창문 안쪽에는 언제 꺼냈는지 아직 버리지 못한 담배를 입에 물고 불을 찾아헤매는 세 명의 꼬마가 있었다.

"콜록콜록~ 오라버니, 이거 매워~"

커억! 급기야 훼릴은 어디서 불을 붙였는지 한 모금 빨아 당기기까지 했다.

에고, 보고 배우는 것도 정도가 있단다, 애들아.

chapter 7
썬데이 크리스챤

난 기독교 신자이다. 그것도 모태 신앙으로 학습과 세례까지 받은 기독교적 모범생이라고나 할까? 뭐, 그래 봤자 아직 성경책을 첨부터 끝까지 읽어본 경험도 없고 외우고 있는 거라고는 주기도문과 사도신경이 전부지만 말이다. 그래도 일요일마다 출석은 꼬박꼬박 하고 있었다. 또 어릴 때부터 알던 녀석들이 이사를 가지 않는 한 교회에서 자주 보게 되는지라 교회엔 10년 이상 사귄 친구들이 많았다. 전에 내 아르바이트를 대신해 준 종필이도 나의 그런 10년지기 중의 하나였다.

하지만 난 지금 군을 전역하고 한 번도 빠지지 않았던 교회를 빠질까 말까 하고 고민하고 있었다. 마법을 배우는데 신을 믿어서 뭐 하나 하고 생각해서가 아니다. 실제로 내가 이안에게 이 문제에 대해서 물어봤을 때 이안은 분명 신은 존재한다고 말했다. 단지 2,000여 년 전에 있었던 어떤 사건을 계기로 신의 직접적인 이적이나 기사가 일어나지 않을 뿐 여전히 신은 보이지 않는 곳에서 엄연히 존재한다고 말이다. 내가 마법을 배우면서 신을 믿어도 되느냐는 말을 하자 이안은 웃으면서 괜찮다고 했다. 내가 무슨 교황이나 추기경 같은 게 되지 않는 이상 말이다. 그럼 왜 갈등하고 있냐고?

바로 아이들 때문이었다. 보나마나 얘들은 날 따라오려고 할 것이 틀림없었다. 하지만 교회에는 정규적인 예배를 제외하고도 나이에 따른 학급제가 있었고 나 역시 대학부라는 공동체에 소속되어 있었다. 내 친구들도 모두 거기에 있고. 그리고 아이들도 얘네 또래… 뭐, 태어난 지 3일째니까 유아부에 보내야겠지만 겉보기엔 전부 중학교 3학년에서 초등학교 6학년, 초등학교 3학년 정도로 보이니까 중등부, 소년부, 초등부에 보내야 되는 게 정상이다. 하지만 과연 아이들이 나랑 떨어지려 하겠는가? 아무리 평소에 말을 잘 듣는 아이들이지만 나랑 떨어져 지내는 것만큼은 죽어도 싫어하니.

부르르르!

방 안에서 갈팡질팡하고 있는 내 품 안에서 핸드폰의 진동이 느껴졌다. 고물 핸드폰이라 단음 벨 소리가 듣기 싫어 진동으로 해놓은 건데 진동 하나만큼은 안마기로 써도 될 만큼 위력적이다. 저장된 번호였는지 듀얼 액정에 '세나' 란 이름이 떴다.

"뭐냐, 이 시간에?"

뭐, 요즘 세상에 누가 핸드폰에 아는 이름이 뜨는데 '여보세요~' 라고 받겠는가? 결코 나의 전화 예절이 형편없는 것이 아니다.

"오빠!!"

"캐액!! 야! 누구 귀머거리 만들 일 있어? 어따 대고 괴성이야!"

우욱! 아직도 귀가 멍멍하다. 얼마나 크게 말했으면 저쪽에서 발차기 연습하던 세리스가, 책을 읽고 있던 훼릴이, 내 다리를 붙잡고 매달려 있던 엘리가 깜짝 놀라겠는가? 아주머니는 세나 이 계집애를 가지실 때 무슨 기차 화통이라도 삶아 먹는 꿈을 꾸셨나?

"뭐야, 기껏 신경 써주니까! 지금 교회 버스 도착했으니까 빨리 안 오면 놓친다구! 얼렁 와! 안 오면 오늘 간식은 없으니까 알아서 해!"

뚜우~ 뚜우~

세나는 짜랑짜랑한 목소리로 후닥 말하고는 잽싸게 끊어버렸다. 으으, 건방진 것. 나중에 기필코 쓴맛을 한번 안겨주마.

그나저나 세나의 전화도 있고 성실한 크리스챤(?)인 나로선 교회에 빠질 수는 없는 노릇인데… 지난 주간에 지은 죄도 회개해야 하고 다음 주에 있을 복도 빌러 가야 되는데… 음, 어쩔 수 없군.

"세리스, 애들한테 외출 준비하라고 해. 교회에 가자."

"…교회… 말씀이십니까?"

"그래, 교회. 하나님한테 기도드리는 곳이거든? 너희들도 가서 기도도 드리고 노래도 하고 하면 재밌을 거야. 조금 있으면 크리스마스이기도 하고. 자~ 어서 준비해."

"네."

내 말을 어떻게 이해했는지는 모르겠지만 세리스는 컴퓨터 모니터에 뜬 텔레비전에 푹 빠져 있는 훼릴과 엘리를 데리고 욕실로 들어갔다. 한참 재미있는 장면이 나오는 중이었는지 훼릴이 잠깐 투정을 부렸지만 세리스의 그 과묵한 표정에 꼬리를 말더니 순순히 따라갔다. 엘리는 나도 같이 들어가자는 눈빛을 던졌지만 난 싹~ 무시하고는 애들이 입을 옷을 준비했다. 다행히 천사 같은 스칼렛사마(さま)가 언제 준비했는지 애들이 입을 예쁜 옷들을 주어서 이미 옷장엔 애들이 입을

옷이 빼곡하게 차 있었다. 참 대단한 누나라니깐. 직접 만든 거라고 하는데 어디 웬만한 메이커의 기성복을 능가하는 디자인에 맞춤복같이 사이즈까지 딱 맞아서 아이들의 미모를 한층 더 업그레이드시켜 주고 있었다.

"음… 세리스는 여기 이 빨간색 체크 무늬 주름 치마랑 앙고라 털~ 조끼, 그리고 훼릴은 머리 색에 잘 어울리는 상아 색 코트에 카키 색 산타클로스 털모자면 될까? 엘리는… 음… 아하, 귀가 조금 뾰족하긴 하지만 머리카락으로 가리면 될 거고, 이 하늘색 후드 티를 입히면 되겠다. 킥, 아마 이렇게 귀여운 애들을 데리고 가면 여자애들이 난리겠지?"

애들이 입을 옷을 고르면서 입은 후의 모습을 상상하던 나는 어느새 잠시 후에 있을 사건의 여파는 생각하지 않고 놀라서 자빠질 친구들의 모습을 상상하느라 정신없었다. 그래, 종필이한테 말한 것처럼 부모님이 보낸 거라고 거짓말—하나님, 저의 죄를 용서하시길… 쩝—하고 넘어가면 큰 문제는 없을 것이고 보낸 이유를 묻는다면… 그냥 웃지 뭐.

"오빠, 준비 다 했어~"

"오라버니, 어디 가는 거야?"

"교회 가는 거다."

드르륵 하며 욕실문 여는 소리가 들리더니 애들이 알몸으로 아직 물방울이 떨어지는 머리카락을 휘날리며 뛰쳐나오고 있었다. 머리 감고 세수나 하라고 했더니 샤워를 한 거였냐?

"으데데데~ 옷! 옷! 옷!!"

다행히 세리스만은 팬티라도 입고 있어서 덜 당황했지만 훼릴과 엘리는 내가 놀라서 허둥지둥거리며 소리 지르자 음흉하게 웃으면서 물기가 뚝뚝 떨어지는 머리카락을 손가락으로 배배 꼬더니 나한테 철썩 달라붙었다.

"에헤헤~ 오라버니~ 사실은 좋으면서~"

"에헤헤? 오빠… 사실은? 좋은면서?? 웅~ 오빠, 뭐가 좋아?'

커억! 니들이 내 입에서 피를 토하게 하는구나. 그리고 훼릴~ 넌 이런 거 어디서 배운 거야? 하루 종일 텔레비전만 보더니만 세상의 타락한 모습만 보고 배우는구나. 이를 어찌할꼬? 그리고 엘리는 훼릴이 하는 말이 무슨 뜻인지 알고나 따라 하는 거냐? 아이고, 두야~

"이익!! 어서 안 떨어져? 그리고 훼릴 너! 엘리한테 자꾸 이상한 거 가르칠래? 어서 옷이나 입어!'

"칫, 텔레비전에서 보니까 여자가 이러면 다른 남자들은 다 좋아하던데……."

역시 TV가 문제였군. 전에는 담배를 피우질 않나, 오늘은 야간 영화에서 본 걸 직접 실천하질 않나……. 태어나서 처음으로 디지털 공해란 걸 절감해 보는구나.

"오늘은 특별한 곳에 가는 거니까 얌전히 있어야 돼. 알았지?"

"네에~"

하여튼 대답은 잘해요. 에효~

…….

나의 코디하는 안목이 나쁘진 않았는지 옷을 입은 애들의 모습에서 가히 천사를 방불케 하는 귀여움이 철철 흘러 넘치고 있었다. 그리고 세리스를 비롯해서 훼릴과 엘리도 자신의 옷이 맘이 드는지 거울 앞에서 빙글빙글 돌면서 옷맵시를 보느라 정신이 없다. 아직 어려도 여자는 여자란 말이지?

"오라버니~ 나 예뻐?"

"응, 이뻐이뻐."

"나는? 나는? 나는?"

붙임성이 제일 좋은 훼릴이 내 팔에 자기 팔을 감아 당기면서 애교스럽게 묻자 엘리도 지지 않으려는 듯 바짓가랑이를 잡고 응석을 부렸다. 웃챠~ 엘리는 내가 안아주자 기분이 좋은지 까르르거리며 내 턱에 자기 볼을 부비부비했다.

"귀여워. 아주 귀여워. 깨물어주고 싶을 만큼~"

"웅… 깨무는 건 싫은데…….'

컥! 엘리야, 말이 그렇다는 거지 그렇게 심각한 표정으로 생각할 필요까진 없단다. 그런데 세리스는? 훼릴과 엘리의 옷 입히는 걸 거드느라 좀 늦게 옷을 챙겨 입은 세리스를 떠올리고는 주위를 두리번거렸다. 그래 봤자 5평 남짓한 방에 숨을 곳이 어디 있겠는가만은 잠깐 주위를 두리번거리던 나는 막 옷을 다 입은 세리스의 모습에 숨을 크게 들이키고 말았다.

"…어울리나요?"

욱… 이럴 수가! 내가 겨우 중학교 3학년짜리 어린애의 미모에 넋을 잃다니?! 세리스의 모습은 그야말로 눈의 여신이라고 불려도 좋을 만큼 아름다웠다. 빛이 나는 긴 은발에 새하얀 피부와 앙증맞은 붉은 입술만으로도 충분히 사람을 뇌살시킬 것 같은 그녀가 하얀색 타이즈 차림에 내가 코디한 붉은색 체크 무늬 주름 치마에 흰색 앙고라 털 조끼를 입고 있으니까 그야말로 금상첨화였다. 거기다 치마를 입혀서 그런지 좀 더 성숙한 모습을 보여주고 있어 나도 모르게 입이 헤~ 하고 벌어졌다.

"응, 너무나도."

차마 내 입으로 낯간지러게 '아름다워' 라고 말할 수 없어서 뒷말을 흐렸지만 세리스는 그 말만으로도 충분했는지 엷게 미소를 지으며 엘리를 안고 있는 내 팔 쪽으로 다가왔다.

"그럼 갈까?"

정오가 넘어가고 있었지만 날씨가 추워서 애들한테 세미 코트를 하나씩 더 껴입게 한 나는 조금 서두르는 발걸음으로 편의점 앞에 대기하고 있을 교회 버스로 향했다. 중간에 힘이 들어서 엘리를 내려놓고 천천히 걸어가기는 했지만 다행히 늦지 않고 버스에 올라탈 수 있었다.

"오빠, 왜 이렇게 늦었어?"

버스에 타자 세나가 먼저 와서는 자기 친구들과 함께 맨 끝에서 한 칸 앞쪽 좌석을 잡아놓고는 날 보자마자 소리를 질렀다. 에구, 쟤는 여자애가 돼서 부끄러운 것도 모르나? 얼씨구? 옆에 있는 친구들이 더 부끄러워하네?

"애들 몸단장시키느라 늦었다. 잔말 말구 니 볼일이나 보셔."

그리고 내 말이 끝남과 동시에 내 뒤에서 고개를 빼꼼히 내밀던 훼릴과 엘리는 세나를 보더니 이내 반색하면서 손을 흔들어주었다. 세나도 웃으면서 손을 흔들어주었는데 그때 생각지도 못한 사태가 일어났다.

"캬아아아! 귀여워!"

"우와아아아! 바다 선배? 누구예요? 동생? 아님? 서, 설마 선배, 드디어 인간의 길을 버리고… 억?!"

버스에 타고 있던 나와 같은 부서 소속인 여자애들과 남자애들이 세리스와 훼릴, 그리고 엘리를 보더니 괴성을 질러대면서 난리를 떨었다.

여자애들은 그저 귀엽다고 소리를 칠 뿐이라 크게 문제될 건 없었지만 남자 놈들(!!)은 달랐다. 좀 친하게 지내는 후배 녀석들이 한다는 말이… 뭐, 인간의 길을 버려? 카아아악! 퉤!

"어허어허! 진정해, 진정! 야~ 야, 거기 너! 엘리 건드리지 마. 오인아! 니 나이가 얼만데 훼릴한테 그런 뜨거운 눈빛을 주는 거냐? 훠이~ 훠이~ 자자, 애들아, 따라와."

난 앞뒤로 분주히 움직이며 어떻게 건드려보려는 놈들과 귀엽다고 소리치는 여자애들의 손길을 매섭게 뿌리쳐 가며 맨 뒤쪽 길쭉한 의자에 자리를 잡을 수 있었다. 내가 중간에 앉고 세리스를 내 왼쪽에, 훼릴과 엘리를 오른쪽에 배치시키고는 부릅뜬 눈으로 날파리들을 쫓아버렸다.

"크윽, 너무하십니다, 서언배~"

"한 번 만져(?) 본다고 닳는 것도 아니고."

"다 필요없으니까 모, 목소리를 들려줘~"

탁 트인(?) 가운데 자리에 앉아 있으니까 버스 안에 있던 남자들의 늑대 울음소리가 5.1채널 서라운드로 들려왔다. 이런 귀축적인—변태 같은, 여자만 밝히는 폐인 같은—놈들을 보았나?

"시선 앞으로 돌리는 게 신상에 좋을 거다. 앞으로의 인생에 암울한 그림자를 드리우고 싶지 않다면!"

난 나도 모르게 살기를 풀풀 날리며 중앙 통로 쪽에 고개를 빼꼼히 내밀고 있는 녀석들에게 경고성 발언을 날렸다. 그리고 이런 나의 경고 발언에도 끝끝내 미련을 굽히지 않은 녀석은 하나님의 말씀이 빼곡하게 새겨져 있는 성경책과 강렬하게 키스시켜 주는 성은(?)을 내려줌으로써 잠재워 줬다.

"세리스, 훼릴, 엘리, 잘 들어. 교회든 어디든 나 말고 다른 사람들이 따라오라고 해도 절대 따라가면 안 돼. 알았지? 다른 사람을 시켜서 부를 땐 '연금술사의 집' 이란 암호를 사용할 테니까 너희들이 암호 하고 말해서 대답하지 못하는 사람은 절!대! 따라가선 안 돼. 알았지?"

난 도무지 철없는 어린것을 물가에 내놓는 기분이라 나름대로의 방안책을 내놓았지만 세리스와 애들은 도무지 긴장감이란 게 없는 모양이다.

"아하하~ 꼭 무슨 첩보 영화 같다~ 알았어요, 걱정 많은 오라버니~"

"응, 응……. 그런데 첩보 영화가 뭐야?"

"…억지로 데려가려고 하면 쓰러뜨릴까요?"

이렇게 대답하는 걸 보니 말이다.

그리고 세리스, 쓰러뜨리다니? 니가 무표정한 얼굴로 그런 말을 하면 결코 농담으로 들리질 않는단다.

어쨌든 30분간에 걸친 나의 철저한 감시 속에 나와 애들은 성서에 위치한 제법 큼지막한 교회에 도착할 수 있었다. 내가 출석하는 교회가 있는 이곳은 성서에서도 아직 구체적인 도시화가 이뤄지지 않은 곳이라 집 근처보다 주변 환경이 한산한 편이었다. 뒤로는 개구리 소년들이 실종된 와룡산이 솟아 있었고 언제나 오가는 자동차로 분주한 집 주위 도로와는 달리 8차선 도로도 무척 한산했다.

세리스와 훼릴, 엘리는 이런 한산한 광경이 무척 마음에 들었는지 주변을 두리번거리며 신기해했다. 이거 나중에 함께 시골이나 관광 명소로 여행이라도 다녀와야겠는걸?

"여기가 교회란 거야?"

“아냐, 이 바보야. 교회라는 건 하나님이라는 신을 섬기는 집이야.”

“지입(집)? 그럼 신이 거기에 살고 있어?”

“웅… 글쎄, 자기 집이니까 살고 있지 않을까?”

“……”

엘리가 주변을 돌아보면서 나한테 묻자 옆에 있던 훼릴이 자기도 잘 알지 못하면서 아는 체를 했다. 세리스는 그저 담담하게 내 옆에 서서 지나가는 사람들을 살펴보고 있을 뿐이었다.

“음, 훼릴이 한 말도 틀린 건 아닌데 하나님은 저기 교회에만 계시는 게 아니라 이 세상 곳곳에 다 계시는 거란다. 그리고 저기 높은 하늘 위에서 우리를 가만히 바라보고 계시지.”

그래도 모태신앙과 세례자란 간판이 거저 얻은 건 아닌지 어디서 주워들은 말을 엘리에게 해줄 수 있었다. 하지만 이것만 가지고는 너무 추상적이라 아직 어린아이인 엘리가 알아들었을 리 만무했다.

“어디에나 있어? 그럼 화장실에도?”

“음… 그 아마도 보고 계시겠지?”

“아하하! 그럼 변태 아냐?”

커억! 그런 신성 모독적인 발언을 하다니! 아무래도 훼릴 혼자서 교회를 활보하게 놔둔다면 난리가 나도 큰 난리가 날 것 같아 심장이 오그라들 정도로 불안해지기 시작했다.

‘결코 혼자 두지 않으리라!’

조심스럽게 다짐해 보는 나였다.

예배를 드리는 대예배당까지 가는 길에서도 목사님이나 집사님들이 세리스와 아이들을 보고 귀엽다느니 딸 삼고 싶다느니 하면서 시간을 좀 잡아먹었지만 그건 약과에 불과했다. 한참 찬양을 드리면서 홀리(Holy)해지고 있는 예배당에 나와 아이들이 들어가자마자 여기저기서 웅성웅성거리는 게 여간 신경이 쓰이는 게 아니었다. 거기다 간간이 귓가에 들리는 신경 긁는 소리는 당장 뛰어가서 어설프게 배운 태권도지만 한껏 실력을 발휘해서 이단 옆차기로 날려 버리고 싶은 충동을 일으켰다.

"어디서 납치해 온 거야?"

"어머머? 바다 선배, 여자 친구 없다고 노래를 부르더니 이젠 키우는 건가?"

"근데 쟤네들 머리 색깔 정말 끝내주지 않냐? 은발에 빨간 머리에 초록색 머리라니. 어디서 염색한 거야? 그리고 저렇게 귀여운 얼굴이라니… 저 정도면 나도 키워보고 싶다."

카아아앗! 성스러운 교회에서 이 무슨 해괴한 망발이란 말이냐! 이러니까 우리 나라 기독교가 무너지고 있다는 말이 나오지.

그래도 이런 나의 복잡하고 부글부글 끓는 심사와는 반대로 훼릴과 엘리는 예배 전에 분위기 조성을 위한 가스펠 팀의 노래와 반주에 완전히 도취된 분위기였다. 기존 가요에 비하면 별로 화려할 게 없는 반주에 드럼이지만 TV 스피커로 듣는 음악과 온몸으로 느끼는 드럼의 강렬한 비트는 그 차원을 달리하는 것이다. 때문에 둘은 잘 알지도 못하는 노래를 흥얼거리면서 따라 부르고 있었다. 거기다 둘의 모습을 보던 난 문득 세리스는 어떨까 하고 살펴봤는데 그녀도 별다를 건 없었다. 비록 겉으로 티는 내지 않았지만 작게나마 고개를 까딱이면서 박자를 타는 게 더 귀엽게 보였다.

시간이 흘러 가스펠 팀이 들어가고 담임목사의 설교가 시작됐다. 조금도 가만히 있지 못하는 훼릴과 엘리 때문에 신경이 쓰여서 설교는 귀에 들어오지도 않았다. 하지만 정도가 심해진다 싶을 때마다 언제 기선을 잡기 시작했는지 세리스가 한 번 째려보면 장난을 멈추고 다소 곳해지는 훼릴과 엘리였다. 하지만 결코 평온한 시간만은 아니었다. 기도 시간에 모두들 고개를 숙이고 있는 게 신기했는지 두리번거리던 훼릴이 때마침 옆 친구랑 장난치고 있던 후배 녀석을 가리키며 '아! 저 사람 눈 뜨고 있다!' 라고 소리쳐서 예배당이 웃음보로 뒤덮이는 사태 가 발생하기도 했었다. 거기다 가증스럽게도 사람들의 이목이 자기에 게 쏠리자 언제 그랬냐는 듯 있는 새침 없는 깜찍 다 떠는 훼릴의 모습 에 소름까지 돋았다. 어째 다른 애들은 다 순진한데 유독 훼릴녀석만 이렇게 삐딱선을 타는지.

"…이로써 모든 예배를 마치겠습니다."

단상에서 사회자가 마치겠다는 말과 함께 대부분의 사람들이 자리 에서 일어나고 있었다. 거의 대부분이 각자 속해 있는 부서로 향하는 길이겠지만 몇몇의 인물은 사람들을 헤집어가며 내게 다가오고 있었 다.

"이야~ 바다~ 언제부터 애 보는 알바 시작했냐?"

"우와~ 엄청 귀여운 애들이잖아? 아하! 그리고 보니 얘가 좀 전에 기도 시간에 소리 지른 애지? 큭큭, 장래가 유망한 어린 아해로고~"

이런 것도 친구들이라고 지내는 내가 불쌍해진다. 주위를 쭉 둘러보 니 어느덧 20대 중반의 외모를 유감없이 내놓고 다니는 네 명의 친구 들이 모여 있었다. 삐쩍 마른 몸에 계절에 맞지 않게 푸른색 코팅이 된 안경을 쓰고 있는 오버맨 이종필, 뱃속에 능구렁이 백 마리는 담고 있 을 것 같은 동기 최고의 잔머리와 최대의 머리 크기를 자랑(?)하는 배 건, 입 싸고 언제나 활발한 다른 의미에서의 살인 미소 김재원, 마지막으로 온갖 또라이 짓과 느끼의 극을 달리는 일명 황똘 게이~ 황심온이 주위에서 세리스와 훼릴, 그리고 엘리를 나와 번갈아 보면서 서 있었다.

"뭐냐? 애들은?"

아지 종필이에게 설명을 못 들었는지 심온이가 궁금하다는 듯 물었고 나머지 녀석들도 고개를 주억거리면서 동감을 표했다. 에고, 또 거짓부렁을 지껄여야 하는 건가?

"…이렇게 된 거야!"

"오오~ 작가의 놀라운 요약이었어."

"뭐라고?"

"아, 아니."

어쨌든 내가 종필이에게 했던 말을 조금 더 신빙성있게 편집해서 말해 주자 모두들 이해했다는 듯 세리스들을 불쌍하다는 듯이 쳐다봤다.

그리고 이미 얼굴을 익히고 있던 종필이가 엘리의 머리를 쓰다듬으면서 말했다.

"쯧쯧… 불쌍한 것들. 하필이면 많고 많은 사람들 중에 이 녀석 집에서 얹혀살게 되다니… 지금까지 고생이 많았겠구나. 이 사람이 괴롭히고 막 대해도 힘내. 알았지?"

"자, 오빠 전화번호니까 들고 있다가 이 사람이 이상한 짓(?) 하려고 하면 전화해. 만약에 전화번호 잊어버리면 가까운 공중전화로 가서 빨간 단추 누른 다음 119 누르고 '살려줘요~' 라고 외치구!"

뒤이어 건이가 메모지에다가 끄적인 전화번호를 훼릴의 손에 쥐어주면서 말했다.

"차라리 이 오빠랑 같이 살……?!"

마지막으로 심온이가 느끼한 말투로 세리스의 어깨를 잡으며 말했다. 하지만 심온이의 말 중에 '살래?' 라고 추정되던 단어는 끝까지 나올 수 없었다.

쿠당!

"커어어억?!"

세리스가 약간 창백해진 얼굴로 어깨에 올려진 심온이의 손을 잡아 틀면서 몸을 돌리더니 왼손으로 뒤로 넘어가던 심온이의 목을 강타해 버렸기 때문이다. 그리고 내 입에서 경악 어린 소리가 터져 나온 건 거의 동시였다.

"세리스!"

거의 기절 직전까지 갔던 심온이를 깨우고 세리스에게 주의를 주는 것으로 이 사건의 결말은 지어졌지만 아무래도 내 친구들이 세리스를 슬금슬금 피하기 시작하는 게 분명히 쫄고 있는 듯했다.

'함부로 건드리지 마라.'

'남성 혐오증일지도 몰라.'

'얼굴은 귀여운데 무서운 애다.'

라고 생각하는 게 얼굴에 훤하게 써 있는 내 친구들이었다. 그리고 세리스가 뭔가 불만 어린 표정으로 내 팔에 매달리는 모습에 한층 경악을 거듭하는 놈들이었다.

'벌써 저지른(?) 건가?'

그나마 긍정적인 사고를 지니고 있는 재원이의 얼굴.

'짐승 같은 놈! 저런 걸 친구라고'.

착각 잘하는 종필이의 안면.

'연상이 좋다고 하더니 사실은 키우는(?)구나?'

나의 과거를 잘 알고 있는 건이의 얼굴 가죽.

'쩝, 그래도 부럽다.'

…말할 필요도 없는 황똘 게이의 낯짝이다.

야야야~ 얼굴에 다 보인다니까!

친구들과 잡담을 나누던 나는 왠지 동떨어진 듯한 아이들의 시선도 있고 해서 잽싸게 지하실에 마련되어 있는 휴게실로 갔다. 역시 교회가 크다 보니 별별 시설이 다 완비되어 있었다. 뭐, 자판기 커피긴 하지만 따뜻한 커피에 가스펠 음악이긴 하지만 음악이 흐르니 그런대로 분위기도 괜찮았다.

"여긴 뭐야?"

"휴게실. 잠깐 쉬었다가 집에 가자."

원래의 일정대로라면 대학부라는 내가 속한 단체가 이끄는 모임에 참석해야 되지만 다른 사람들의 시선도 있고 애들이 또 어떤 사고를 칠지 몰라 서둘러 귀가하기로 마음먹었다. 하지만 하나님도 애네들이 마음에 들었는지 쉽사리 교회를 벗어나기는 힘들 것 같았다.

"어머, 바다네? 애네들은 누구야? 친척 동생?"

아뿔싸~ 되도록 사람들과 마주치지 않으려고 휴게실에 들어온 거였는데 가장 꺼려 하는 인물이 이미 매복하고 있었다. 하얀 원피스에 부드러운 미소를 짓고 있던 그 인물은 가벼운 발걸음으로 내게 다가왔다.

이름 류지영. 나이 25살. 아담한 체구에 단발머리가 잘 어울리는, 오밀조밀한 외모를 갖춘 꽤 높은 선배였다. 성격도 조용조용하고 착하고 여성스러운 편이라 뭇 남성들에게 많은 러브콜을 받는 사람이었지만 지금 이 상태의 나에겐 무척 꺼려지는 상대였다. 당연히 싫어서가 아니다. 지극히 반대라서 문제지.

"아, 아니요. 외국에서 지, 지내는 부모님이 보낸 애, 애들인데 한국에서 살게 됐어요. 저랑 오빠 동생 하는 사이라서 교회에 데려온 거구요."

웃, 나도 모르게 말을 버벅대며 시선을 잠깐 창문 쪽으로 돌렸다. 윽… 지하실에 무슨 창문이 있다고?! 하아아! 이성이 제자리를 찾지 못하고 있구나. 몇 마디 나누지도 않았는데 가슴이 벌렁벌렁거리고 등 뒤로 식은땀이 흐르기 시작했다. 손까지 땀이 흥건해졌는지 내 손을 잡고 있던 세리스가 내 얼굴을 올려다보며 고개를 갸우뚱했다.

"여전히(?) 몸이 안 좋아 보이는구나? 한겨울에 식은땀을 다 흘리고. 아, 벌써 시간이 이렇게 됐네? 나 올라가 봐야겠다. 바다야, 옷 따뜻하게 입고 다니고 감기 안 걸리게 조심해~ 너희들도 안녕~"

지영 선배는 시계를 보더니 손을 살짝 흔들어 보이고는 훌쩍 떠나 버렸다.

"후우우우우~"

나도 모르게 한숨이 길게 나왔다. 안도감이랄까? 아니면 아쉬움 때문이랄까? 매주 교회에서 한 번씩 얼굴이 마주칠 때마다 인사를 하는 것뿐인 관계지만 내 가슴은 새가슴마냥 만날 때마다 콩닥콩닥거렸다. 이제 알겠는가, 내가 왜 저 선배를 제일 꺼려 하는지를? 그렇다. 난 지영 선배를 짝사랑하고 있었다. 그냥 사랑도 아니고 짝.사.랑.을 말이다. 대학교 신입생 때 보고 반한 후로 군에서도 잊지 못한 그녀였지만 어떻게 된 게 만날 때마다 온몸에 열기가 솟아오르고 식은땀이 줄줄 흘러내렸다. 혹시 이거 인연이 아니라서 그런 건가 했지만 친구들에게 문의해 본 결과―당시엔 순진했었다. 이런 걸 친구들에게 묻다니……. 바보

바보―그저 심각한 상사병 증상 중에 하나라고 할 뿐이었다.

"오빠, 어디 아파?"

내려오는 계단에 넘어질까 품에 안고 있던 엘리가 자기 윗옷 소매자락으로 내 이마에 흐르던 땀을 훔쳐 주면서 걱정스러운 목소리로 물었다. 이런, 내 상사병 말기 증상이 엘리에게 걱정을 끼칠 정도였단 말인가? 이 나이가 되도록 숫기없는 나 자신에게 한심함을 느끼면서도 반면에 아직 어른 여자에게 매력을 느끼는 나에게 알 수 없는 안도감을 느꼈다.

"괜찮아. 별거 아냐. … 뭐야? 세리스도 걱정한 거야?"

"응……."

아직 남녀 간의 감정을 이해하지 못하는 엘리와 세리스는 평소와는 다른 나의 모습에 걱정스러운 눈빛을 감추지 못하고 내 손을 꼭 쥐고 있었다. 문득 이런 애들의 천진난만한 모습이 귀여워서 꼭 끌어안아 주는데 옆에서 분위기 깨는 존재가 있었으니…….

"오라버니~ 저 언니 좋아하지? 그치? 맞지?"

"헉!"

말투만 들어도 알 수 있는 훼릴이었다. 웬일로 비가 오나 눈이 오나, 잡고 있을 것만 같은 내 옷자락을 놓고 혼자서 곰곰이 생각하고 있더라니……. 좀 전의 내 반응을 분석하고 있었던 모양이다.

"꺄하하하, 놀라는 거 보니까 맞다. 그치? 세리스, 오라버니가 좀 전의 그 언니를 좋아한대."

"빠득……."

뭐, 뭐냐, 방금 전의 그 치아 마모되는 소리는? 난 훼릴의 놀라운 통찰력에 감탄하는 한편 왠지 피곤해질 것 같다는 생각에 커피나 마시며

쉬려는 생각을 접고 어서 빨리 교회를 벗어나는 게 좋을 것 같다는 결심을 했다.

"야야~ 바다! 뭐 하냐, 안 들어가고? 여기서 애들 보는 거냐?"

그러나 역시 가는 날이 장날이고 첩첩산중, 호사다마라더니 좋은 일도 없었는데 나쁜 일이 연발로 날아들었다. 휴게실의 유리 문을 쓰윽 밀면서 건이가 들어왔다.

"참! 방금 지영이 누나 나가던데 만났냐?"

소 뒷발로 쥐 잡는 격이랄까? 아니면 무심코 던진 돌에 개구리가 죽은 격이랄까? 건이 녀석이 무심결에 한 말에 훼릴이 눈빛을 번뜩였다.

"저기요, 저기요, 방금 전에 나간 언니 있잖아요."

"으응? 그, 그래."

호들갑을 떨면서 어느새 다시 내 옷자락을 잡은 훼릴이 초롱초롱한 눈망울로 건이에게 말을 걸었다. 건이 놈은 얼굴에 '영어로 안 물어서 다행이다~' 라는 표정을 만면에 띤 채 애교가 넘치는 훼릴이 귀여웠는지 웃으면서 대답해 주었는데 뒤이어 나오는 훼릴의 말에 나는 기겁해야만 했다.

"우리 오라버니가 그 언니 좋아하는 거 맞죠?"

"응? 큭, 그래~ 너 꽤 눈치 빠르구나. 나중에 커서 아주 큰(?) 인물 되겠어?"

"야, 배건! 너 어린애랑 뭔 소리를 하는 거야!"

크아악! 내가 왜 훼릴의 입을 막지 않았지? 아니, 그전에 왜 훼릴을 교회에 데려왔지? 아니아니, 내가 왜 그때 훼릴의 봉인석을 가지고 왔을까? 아니, 왜… 왜, 왜, 왜?!

"큭큭큭, 잘 들어. 너희 오빠는 말이지, 좋아하는 여자 앞에 서면 완전히 바보가 되어버리는 불치의 병에 걸려 있단다. 보통 방금 전에 본 지영 선배 앞에 서면 100% 발병하는 불치병인데 가끔씩 예쁜 여자애들이 말을 걸어도 발병하는 신기한 병이지. 아? 혹시 너희들한테도 말을 더듬거나 뻣뻣히 굳은 채 말하지 않던?”

“웅, 그런 적은 없었는데?”

“크아아악! 너 죽었어!”

어떻게 건이랑 훼릴의 대화를 막지 못하고 한동안 패닉 상태에 빠져 있던 나는 건이 녀석의 마지막 말에 결국 이성을 잃고 말았다. 그리고 내가 시전할 수 있는 최고의 필살기, 분노의 미티어 스트라이크—일명 박치기라고도 한다—를 녀석의 머리에 선사해 주자 녀석은 이마에 한줄기 연기를 뿜어냄과 동시에 무너져 내렸다.

“이런 인생에 도움이 안 되는 녀석이랑 쓸데없는 잡담 하지 말고 어서 집에 가자!”

“오빠, 굉장하다.”

“오라버니 돌머리!”

“…내 통상 공격보다 강할지도…….”

흑, 나의 뛰어난 전투력에 순수히 감탄하는 건 엘리밖에 없구나.

잠깐의 이성 탈출 사태에 따른 건이의 실신(?)한 몸을 뒤로한 우리는 되도록 사람들의 이목을 피해서 교회를 탈.출.할 수 있었다. 크윽… 내 비록 거짓말도 좀 하고, 사이버 범죄도 좀 하고, 으흐흐한 비디오 테잎도 좋아하고, 미연시 게임이라는 시대가 낳은 게임도 좋아하지만 남 보기에 부끄럽지 않는 썬데이 크리스챤이었는데 오늘로써 그 말도 물건너갔다.

교회를 벗어나서 집으로 가기까지 세리스가 일으킨 네 번의 구타 사고와 훼릴의 돌발적인 행동으로 일어날 뻔한 교통사고가 세 건, 내 품에 안긴 엘리가 인형인 줄 알고 엄마한테 사달라고 조르는 꼬마와 마주친 게 여섯 번 정도 있었지만 거의 대부분이 내가 감당할 수 있는 수준에서 크게 벗어나지 않아 우리는 무사히 집으로 돌아올 수 있었다. 그리고 난 그날로 단단히 결심했다.

'결코! 절대로! 기필코! 세 명을 동시에 데리고 외출하지 않겠다!!'

참고로 그날 교회에서는 혼수상태에 돌입한 건이를 저녁 7시쯤에나 발견할 수 있었고 누군가의 입에서 발단된 소문인지는 모르겠지만 내가 세리스들을 키워서 잡아먹을 거라는(?) 소문이 돌고 있었다. …빌어먹을!

혁… 혁… 숨이 막힌다. 온 사방이 어둠에 휩싸여 있다. 난 어디에 있는 걸까?

우주?

하지만 어디에도 별이나 달 같은 것은 보이지 않는다. 눈을 뜨고 있다고 생각되지만 내 손, 발, 그 무엇도 보이지 않는다.

얼마간을 헤맸을까? 어느 순간엔가 내가 살아온 모든 순간들이 시간이 거꾸로 흐르는 것처럼 파노라마가 되어 펼쳐지기 시작했다. 세리스와 엘리, 훼릴을 만난 것, 부모님이 날 두고 외국으로 나가시는 장면, 내 고등학교 입학 당시의 모습, 초등학교 졸업식 날 내 손을 잡고 울고 있는 친구의 모습도 보였다.

설마 이건 주마등?

그럼 이 파노라마처럼 펼쳐지는 영상이 끝나기 전에 깨어나지 못하면 죽는 건가? 무서워졌다. 발버둥 치고 싶었다. 하지만 내겐 손도, 발도, 아무것도 휘젓거나 발버둥 칠 게 없었다. 소리도 낼 수 없었다. 그저 무(無)의 공간뿐.

끝이 다가오는 걸까? 내가 태어났을 때의 모습이 보였다. 너무 오래된 기억이라 그런 걸까? 아님 아직 눈을 뜨지 못해서였을까? 희미하게 날 거꾸로 들고 있는 간호사와 의사로 생각되는 사람들이 보였다. 그럼 이제 남은 건 태아 상태의 기억뿐인 걸까?

마지막이라고 생각는 장면이 되자 더 이상 눈으로 보이는 것도 없어졌다. 그저 심장이라고 생각되는 부분에서 느껴지는 두근거림과 온몸을 감싸고 있는 듯한 따스하면서도 끊임없이 요동 치는 기운이 느껴질 뿐이었다.

‘죽어가는 걸까?

순간 내 몸 주위에서 요동 치는 기운이 내 코와 입으로—여겨지는 곳—만수의 댐에서 쏟아져 나오는 물같이 쏟아져 들어왔다.

"흐어어어어어어어!! 업!!"

그와 동시에 난 가슴이 탁 트이는 듯한 느낌을 받았고 눈을 뜰 수 있었다.

"응?"

안경을 쓰지 않아 뿌옇게 보이는 시야에 익숙한 모양의 천장과 아직 꺼져 있는 형광등이 들어왔다. 주위를 둘러보니 조금은 늦은 아침이었다. 여름과는 달리 12월의 아침은 해가 떴다는 것만으로도 아침 9시는 되었다.

"으응? 이건 뭐냐?"

머리맡에 두었던 안경을 찾느라 머리 위로 손을 뻗어 더듬거리던 나는 가슴패기 쪽에서 느껴지는 묵직한 느낌에 서둘러 안경을 꼈다.

"…아무래도 2층 침대를 사는 걸 심각히 고려해 봐야겠다."

나지막하지만 굳센 의지(?)가 깃든 목소리로 중얼거린 나는 내 목 언저리에 걸쳐져 있는 훼릴의 한쪽 다리와 분명 어젯밤에 탁상 위에 재웠는데 지금은 내 가슴패기에 올라가 있는 엘리, 마지막으로 왼쪽 옆구리에 얼굴을 파묻고 있는 세리스를 살짝 떼어냈다.

애들이 잠에서 깨지 않게 조심조심 움직인 나는 어제 저녁에 있었던 일을 회상해 보았다.

하긴, 지금 생각해도 조금 무리가 있는 자리 배치였던 것 같다. 며칠 동안 사람 수를 생각해서 가로로 누워 잤더니 언제나 책상, 의자 때문에 새우잠을 자야만 했던 내가 발상을 바꿔서 엘리를 탁상 위에 재우고 세로로 누워 잤던 게 화근이었다. 그러니까 엘리가 내 가슴 위에 다이빙을 한 거고 여유 공간이 생긴 훼릴이 90도 턴을 감행해 가면서 내 목에 다리를 걸친 게 아니겠는가?

조심스럽게 일어나서 담배를 입에 물었다. 담배 연기 때문에 차마 불을 붙이진 못했지만 어느새 온몸으로 전위 예술을 하고 있는 훼릴과 엘리를 보고 있자니 불을 당기고 싶은 충동이 물씬 일었다. 후우후우 ~ 참아야 하느니~ 참아야 하느니~

"하하… 이 녀석 때문에 꿈에서 주마등을 무삭제 디렉터리 컷으로 관람하다니……."

그렇다. 태어나서 처음으로 가위에 눌린 내가 본 주마등은 훼릴의 다리 때문이었다. 아마도 저 다리가 내 기도를 누르고 있는 바람에 이불에 눌려 반항도 못한 나를 질식 직전까지 몰고 갔었고 하나님이 보우하셨는지 적절한 시기에 탁상 위에서 다이빙한 엘리 덕분에 숨통이

트인 게 아닐까 하는 거의 확정적인 시나리오가 그려졌다.

"저 잠버릇을 그대로 둔 채 2층 침대를 사줬다간 조만간에 송장 한둘 치우겠구만."

그것도 척추 탈골이나 꽤나 중한 뇌진탕으로 말이다. 물론 용의자는 가공할 90도 턴의 훼릴과 다이빙의 달인 엘리겠지만 말이다.

"음… 먼저 씻을까?"

결국 불을 붙이지 못한 담배를 다시 담배 케이스에 집어넣은 나는 애들이 깨기 전에 먼저 씻기로 마음먹었다.

그리고 조금 시간이 지나 외출 준비를 모두 끝낸 나는 컴퓨터로 메일 확인을 하다가 욕실을 향해 소리쳤다.

"다 씻었어?"

애들보다 먼저 일어난 덕분에 이미 출근(?) 준비를 마친 나는 꺄르르거리는 소리가 끊이지 않는 욕실에 대고 소리를 질렀다.

"꺄르르르~"

"따가워~ 따가워~ 잉~"

"참아."

에구구~ 아무래도 아직 머리 감는 데 익숙하지 않는 엘리의 눈에 또 비누 거품이 스며든 모양이었다. 보나마나 세리스가 씻겨주고 있을 거고 훼릴은 옆에서 엘리의 투정을 보고 웃고 있는 거겠지.

"내가 못살어~"

결국 밖으로 나간 나는 담배에 불을 붙이고 말았다.

마법을 배운 지 3일째.

나나 연금술사의 집이나 약간의 변화가 있었다. 나의 변화는 마법적인 것이니 말할 게 없고 연금술사의 집의 변화는 결계를 풀고 약간은 고풍스런 외관을 뽐내며 부분적으로 세상에 드러난 것이었다. 순간 이동 기술이나 환상 마법을 쓰지 못하는 내가 쉽게 드나들 수 있도록 이안과 스칼렛이 결계를 조금 손봤기 때문이었다. 그래도 여전히 보통 사람은 가게를 보기만 해도 거부감이 일도록 마법적인 조자을 했기 때문에 손님은 여전히 전무한 상태였다. 뭐, 덕분에 구청이나 동사무소에서 나온 직원들도 왠지 모를 거부감에 돌아가 버렸다는 후문이 있지만.

그래서 결계가 없어진 덕분에 나와 세리스, 훼릴, 엘리는 단정한 복장으로 남들의 시선을 신경 쓰지 않은 채 결계를 뚫고 연금술사의 집으로 들어갈 수 있었다.

짤랑짤랑~

"어서 오세요~"

문에 달린 풍경 소리가 반가운 듯 울리자 칵테일 바의 진열대를 손보던 스칼렛이 고개를 돌리면서 반갑게 인사를 건넸다.

오늘도 전날과 그리 다를 바 없는 하루였다. 난 여전히 공식조차 외워지지 않는 미분과 적분을 붙잡고 악전고투하고 있었고 이안은 그런 내 옆에서 신문지를 둘둘 말아서 만든 회초리로 날 때려가며 가르치고 있었다.

내 생각인데 만약 내가 고등학교 때 이안을 만났다면 지금쯤 서울대에 진학했을 거다. 완전 스파르타 식 교육에 시간마다 쪽지 시험으로 실력향상 정도를 테스트하니… 혹시 이날을 위해서 과외선생 같은 부업을 하고 있었던 건 아닐까? 거기다 이렇게 스파르타 식으로 가르치면서도 꼬박꼬박 존대를 쓰는 걸 보면 거참 독특한 성격이다.

"흠… 25문항 중에 12문항을 맞췄군요. 11문항은 수식은 맞는데 정답이 틀렸고. 한 군, 여기 21번 문제는 간단한 더하기 빼기를 못해서 틀린 거잖아요! 일단 시작하면 문제에 끝까지 집중해야 합니다. 알겠습니까? 그리고 두 문제는 아예 풀지도 않았죠? 기껏 배운 미분과 적분을 응용하지 못한다면 아무런 쓸모가 없습니다. 응용을 할 줄 알아야 미분과 적분을 완전히 이해하게 되는 겁니다."

이안의 말이 많아졌다. 비록 얼굴에 미소를 지우지 않고 있지만 난 이렇게 말이 많아질 때가 훨씬 무섭다는 것을 단 며칠 사이에 파악할 수 있었다. 오죽하면 스칼렛마저 이안의 말이 많아지기 시작하면 애들을 데리고 밖으로 나가겠는가? 그것도 아이들 정서에 별로 좋지 않다고 하면서 말이다.

"뭐, 그래도 저번보다는 좋아졌잖아요."

"좋습니다. 그동안의 성과는 인정해 드리죠. 그리고 오늘 오후부터는 기초 마법 이론에 앞서 마나를 느끼는 훈련부터 하겠습니다. 그걸 염두에 두세요. 그럼 아이들과 함께 즐거운 시간 보내시길."

그래도 이안은 처음에 시험 봤을 때 25문항 중에 24문항을 백지로 내고 기껏 풀었다고 생각했던 1문항도 간단한 연산을 틀려서 오답을 냈던 과거에 비하면 장족의 발전이라고 느꼈는지 잔소리를 길게 하진 않았다.

'다행이다~ 이안이 근엄한 표정으로 잔소리와 함께 전격 마법으로 고문하는 건 정말 괴롭단 말이야. 그런데 마나를 느끼는 훈련?'

이안의 전격 마법에 구워지면서 배웠던 기초 마법 이론 중에 마나에 대한 설명이 생생하게 떠올랐다.

마나.

생명이 있는 인간이 가지는 기본적인 에너지인 오라와는 다른, 대기 중에 퍼져 있는 바다와 같은 에너지의 흐름을 말한다. 이안은 과학적인 증명 없이 오직 마법이라는 체계를 통해서만 그 존재를 확인할 수 있는 존재를 마법에서는 마나라 칭한다고도 했었다. 물고기가 물없이는 살 수 없듯이 모든 생명체와 무생물은 마나를 뼈대로 이루어져 있다라는 비유로 설명했지만 머리가 나빠서 그런지 구체적인 개념을 잡지 못하는 나에게 이안은 다시 설명해 주었다.

"모든 물질은 기본 개념이 원자의 집합으로 이루어져 있습니다. 그럼 그 원자는 무엇으로 이루어져 있을까요? 과학자들은 원자를 구성하는 게 양자와 중성자로 이루어진 원자 핵과 그 주변을 회전하고 있는 전자로 이루어져 있다고 합니다. 고대의 어떤 과학자들은 그 사이에 에텔이라는 중간 물질이 있어서 형체를 이루고 있다고 주장하기도 했습니다. 하지만 마법에서는 그 원자를 이루는 물질이 바로 마나라고 정의하고 있고 현대의 과학으로는 보지도, 느끼지도 못하는 그 물질이 피동적(被動的)인 의사 능력을 가지고 있다고 보고 있습니다."

그리고 부연적인 설명으로 모든 생명체들 중에 몇몇 특별한 경우의 존재를 제외하고는 인간만이 마나에 의지를 전할 수 있다고 했다. 즉, 인간이 가진 오라를 바탕으로 의지를 구체화시키고 마나를 움직여 그 의지를 실현시키는 방법을 일컬어 통칭 '마법' 이라고 한다는 것이다.

"눈에 보이지도 만져지지도 않는 마나를 느끼는 훈련이라니? 어떻게 하려는 걸까?"

난 이안이 말한 훈련에 대해서 여러 가지 방향으로 생각하다가 스칼렛이 쉬는 시간을 주었는지 내게로 달려오는 아이들 때문에 될 대로 되겠지하며 쉽게 생각하기로 했다. 설마 죽기야 하겠어?

까페의 거실에 아이들과 자리를 잡은 나는 리모콘으로 TV를 켰다. 이리저리 채널을 돌리던 중에 케이블 방송으로 뉴스가 나오길래 채널을 고정시키고 아이들과 함께 시청했다. 만화 영화를 보고 싶었던 훼릴이 약간 불만 어린 표정이었지만 뭐든지 신기하기만 한 엘리는 곧잘 내게 '정치가 뭐야?', '촛불 시위가 뭐야?' 하고 물으며 뉴스에 빠져들었다. 비록 정확한 대답을 해주진 못했지만 옆에서 세리스와 훼릴이 백과사전에서 본 내용을 암기하듯이 단어 설명을 해줬다. 즉, 엘리는 나한테 질문을 하고 세리스와 훼릴에게 대답을 듣는 형태로 지식을 쌓아가고 있었던 것이다. 가끔 내가 전체적인 내용을 종합해 주긴 하지만 뭔가 허전한 느낌이었다.

'이거… 더 이상 내가 가르칠 게 없을지도 모르겠군. 그럼 이제 부족한 건… 경험뿐인가?'

난 TV를 보는 중간중간에 세리스와 훼릴이 엘리를 가르치는 걸 유심히 봤다. 서운함을 느꼈다. 단 며칠뿐이었는데 벌써 새끼를 떠나보내는 어미 새의 심정이랄까?

깡깡!

"자, 자아, 식사 하세요~"

주방에서 식사 준비를 하던 스칼렛이 국자로 냄비를 두드리며 식사 준비가 다 됐다는 걸 알렸다. 에이프런을 앞에 두르고 식사 준비를 하는 모습이 무척 가정적으로 느껴졌다. 나중에 세리스나 훼릴, 그리고 엘리도 다 크면 저런 모습이 되는 걸까? 큭, 아마 세리스나 훼릴에겐 불가능한 모습일지도 모르겠다. 세리스는 너무 말이 없고 냉막한 표정이라 에이프런을 두르고 식칼을 들고 있는 모습을 본다면 사람 잡아먹는 것 같을 것이고 훼릴은 두말할 필요가 없다. 덜렁거리는 저 말괄량

이 성격을 고치지 않는 이상 아마도 주방의 접시는 남아나지 않을 게 분명하다. 그나마 아직 순수하고 어린 엘리가 가장 가능성이 있을라나? 애교도 있고 요리하는 것도 좋아하고… 단, 샐러드 종류만 좋아해서 문제지만.

"흠~ 오늘은 카레인가?"

"엘리 때문에 고기 종류는 넣지 않았지만 그만큼 여러 가지 채소로 맛을 냈으니까 맛있을 거예요."

이안이 2층 계단에서 보고 있던 책을 덮으면서 냄새를 킁킁 맡았다. 그리고 보니 공기 중에 카레 향기가 진하게 감도는 게 저절로 군침이 넘어가게 만들었다.

"카레? 맛있는 거야?"

"음, 좀 맵긴 하지만 무척 맛있을 거야."

"매워? 매운 건 싫은데……."

엘리는 맵다는 말에 미간에 주름살을 만들었다. 하지만 엘리의 이런 반응은 이미 예상하고 있었다는 듯 스칼렛이 웃으면서 대답해 주었다.

"바몬드 카레니까 안 매울 거야. 꿀이랑 사과로 매운 향기를 많이 제거했으니까 엘리도 맛있게 먹을 수 있어."

"정말? 음음~ 맛있는 냄새~"

스칼렛의 말에 언제 인상을 찡그렸다는 듯이 호들갑을 떠는 엘리였다.

'기분전환이 번개 같구만. 아직 어리다는 증거겠지.'

단 걸 좋아하는 엘리랑 훼릴은 꿀이 들어갔다는 말만으로도 이미 군침이 동하는지 빨리 가자고 채근이다. 이안과 나는 그런 애들의 귀여운 모습에 서로 마주 보며 작게 웃고는 주방에서 식기를 가지고 테이블에 음식을 차리기 시작했다. 기필코 자기가 들고 가겠다는 엘리의 고집을 못 이겨서 카레가 잔뜩 들어 있는 냄비를 들고 뒤뚱뒤뚱거리며 앞서 걸어가는 모습이 무척 위험해 보였다. 하지만 엘리는 몇 번의 위기를 넘기면서 테이블 위에 냄비를 올려놓음으로써 모두에게 박수를 받았다. 오히려 훼릴이 뒤에서 접시 여섯 장을 들고 오다가 두 장을 깨먹어 식전부터 알밤을 듬뿍 먹었다.

점심을 먹은 나와 아이들은 잠깐 동안의 망중한을 즐긴 뒤 다시 흩어져서 각자의 공부를 시작했다. 참고로 훼릴과 엘리도 마법 공부를 시작했는데 진도는 나보다 훨씬 빨랐다. 특히 훼릴은 원 파워 마스터의 자질을 가지고 있어서 화염 계열의 마법 주문을 벌써부터 익혀가고 있었다.

마나를 느끼는 훈련? 수학 공식? 훼릴에게 그 딴 것은 필요없었다. 훼릴을 가르치는 스칼렛의 말에 따르면 죽었다 깨어나도 나는 훼릴을 이길 수 없다나? 거참 불공평한 세상이다. 그리고 엘리는 엘프라는 종족의 특성을 고스란히 가지고 있기 때문에 물과 바람 계열의 마법에 뛰어난 소질을 보이고 있다고 했다. 그리고 자연 친화력이 강한 종족이므로 어쩌면 정령술을 쓸 수도 있다면서 기대되는 유망주라고 했다.

하지만 세리스는 훼릴과 엘리와는 달리 스칼렛이 구해주는 책이나 비디오를 보면서 체술을 익히고 있었다. 단 하루 만에 태권도의 모든 동작을 마스터해 버리는 자질을 가지고 있다 보니 스칼렛은 자료를 구해주는 것만으로도 벅차다고 투덜댔다.

'이거이거… 나도 정신 차리고 열심히 하지 않으면 완전히 뒤떨어져 버리겠는걸? 우욱, 그러고 보니 쟤들이 나보다 강해지면 진짜 통제 불능이 돼버리잖아? 안 돼! 안 돼!!'

가만히 생각해 보니 애들이 강해지는 게 결코 좋은 것만은 아니라는 생각이 들었다. 나는 이안의 뒤를 따라 2층으로 올라가면서 통제 불능

상태가 된 아이들을 상상하고는 오한을 일으켰다. 아마 편안한 여생을 살아가는 건 거의 불가능할 거란 확신이 들었다. 어쩌면 수많은 정신적 고통과 함께 암울한 인생을 살게 될지도……. 그런데 순간적으로 채찍을 휘두르며 '여왕님이라 불러!' 라며 외치는 훼릴의 모습이 떠오른 이유는 뭐지? 허어!

"자, 이리로 들어가세요."

내가 이런저런 쓸데없는 생각을 하는 동안 이안은 2층에 있는 여러 개의 방 중에 한 개의 문을 열고는 들어가라고 했다. 아무 생각 없이 따라 들어간 나는 방 안의 이질적인 분위기에 위축되고 말았다.

"…여긴?"

"마나를 느끼는 수련을 위해서 제가 조금 개조해 놓은 마법진이 있는 방입니다."

"그렇군요."

입으로는 그렇군요~ 라고 했지만 속내는 전혀 그렇지 않았다. 온 사방이 시커먼 바탕에 빛이 나는 알 수 없는 글자로 도배가 된 방 안엔 지름이 2미터는 될 듯한 원 모양의 마법진이 그려져 있었다. 그런데 대충 모양만 아는 룬 문자로 빼곡이 차 있는 마법진 안쪽에서 언젠가 느껴본 듯한 기운이 소용돌이치는 듯한 느낌이 들었다.

"저 마법진 안에서 어떤 기운이 소용돌이치는 것 같네요."

"네? 뭐라구요?"

왜 이럴까? 이안은 내가 한 말에 화들짝 놀라더니 경악 어린 표정으로 내 어깨를 잡고 흔들며 다그쳤다.

꼭 데리고 다니던 애완 강아지가 교통사고로 한 10미터쯤 날아간 모습을 본 사람이 이런 표정을 지을까? 아니면 지금까지 바보로 알고 있던 제자가 알고 보니 엄청난 천재였다는 걸 알게 된 선생의 표정이 이럴까? 뭐, 후자면 좋겠지만 곰곰이 생각해 보니 아무래도 전자에 가까운 표정인 것 같았다. 꼭 못 볼 걸 봤다는 표정이라니…….

"저 마법진 안에서 어떤 기운을 느꼈다구요?"

"네……."

자신없는 말투로 대답하긴 했지만 거짓말은 아니었다. 사람이 꼭 눈에 보이는 것만 느끼는 게 아니지 않은가? 비록 보이지도, 들리지도, 피부로 느껴지지도 않지만 사람의 육감이랄까? 그저 머리 속으로, 온몸으로 뭔가 저곳에서 휘몰아치고 있다는 걸 느낄 수 있었다.

"구체적으로 어떤 느낌이지요?"

어느 정도 놀란 가슴을 진정했는지 다소 차분해진 목소리로 나에게 묻는 이안의 모습은 어딘가 모르게 기대감에 어려 있었다.

"뭐랄까… 내 몸과 똑같은 체온을 지닌, 한없이 부드러운 기운이 회오리치고 있다고 해야 하나? 뭔가 말로는 구체적인 표현이 불가능하네요."

"지금도 느껴지나요?"

"네. 처음엔 몰랐는데 이곳에 들어오니까 이런 기운을 예전에도 느껴왔던 것 같아요. 마치… 마치… 태어나기도 전에 어머니의 양수 속에 있는 기분이랄까? 아니면 따뜻한 이불 속에서 단잠을 잘 때 느끼는 내 체온이라고 할까? 묘한 기분이네요."

"의외로군요, 의외야."

이안은 내 말을 다 듣고 나서는 시종 '의외'란 말만 하다가 갑자기 날 획 돌아보더니 내 이마에 손을 대고 오라를 일으켰다. 오라를 일으켰다는 말은 마법을 사용하려고 한다는 뜻이었기 때문에 나도 모르게 흠칫했지만 설마 내게 해가 되는 짓을 할까 싶어 반항은 하지 않았다.

그러나 이안은 주문은 영창하지 않고 그저 오라만 일으킨 채 오라로 내 몸을 여기저기 훑어보았다. 뭐 하는 걸까? 가끔씩 내게 내제된 오라가 내 의지와는 상관없이 이안의 오라에 저항하긴 했지만 그저 미약한 수준일 뿐이었다.

한 5분 정도 오라를 운영하던 이안이 나지막하게 한숨을 내쉬면서 내게 말했다.

"신기한 일이군요. 분명 오라의 반응성은 뛰어나지만 운용할 수 있는 마나의 수준은 아직 1클래스도 되지 않는데 벌써 마나를 느끼다니……. 이 정도의 마나 감응력이라면 거의 4클래스에 육박하는 수준인데 정말 알 수 없는 일이군요. 음… 한 군."

"네."

"의외로 한 군의 마나 감응력이 무척 높은 편이라 이런 기초적인 마나 수련은 불필요한 것 같네요. 하지만 확실한 개념을 잡기 위해서 오늘 하루만 수련하도록 합시다. 한 군은 저기 마법진 안으로 들어가세요."

난 이안의 말대로 마법진 안으로 들어갔다. 그러자 지금까지 막연하게만 느껴졌던 기운이 내 몸 주위를 맴도는 것뿐만이 아니라 내 몸을 통로로 이용하여 거세게 움직이기 시작했다. 마나가 조금씩 요동 치고 있었다. 그리고 이안은 마법진 밖에서 뭔가 바닥에 끄적끄적하며 내가 알지 못하는 주문을 영창했다.

"이런이런… 역시 세 명의 세라프가 선택했을 정도로 뛰어난 마나 감응력이군요. 이렇게까지 마나를 요동 치게 만들다니. 덕분에 수련의 단계를 조금 올렸습니다. 원래 마나를 느끼게 하기 위해서 대기의 마나를 조금 압축시켰을 뿐이지만 이제는 대지와 대기의 마나를 동시에 모으도록 만들었어요. 뭐, 아직 이런 말을 해봤자 무슨 뜻인지도 모를 테니 수련 방법만 말씀드리겠습니다."

수련의 단계를 높였다는 말에 조금 불안해지기 시작했지만 이안은 날 마법진 위에 편하게 서서 손을 앞으로 내밀라고 했고 난 시키는 대로 했다. 그리고 내 자신의 몸을 하나의 큰 통로로 생각하고 주위의 움직이는 마나를 내 발바닥에서 받아들여 손바닥으로 뿜어낸다고 상상하라고 했다. 난 눈을 감고 천천히 손을 앞으로 내뻗었다. 그리고 이안이 시키는 대로 마나를 움직여 보려고 애를 썼다.

'큭… 뭐야 이거? 그저 내 주위에서 회오리만 치고 있을 뿐이잖아!'

이안은 편하게, 그리고 지속적인 염원을 담고 마나를 움직이라고 했지만 생각처럼 쉽게 되진 않았다. 좀 전에 이안이 내게 '마나의 감응력'이 뛰어나다는 말을 듣고 '혹시 난 천재가 아닐까?'라고 기대하고 있었는데 그건 아니었던 모양이다.

"한 군, 한 군은 제가 보아온 어떤 사람들보다 뛰어난 마나 감응력을 가지고 있습니다. 조금만 노력하면 마나를 움직일 수 있을 테니 너무 조급해하지 말아요. 원래 이 수련은 마나를 정확히 느낀 다음부터 하는 거지만 한 군에겐 그럴 필요가 없을 것 같아서 조금 수준을 높인 거니까. 그럼 전 방법을 알려줬으니 열심히 수련하도록 하세요. 같이 있으면 아무래도 방해가 될 것 같으니 전 나가 있도록 하죠."

이 말과 함께 이안은 밖으로 나가 버렸다. 그리고 문까지 닫고 가버리는 바람에 방 안은 금세 어두워졌고 오직 룬 문자와 마법진만이 푸르스름한 빛을 발하고 있을 뿐이었다.

'젠장……'

이안은 열심히 수련하라고 했지만 난 10분도 버티지 못하고 앞으로 뻗고 있던 팔을 내려 버리고 말았다. 중학교 땐 영어 선생님이 체벌로

시키던 '앞으로 나란히, 1시간 버티기' 도 쉽게 해냈지만 지금은 이미 늙어가는 몸이 되어버려 10분을 버티는 것도 힘들었다. 그런데 막 팔을 밑으로 내리려고 하는데 놀라운 일이 일어났다. 몸의 긴장을 풀었기 때문일까? 발바닥에서 뭔가 뜨겁고 작게 소용돌이치는 기운이 다리를 타고 용솟음치기 시작했다.

'으캑!'

당황해서 소리라도 지르고 싶었지만 갑자기 거세어진 마나의 기운에 말소리도 나오지 않았다. 털썩 주저않고 싶었지만 이미 마나를 받아들인 다리는 내 의지를 따르지 않고 있었다. 입고 있던 청바지가 빵빵하게 부풀어 오르기 시작했다.

그리고 허벅지와 허리를 거침없이 올라오던 마나가 하복부에서 조금 그쳐 올라오던 속도를 줄이기 시작했다.

'무협지에서나 보던 단전이다 이건가?'

문득 이 마나를 단전에 넣어두면 어떨까 하는 생각이 들었다. 하지만 그런 생각은 언제 단전호흡 같은 걸 해본 적이 없는 나의 아랫배는 너무 작아서 그저 무너지는 댐 앞에서 양동이 하나 들고 막아보겠다고 설치는 꼴이었다.

'으흑?!'

단전 안에서 잠깐 소용돌이치던 마나의 격렬한 흐름은 단전을 가득 채우자 더욱더 거세어진 흐름으로 내 몸을 타고 머리끝으로 향하기 시작했다.

'어, 어라? 이안은 발바닥으로 기운을 받아서 손으로 뿜어내라고 했는데? 이래도 되나?'

이젠 내가 어떻게 한다고 이 무지막지한 마나의 기운을 통제할 수 있는 것도 아니라서 거의 자포자기한 심정으로 무사히 끝나기만을 바랄 뿐이었다.

　하지만 하나님은 그런 내 바람을 들어주기 싫었던 게 틀림없었다. 잠깐 한숨을 쉰 틈에 내 머리끝에서도 뭔가 시원한 기운이 파고들기 시작했던 것이다.

　'이건 또 뭐야?'

　왠지 뭔가 굉장히 잘못되어 가고 있다고 여겨지기 시작했다.

　한편 이안은 한바다의 마나 감응력이 생각 외로 높자 '머리만 좋으면 뛰어난 마법사가 될 텐데' 라고 중얼거리며 까페 쪽으로 내려가고 있었다. 간만에 마법진을 수정해 가면서 6클래스의 주문을 사용해서 그런지 피곤하게 느껴졌다.

　"내려가서 허브 티라도 한잔 마셔야겠군. 그런데… 왠지 뭔가를 깜빡하고 있다는 생각이……."

　이안은 사실 좀 전부터, 그러니까 한바다를 마나의 방에 혼자 두고 나온 뒤부터 뭔가 뒤숭숭한 게 불길한 생각이 들었다. 뭔가 굉장히 중요한 사안을 잊고 있다는 느낌이었다.

　"특별한 건 아니겠지. 아~ 스칼렛."

　"네, 주인님."

　까페에서 훼릴과 엘리에게 마법을 가르쳐 주는 한편 또 어디서 구해 왔는지 모를 목검을 휘두르고 있던 세리스를 지켜보던 스칼렛이 발딱 일어나며 대답했다.

　"허브 티 하나 부탁할게."

　"네, 페퍼민트로 준비할게요."

이안은 스칼렛이 바 안으로 들어가서 차를 준비하는 동안 아이들이 하는 걸 지켜볼 요량으로 스칼렛이 앉아 있던 자리에 가서 앉았다. 세리스와 훼릴은 이안이 특별히 위협이 될 만한 사람이 아니라는 걸 알고 있어서 경계심을 품지는 않았지만 엘리는 아니었다. 조금 차가운 인상을 가진 이안이 스칼렛을 쫓아냈다고 생각했는지 약간 뚱~한 표정으로 이안을 쳐다보고 있었다.

"뭐가 불만인가요, 엘프 아가씨?"

이안도 엘리의 이런 눈빛이 조금 신경이 쓰였는지 되도록 밝게 웃으면서 아이들이 갖고 있는 경계심을 풀어주려고 했다.

"이안 아저씨, 우리 오빠는 어디 갔어?"

'아, 아저씨?!'

순간적으로 이안의 이마 한쪽에 힘줄이 빠직 하고 솟았다. 아저씨라… 바다와 비교해서 외모상 겨우 서너 살 차이 정도밖에 나지 않는 걸로 여기고 있는데 누구는 아저씨고 누구는 오빠라……. 약간 열이 받기 시작했다. 하지만 상대는 이제 겨우 태어난 지 일주일도 안 된 꼬마가 아닌가! 화를 낼 수도 없었다. '그래 저 나이 땐 조금만 나이 들어 보여도 다 아저씨라고 생각하겠지' 라고 스스로 위안하는 이안이었다.

"한 군은 지금 마나의 방에서 수련하고 있단다."

"흐응… 그래서 이렇게 마나가 거세게 움직이는 거야?"

옆에서 좀 전부터 가만히 눈을 감고 있던 훼릴이 조용하게 말했다. 이안은 훼릴의 말에 '과연 적법사답군' 이라고 생각하면서 자기도 조금 오라를 풀어서 대기 중에 퍼져 있는 마나를 느껴봤다. 그리곤 자기도 모르게 벌떡 일어나고 말았다.

"뭐, 뭐지? 이렇게 불안정한 마나의 흐름이라니!"

이안이 느끼는 마나는 불안하기 짝이 없었다. 뜨겁고 차가운 기운이 한곳에서 빙글빙글 돌면서 모든 것을 풍화(風化)시켜 버릴 것 같은 흐름이라니! 그리고 그 흐름의 중심이 마나의 방이란 걸 깨닫고는 다른 생각을 할 것도 없이 2층 계단으로 달음질치고 있었다. 그리고 그 뒤를 따라 세리스와 훼릴, 그리고 엘리가 좇았다. 아직 어려서 빨리 달릴 수 없는 엘리는 세리스가 안고 달렸지만 말이다.

"무슨 일이죠?"

바에서 막 허브 티를 준비하던 스칼렛은 이안과 아이들이 급하게 2층으로 올라가자 자기도 덩달아 쟁반에 찻잔을 가득 올려놓은 채 2층으로 올라갔다.

"이, 이럴 수가!"

마나의 방문을 연 이안은 방 안에서 일어나고 있는 상황에 경악하고 말았다.

방 안에선 한바다가 자신이 가지고 있던 모든 오라를 몸 밖으로 전개해서 격렬한 마나의 소용돌이에 대항하고 있었던 것이다.

"뭐야? 뭐야? 오라버니가 왜 저런 상황이죠?"

"히잉, 오빠!"

"……."

아이들도 방 안에 있는 한바다를 보고 이안에게 해명을 요구하는 눈빛을 던졌다. 그리고 스칼렛이 뒤따라오면서 나지막하게 한마디 했다.

"마나 역전 현상……."

크으으으윽! 죽을 것만 같았다. 원래 마나를 움직이는 게 이렇게 고통스러운 건가? 온몸이 불에 데인 듯 뜨거워졌다가 곧 이어 차가워졌다. 온몸의 껍질이 홀라당 벗겨지는 것만 같은 고통에 기절할 수도 없었다. 보통 극심한 고통이 일어나면 기절도 못한다고 하던데 이건 극심한 고통이 아닌 건가? 다행히 고통을 덜기 위해서 절실한 마음으로 뭔가 바람막이라도 있으면 좋겠다고 생각한 뒤로는 어느 정도 고통이 덜어졌다. 하지만 반대 급부로 고통이 덜어지는 순간부터 온몸의 기운이 다 빠져나가는 것만 같았다.

'이, 이대로 가다간 죽겠다.'

이런 상황에 대해선 이안에게 아무것도 들은 것이 없었지만 뭔가 잘못되고 있다는 것이 본능적으로 느껴졌다. 매일 마나를 가지고 노는(?) 마법사들이 마법을 쓸 때마다 이런 고통을 느낀다면 누가 마법사를 하려고 할까? 만약 그렇다면 메저키스트가 아닌 이상 최악의 3D 업종이 되고도 남을 직종이다.

그때 온몸이 짜릿짜릿(?)한 아픔을 참는 와중에 방문이 열리는 것과 동시에 사람들의 인기척이 느껴졌다. 그리고 뒤이어 경악에 찬 사람들의 소리와 스칼렛이 작게 말하는 '마나 역전 현상'이란 말도 들을 수 있었다.

'마나 역전 현상? 뭐냐? 어감이 영~ 안 좋은 게 불안한데? 크윽……'

내가 처한 상황은 점점 안 좋아지고 있었다. 발 밑으로 솟아오르는 뜨거운 기운과 머리끝에서 내려쳐지는 차가운 기운은 내 심장과 몸뚱어리를 지네들의 격전장으로 삼았는지 끊임없이 부딪치면서 내 몸을 장악하려고 하고 있었다.

"이안님! 이게 어떻게 된 일이죠? 지금 바다 군이 들어가 있는 진은 '뇌격의 진'이잖아요? 저런 곳에 사람이 들어가 있으면 어떻게 하자는 거죠? 바다 군을 죽게 하려는 건가요? 세상에! 오라까지 전개되어 있잖아요?! 아직 초보에 불과한데!”

“이럴 수가! 대기와 땅의 마나를 모으게 만든다고 약간 조정한 진이 뇌격의 진으로 변하다니…….”

스칼렛이 경악 어린 말투로 상황 설명을 요구하자 이안은 자신도 생각지 못했던 실수였던지 침음성을 삼켜가며 여러 가지 방법을 모색하기 시작했다.

“엄밀히 말하면 이건 뇌격의 진이 아냐. 원래 마나의 움직임을 쉽게 하기 위해서 서로 상극의 마나를 모으게 한 건데 예상외로 한 군의 마나 감응력이 뛰어나고 그 자신의 오라 성향이 전격 계열에 가까워서 이런 사태가 일어난 것 같아. 스칼렛, 지금부터 마법진 해체를 시작하자!”

“넷!”

겨우 실눈을 떠서 주변 상황을 살펴볼 수 있던 나는 이안과 스칼렛이 주위를 두리번거리더니 세리스의 손에 들린 목도를 땅에 꽂는 게 보였다. 그리고 둘은 양손에 마나를 모은 채 왼손은 땅으로, 오른손은 하늘로 향하고 동시에 주문 영창에 들어갔다.

“대지와 하늘을 뚫는 섬격의 창! 라이딘!”

“대지와 하늘을 뚫는 섬격의 창! 라이딘!”

이안과 스칼렛이 동시에 주문의 시동어를 외치자 내 몸 주위를 감싸고 돌던 마나가 둘의 몸으로 들어가더니 곧 이어 방 안에 시퍼렇게 날이 선 것 같은 번개가 요동 쳤다.

콰아아아!

샤아아아!

두 줄기의 뇌전은 잠시 방 안을 돌아다니는가 싶더니 바닥에 꽂혀 있던 세리스의 목검을 강타했다.

"안 돼! 의외로 너무 많은 마나가 유동되고 있어 한 번에 세 명 이상의 인원이 마법을 쓰지 않는 이상 마나의 공황(恐慌)이 일어나질 않아. 어쩌지?"

"포기하면 안 돼요. 이대로 바다 군의 오라가 소멸되기라도 한다면 세리스나 훼릴, 엘리가 더 이상 살아갈 수 없게 된다구요!"

뭐라구?! 난 마법진 안의 마나 농도가 좀 떨어지자 조금 움직일 수 있는 여력을 찾게 되었는데 거의 포기하는 듯한 이안의 말에 스칼렛이 소리치는 말을 듣고 정신이 번쩍 들었다.

아이들이 살아갈 수 없게 되다니?

나의 오라가 소멸되면 아이들이 살아갈 수 없게 된다고? 난 지금까지 그런 말은 들은 적이 없었다. 그저 아이들이 어떻게 태어나게 된 건지는 알 수 없지만 나로 인해서 태어난 것만은 알고 있었다. 그래서 날 주인이나 부모로 인식한다는 생각은 했었지만 음식을 섭취한다는 행위 말고도 나의 오라가 아이들의 생명에 영향을 끼친다고는 상상하지도 못했었다.

"무, 무슨… 소리예요?"

"오빠!"

"오라버니!"

"주인님!"

겨우겨우 서 있기만 하던 내가 고개를 돌려 입을 열자 제일 먼저 엘리가 반색을 하며 소리쳤다. 그리고 훼릴과 세리스 순이었는데 세리스는 아직 옛날 버릇을 버리지 못했는지 또 주인님이라고 외친다. 이거 살아 나간다면 좀 더 교육을 시켜야겠는걸?

"한 군, 정신이 든 건가?"

"바다 군, 오라를, 오라를 몸 안으로 모으세요!"

스칼렛이 오라를 몸 안으로 모으라고 소리쳤다. 오라? 난 무슨 소리인지 몰라 어리둥절해했지만 곧 내 몸에서 아지랑이같이 피어오르는 푸른색의 기운을 보고 이것이 오라라는 걸 깨달을 수 있었다.

'그래… 이게 바람막이였군……. 큭…….'

그리고 난 스칼렛의 말에 따라 본능적으로 거센 마나의 흐름에 대항하기 위해 몸 밖으로 전개되어 있는 오라를 몸 안으로 거둬들였다. 어떻게 전개될 수 있었는지는 몰라도 내가 강하게 몸 안으로 끌어들이려고 생각하자 오라는 말 잘 듣는 아이처럼 내 몸 안으로 다시 들어왔다. 그러자 그러지 않아도 마나에 민감해진 몸에 외부에서 요동 치는 마나를 직접적으로 맞아들이게 된 나는 더 큰 고통에 휩싸여야만 했다.

"크으으윽! 다음은요?"

난 오라를 다시 거둬들인 뒤 재촉했다.

"지금부터 내가 영창하는 주문을 그대로 영창해요! 주인님, 다시 한번 라이딘을!"

"하지만 한 군은 아직 마법식을 모를 텐데……."

"되든 안 되든 해봐야죠. 이대로 죽는 걸 볼 생각이세요?"

"별수없군. 한 군, 지금부터 나나 스칼렛이 움직이는 마나의 흐름을 잘 느낀 다음 되도록 똑같이 움직여요. 그리고 시동어를 외치는 순간 오라를 최대로 양 손바닥에 집중시킨 다음 모든 정신을 저 바닥에 꽂혀 있는 목검에 집중하고 그곳에 벼락이 떨어진다고 생각하며 시동어를 외치는 겁니다. 알았죠? 그럼 갑니다!"

그리고 스칼렛과 이안은 고도로 정신을 집중한 채 주문의 영창에 들어갔다. 그리고 나 역시 조금씩 움직일 때마다 마치 불로 지지는 듯한 고통이 느껴졌지만 양손을 아래위로 뻗어 같은 자세를 취했다.

　순간 세리스와 아이들의 얼굴이 눈에 들어왔다. 세리스는 평소의 냉막한 표정을 어디다 두고 왔는지 눈물까지 흘리면서 두 손을 모은 채 날 바라보고 있었다. 훼릴은 그 옆에서 그저 울기만 하는 엘리를 품 안에 안고는 눈을 꼭 감고 있었다. 풋, 교회에서 배운 기도라도 하는 걸까? 기도히는 엘프리…… 그럼이 되는걸?

　"나 여기서 대지의 기운을 발 아래 두어 창공을 받치니……!"

　"나 여기서 대지의 기운을 발 아래 두어 창공을 받치니……!"

　"…크윽! 나, 여기서 대지의 기운을 발 아래 두어 창공을… 받치니!"

　이안과 스칼렛의 주문 영창이 시작됐다. 조금 전과는 달리 주문이 훨씬 길어져 있었다. 그리고 두 사람의 발 아래쪽에서 마나가 회오리를 치면서 그 중심을 땅으로 향한 손에 집중되기 시작했다. 느리게 진행된 건 아니지만 어떻게 된 일인지 모든 감각이 곤두서 있는 지금의 내 몸은 두 사람이 운용하는 마나의 움직임이 하나하나 빠짐없이 포착되었기 때문에 서툴게나마 따라 할 수 있었다. 주문이 길어진 이유는 아직 초보인 날 배려해서였다.

　"하늘의 섬광을 한 손으로 받들어 대지를 내려치니……."

　"하늘의 섬광을 한 손으로 받들어 대지를 내려치니……."

　"하늘의… 섬광을 한 손으로 받들어 대지를… 대지를 받치니……."

　하늘로 향한 손에 비약적으로 마나가 집중되기 시작했다. 그리고 땅에서 회전하고 있던 마나가 서서히 아래위로 출렁이기 시작했다. 나 역시 한 손에 모을 수 있는 만큼의 마나를 움직여 조그마한 공 모양으로 압축하기 시작했다. 두 사람의 손에 모이고 있는 마나를 느껴보니 마치 도너츠 고리처럼 마나가 모이고 있었는데 주위의 마나가 그 고리의 안쪽 구멍을 통과하면서 점점 속도가 빨라지고 있었다.

'…나, 난 저렇게 할 줄 모르는데…… 큭…….'

하지만 난 아무리 해도 저런 식으로 마나를 압축할 수가 없었다. 이대로 가면 내 마법이 실패할지도 모른다는 생각이 들었다. 마법은 무척 섬세한 학문이자 기술이다. 어쩌면 이 조그마한 방법의 차이가 큰 위험을 몰고 올 수도 있었다.

'바, 방법을 찾아야 해!'

하지만 그게 잠깐 생각해서 되는 일이라면 이 세상에 4클래스 아닌 마법사는 없을 것이란 생각도 들었다. 그러나 이대로 포기해 버리거나 실수하는 것은 용납할 수 없었다. 나 혼자만의 문제가 아니라 아이들의 존속 자체에 큰 문제가 생긴다는 걸 알고 있었기 때문에 난 불가능하다 해도 해내야만 했다.

'난 아직 마나를 저렇게 유동적으로 움직일 수 없다. 하지만 뭔가 다른 방법이 있을 거야! 그걸 찾아야 돼!'

평소에 '두드리라. 그리하면 열릴 것이니~' 라는 성경 구절을 맹신하던 나는 최대한 머리를 굴려서 방법을 강구하기 시작했다. 하지만 이미 시간은 흐르고 있었고 어느덧 이안과 스칼렛은 마나의 회전을 중지하고 내가 따라서 영창하기만을 기다리고 있었다.

그때 순간적으로 머리 속을 번갯불처럼 스쳐 가는 상념이 있었다. 그건 바로 나의 단전에 쌓여 있는 마나였다. 그리고 이안이 수업 시간에 내게 말해 주었던 내용도 같이 떠올랐다.

"무술을 사용하는 사람들 역시 마나를 다룰 수 있습니다. 하지만 그건 내공이라고 해서 체내에 압축된 마나를 사용하는 걸 말하죠. 마법처럼 주변의 마나를 압축하는 기술이나 가공하는 절차를 필요로 하지 않아 그 능력의 발현이 무척 빠르고 원활한 편이지만 일정 수준 이상의 힘을 갖추기 위해선 많은 노력과 시간이 드는 단점이 있습니다. 하지만 그렇게 축적된 내공은 마법사가 쓰는 마나보다 훨씬 밀도가 높고 유동성이 높으며 강력한 위력이 있습니다."

그렇다. 비록 지금 나의 단전에 쌓여 있는 마나는 내공으로 보기엔 턱없이 낮은 밀도와 느려 터진 유동성을 가지고 있지만 몽땅 털어서 압축한다면 이안이나 스칼렛이 만든 마나의 고리보다 조금 못한 위력을 가지겠지만 얼추 비슷한 비중의 마나를 모을 수 있을 것만 같았다. 그리고 체내의 마나가 다 사라진다면 지금 내 몸 주위를 휘몰아치고 있는 마나가 다시 단전에 찰 것이기 때문에 마나의 공황에 어느 정도 기여도 할 수 있을 것이다.

그리고 난 결심을 함과 동시에 내 몸 안에 갈무리한 오라를 끌어올려서 마치 피스톤 로드처럼 단전에 쌓여 있던 마나를 오른손으로 집중시켰다.

사아아아아!

그러자 내 오른손에 집중되고 있던 마나의 구는 그 회전을 가속화시킴과 동시에 서서히 모양을 달리하고 있었다. 그저 둥근 공 모양이던 마나의 핵이 소용돌이치기 시작하면서 원반 모양으로 커졌던 것이다. 그와 동시에 이안이 주문을 마저 영창하겠다는 신호를 고개를 살짝 끄덕이는 걸로 보냈다.

"하늘을 뚫는 섬격의 창! 라이딘!"

"하늘을 뚫는 섬격의 창! 라이딘!"

"하, 하늘을 뚫는 섬격의 창! 라이딘!"

콰아아아아!

싸아아아악!

오른손 위에 뭉쳐져 있던 마나가 이안과 스칼렛이 만든 마나의 고리처럼 전기를 방전시키기 시작했다. 하지만 이안과 스칼렛이 완성한 마법의 결과물, 즉 한줄기의 번개 모양이 아니라 내 손을 떠난 마나의 회전이 더욱더 거세어지더니 하나의 고리를 만들고 있었다. 그리고 내가 목표로 하던 목검의 방향으로 날아가면서 하나의 완전한 번개의 고리가 되더니 순식간에 목검을 휘감으면서 지면을 타고 둥글게 퍼져 나갔다.

파아아아아아앙!

"크으읏!"

"큭!"

다행히 마나의 고리는 반지름 2미터 정도의 원만을 만들고 사라져 버려서 이안과 스칼렛에게는 약간의 타격을 입히긴 했지만 뒤쪽에 서 있던 세리스와 훼릴, 그리고 엘리는 아무런 피해 없이 방금 일어난 상황에 어리둥절해하고 있을 뿐이었다.

"세상에! 노바(Nova)라니?!"

"그것보다 어서 이 틈에 한 군을 꺼내야죠!"

내가 쓴 마법이 노바라고 불리는 기술인가? 이안은 놀란 표정으로 이젠 새카맣게 변해 버린 목검을 보면서 방금 전에 느꼈던 머법의 위력을 떠올리고는 살풋 몸을 떨었다. 이때는 알 수 없었지만 그때 내가 쓴 노바라는 마법은 이안의 말에 의하면 당시 뇌격의 마법인 '라이딘'을 시전하기 위해서 발 밑에 대지의 기운을 북돋아놓지 않았다면 전기 쇼크로 죽을 수도 있을 만큼 위력적인 마법이라고 한다.

날 지탱해 주던 마나가 몽땅 사라지자 주저앉으려던 내 몸을 스칼렛과 세리스가 달려들어 받쳐 주었다. 그리고 내가 방 밖으로 나오자마자 엘리가 내 가슴에 머리를 파묻고 울먹였다.

"오빠~ 오빠~ 으아아앙~ 죽는 줄 알았단 말이야!"

달리 위로해 줄 말이 없었다. 그저 손을 뻗어서 머리를 쓰다듬어 줄 뿐. 그리고 내 양 옆에 훼릴과 세리스도 주저앉아서 내 가슴에 얼굴을 파묻었다. 으윽… 가슴이 눌리는 기분에 숨 쉬기가 좀 힘겨워졌지만 나 좋다고 달라붙은 애들을 떨쳐 낼 수도 없는 노릇이라 세 명의 머리를 양손으로 분주하게 쓰다듬어 줄 뿐이었다.

"오라버니, 이제부터 마법 배우지 마. 응?"

"몸의 안전을 최선으로 생각하세요. 제발……."

훼릴은 나보고 마법을 배우는 건 너무 위험하다며 그만두라고 했고 세리스는 차마 그만두라는 말은 하지 못하고 되도록 위험한 짓은 하지 말라고 몇 번이나 당부를 거듭했다.

쳇, 잘못한 건 내가 아니고 이안인데 왜 나한테만 뭐라 그러는 거야? 그리고 내가 너희들을 돌봐줘야 하는데 이건 반대로 됐잖아? 조금 따지고 싶은 생각이 들었지만 점점 의식이 가물가물해지는지 날 걱정스럽게 내려다보고 있는 스칼렛과 이안의 모습이 흐릿해지기 시작했다.

얼마나 시간이 흘렀을까? 정신을 차리고 제일 먼저 눈에 보인 건 길고 부드럽게 꼬부라진 초록색 실 뭉치였다. 엘리? 몸을 일으키려고 했는데 온몸이 묵직한 게 뜻대로 잘 되지 않았다.

"…으응? 역시……."

예상대로랄까? 아무래도 방의 소품들이 아기자기한 게 스칼렛의 방 안인 것 같았다. 난 침대에 누워 있었고 내 몸 위에 온몸을 걸치고 자고 있는 엘리의 머리가 바로 코앞에 있다. 어라? 자세가 불안정해서 그런지 헤~ 하고 벌어진 입에서 침까지 흘러내리고 있다. 지저분하게 느껴지진 않지만 옷을 버릴 수는 없는 일! 난 이미 익숙해진 동작으로 엘리를 안아 들고는 내 옆에 뉘었다.

"어라? 훼릴까지? 에고에고, 침까지 흘리면서 자네?"

오랫동안 날 간호했는지 평소에 활달함의 극치를 달리던 훼릴까지 침대맡에 얼굴을 파묻고 잠들어 있었다. 살며시 침대에서 일어난 나는 조금 차갑게 느껴지는 방 안에 얇은 스웨터 하나 입고 잠들어 있는 훼릴이 안쓰럽게 느껴져서 살살 흔들어 깨웠다.

"훼릴~ 훼릴~ 침대에서 자."

"으응… 조금만 더……."

잠에 취했는지 흔들어 깨워도 그저 잠에 취한 소리만 낼 뿐 훼릴은 일어나려고 하질 않았다.

"안 되겠네."

이대로 두었다간 감기라도 걸릴 것 같아서 엎드려 있는 모양 그대로 안아 들어 침대에 뉘어주었다. 한쪽 뺨에 빨갛게 눌린 자국이 생겨 있는 게 꽤 오랫동안 엎드려 있었던 모양이다.

"나 때문에 고생이 많구나."

눕힐 때 입고 있던 치마가 조금 쓸려 올라가서 살짝 정리해 준 다음 이불을 끌어 올려 목까지 덮어주었다. 스칼렛이 쓸 걸로 판단되는 화장대 거울에 비친 내 모습을 보니 올 때 입은 옷 그대로였다.

"밖으로 나가볼까?"

아래층으로 내려가는 도중에 세숫대야에 따뜻한 물에 적신 수건을 가져오는 세리스와 마주쳤다. 세리스는 날 보자 놀란 표정을 지으면서 세숫대야를 땅에 떨어뜨릴 뻔했다. 순간적으로 내가 잡아주지 않았다면 계단이 물바다로 변했을 것이다.

"괜찮아?"

"…주인님?! 주인님!!"

"으아앗?!"

세리스는 바닥이 물에 쏟아지든 말든 상관없었는지 곧장 내 품에 안겨서 울음을 터뜨려 버렸다. 에고… 다시 주인님이라고 부르는 게 무척 마음에 들지 않았지만 나 때문에 울고 있는 애를 야단칠 수도 없고 해서 엉거주춤한 자세로 서 있던 나는 한 손으로 세숫대야를 받치고 세리스를 살짝 밀어서 떼어냈다.

"……?"

"세리스, 오빠라고 부르면 다시 안아줄게."

누가 들으면 복에 겨웠다 할 것이다. 느끼의 황제라고 할 만한 멘트를 거리낌없이 주절거린 나는 세리스와 함께 아래층으로 내려왔다. 그리고 들고 있던 세숫대야를 바닥에 놓자마자 아직 아무 말도 없이 서 있기만 한 세리스를 꼭 안아주었다.

"미안하다, 걱정시켜서."

"아닙니다, 오… 빠……."

여전히 딱딱한 말투였지만 다시 오빠라고 부르는 세리스의 어깨를 가볍게 다독거린 나는 내가 내려오는 소리를 들었는지 1층에서 올라오는 이안과 스칼렛을 보고 천천히 안고 있던 팔을 풀었다. 세리스는 내가 팔을 풀든 말든 여전히 가는 팔로 내 허리춤을 꼭 끌어안고 있었지만 말이다.

"깨어났군요."

"괜히 걱정을 끼쳐 드린 것 같습니다."

"무슨 소릴. 무려 3일간 잠들어 있었습니다. 저희는 물론이고 아이들의 걱정이 이만저만이 아니었어요."

"네에?"

난 이안의 말에 깜짝 놀랐다. 3일이라니? 속으로 한두 시간 정도 잤을 거라고 생각했는데 시간이 이렇게 많이 흘렀다는 사실에 다른 것보다 집에서 걱정하고 있을 세나와 아주머니가 생각났다. 3일씩 집으로 안 들어가면 걱정하실 텐데⋯⋯.

"특히 세리스와 훼릴은 지금까지 잠도 안 자고 열심히 간호했어요."

스칼렛이 세리스의 머리를 쓰다듬으면서 칭찬했다. 내 얼굴을 빤히 쳐다보고 있던 세리스는 스칼렛의 칭찬에 부끄러웠는지 내 허리를 더 세게 안으면서 얼굴을 파묻었다. 귀여운 녀석.

"시간이 많이 흘렀군요."

"걱정했습니다, 한 군. 그렇지 않아도 마나의 역전 현상으로 몸이 많이 상했을 텐데 정신까지 차리지 않으니⋯⋯. 오늘까지 깨어나지 않으면 현자님을 부를 생각이었습니다."

이안이 고개를 절레절레 흔들면서 말했다. 그런데 현자라니?

"현자?"

"아, 현자란 적어도 7클래스의 마법을 터득하신 분을 말씀드리는 겁니다. 뭐, 꼭 마법을 7클래스까지 터득한 분이 아니더라도 연륜과 지혜를 두루 갖춘 분이라면 의례히 현자라 칭하지만⋯⋯."

7클래스라⋯ 꿈만 같은 경지다. 그 정도면 거의 개인이 일 개 사단 이상의 전투 능력을 갖추고 있다는 경지가 아닌가? 그런 대단한 분을 부르려고 했다니, 내 상태가 그렇게 안 좋았단 말인가?

"그렇게 제 상태가 안 좋았습니까?"

"네."

한 치의 주저함도 없는 이안의 대답이었다.

"처음엔 거의 살아 있는 송장이라고 생각했을 정도니까요."

살아 있는 송장이라니……. 힐 말이 없다. 하긴 나도 3일간이나 정신을 잃어본 게 처음이니 이런 질문을 하는 것 자체가 바보 짓이란 걸 잘 알 수 있었다.

"그나저나 한 군에 대해서 해줄 말이 있군요. 아래층으로 내려가실까요?"

"그러죠."

질질질~

질질질? 뭐냐? 세리스가 내 허리에 팔을 두른 채 떨어지질 않았다. 얘가 이런 적이 없었는데 오늘따라 왜 이런다냐? 이안과 스칼렛도 그런 세리스를 보고 약간 어이없다는 표정을 지었다. 결국 세리스를 허리 뒤로 빙글 돌려서 업어주고 나서야 계단을 내려 갈 수 있었다. 3일 동안 아팠을 뿐인데 완전히 어리광쟁이가 되고 말았군.

까페에서 이안과 내가 자리를 잡고 앉자 스칼렛이 탁월한 기지를 발휘해서 세리스에게 나한테 줄 건 직접 만드는 게 좋지 않겠냐고 하자 세리스는 냉큼 일어나 부엌으로 달려 갔다. 곧이어 스칼렛도 그런 그녀의 모습에 피식 웃으며 뒤따라 갔다.

"그런데… 하실 말씀이라뇨?"

"다른 게 아니라 지금 한 군의 상태에 대해서입니다."

이안은 조금은 심각한 표정으로 말을 꺼냈다.

말을 하는 자신도 믿기질 않는지 고개를 갸웃갸웃하는 이안이 말하는 내용은 날 놀라게 했다.

　원래 마법을 배우기 위해서는 그 자질도 중요하지만 양적으로 일정 수준 이상의 오라가 필요하다고 한다. 즉, 평범한 사람이 가진 오라의 양이 10이라면 마법사가 되기 위해서는 그 이상의, 즉 적어도 13 정도의 오라를 가지고 있어야 하는데 이안의 말에 의하면 지금 나의 오라의 양은 아무리 많이 쳐주어도 8이나 9를 넘기기 힘들다고 했다. 그럼 나는 더 이상 마법을 쓰지 못하는 것인가?

　그런데 또 그게 아니었다.

　이안의 말에 의하면 전화위복이라고 해야 할지 아니면 진짜 드문 경우인지 모르겠지만, 3일 동안에 있었던 마나 역전 현상으로 인해서 나에겐 뭔가 알 수 없는 신체적 변화가 일어났다는 것이다. 물론 눈에 띄는, 즉 의학적으로나 생물적인 변화를 말하는 것이 아니라 오직 '마나'라는 존재에 한해서 일반인이나 다른 마법사들과는 판이하게 다른 육체를 지니게 되었다는 말이었다.

　그리고 이안은 마나 역전 현상에 대해서 부연 설명을 했는데 그 설명을 듣던 난 저절로 오한이 이는 걸 참아야만 했다. '마나 역전 현상', 쉽게 말하면 무협지에 많이 등장하는 '주화입마' 란 것과 비슷한 것이었는데, 보통 하위 클래스의 마법사가 고위 클래스의 마법을 억지로 시연하려고 할 때 아직 격렬한 마나의 흐름에 단련되어 있지 않은 몸이 견디지 못해서 발생하는 '사고' 였다. 이 현상이 일어나게 되면 주위에서 즉각적으로 도와주는 사람이 없는 이상 살아날 확률은 거의 없는 것과 마찬가지였고 운 좋게 살아난다고 해도 '백치' 가 되거나 반신불수가 되는 건 기본이었다. 또 주위에서 도와주는 경우가 있다고 해도 급격한 오라의 소모로 인해 오라가 완전히 소멸해 버렸다면 마법사로서의 생명은 끝이었다.

"그럼 저도 마법사로서의 생명이 끝난 거 아닙니까?"

비록 시작한 지 이제 4일이 되는 마법사였지만 뭔가를 자의가 아닌 타의적으로 포기해야 할지도 모른다는 사실이 무척 실망스러웠던 나는 다급하게 물어봤다. 질박한 나의 마음이 보였는지 이안은 그런 나에게 'NO' 라는 대답과 함께 그 이유를 말해 주었다.

마법을 사용하는 데 오라는 무척 독특한 위치를 고수하고 있었다. 실질적으로 마법을 사용하는 데 있어서 '오라' 라는 존재는 주위의 마나를 탐지하고 격렬한 마나의 흐름에서 시술자의 몸을 보호하는 일종의 방어막 역할을 하는 것이었다. 그것은 마나 역전 현상을 겪었을 때 이미 경험해 본 것이라 쉽게 인지할 수 있었다. 즉, '마법 화살' 이나 '번개' 같은 마법의 결과물은 오라가 포함되지 않은 순수한 '마나' 로만 이루어진다는 것이다.

"일정한 양의 오라는 반드시 필요합니다. 만약에 오라가 조금도 없다면 아무리 간단한 마법을 사용한다고 해도 마나 역전 현상을 일으킬 요소가 다분하기 때문입니다. 하지만 안전 장치로써의 오라의 양은 무척 적은 양에 불과합니다. 마법을 사용할 때 오라의 가장 중요한 기능은 바로 '그릇' 으로서의 역할과 '안내자' 의 역할입니다."

이안이 오라의 그릇으로서의 역할과 안내자로서의 기능을 설명하려 할 때 스칼렛과 세리스가 각각 찻잔을 들고 왔다. 이안은 스칼렛이 가져다 준 허브 차를 들었고 난 좀 불안하긴 했지만 세리스가 가져다 준 홍차… 라고 생각되는 걸 입으로 가져갔다.

"…흠, 맛있는데? 고마워, 세리스."

"……."

이제 감정을 가라앉혔는지 말이 없는 세리스였지만 얼굴이 약간 발그레지는 게 여전히 귀엽게 보였다.

"흠흠, 계속 설명하도록 하죠."

오라의 기능 중 마나를 담는 그릇의 역할은 그 의미가 간단했다. 마법의 시전자가 몸 주변의 마나를 긁어 모아 마법을 시전하기 위해선 마나의 압축이 필요한데, 그 마나를 담을 그릇에 해당하는 게 바로 오라였다. 고위 클래스의 마법으로 갈수록 마나의 압축은 그 밀도를 달리하기 때문에 오라의 질적, 양적 수련은 필수라고 했다.

그리고 오라의 두 번째 기능, '안내자' 로서의 기능은 바로 주변의 마나를 감지하고 긁어 모으는 기능이었다. 좀 비유적으로 말하자면 '전자동 진공청소기' 라고나 할까? 어쨌든 그런 기능을 말했다. 이 오라의 두 번째 기능과 첫 번째 기능은 동전의 양면과 같은 성질을 가졌는데, 즉 아무리 그릇의 능력이 커도 긁어 모을 수 있는 마나의 양이 적으면 마법에 성공할 수 없고 또 아무리 주변의 마나를 많이 긁어 모아도 그릇의 크기가 작다면 사고로 이어질 수밖에 없다는 것이었다.

"완전히 소멸한 것이 아닌 이상 오라의 양은 조금씩 다시 증가할 겁니다. 비록 시일이 오래 걸리겠지만… 꾸준히 노력하면 회복될 거예요. 하지만 저번 사고로 인해서 나쁜 일만 있었던 건 아니었어요. 한군은 어쩌면 지금까지 존재해 왔던 마법사들과는 전혀 다른 마법사로서의 길을 갈 수도 있게 됐다고나 할까요?"

"네?"

어리둥절해하는 나에게 이안은 왠지 신이 난 듯한 표정이었다.

이안의 말에 따르면 저번 사고로 인해서 내게 생긴 변화 중에 가장 큰 것은 바로 오라의 양이 적어진 대신 마나를 감지하고 끌어 모으는 능력이 비약적으로 높아졌다는 것이었다.

그때 이안과 스칼렛이 '3클래스'의 라이딘이란 전격 마법을 쓴 데에 비해서 난 '4클래스'의 라이트닝 노바라는 마법을 썼었다. 그것은 현실적으로 거의 불가능한 일이나 마찬가지였으나 난 몇 가지 요소로 인해서 그것이 가능해졌다. 그리고 어쩌면 지금도 그것이 가능할지도 모른다고 말했다. 그 몇 가지 요소란 바로 마나 역전 현상으로 인해 마나에 극도로 민감해진 내 몸과 다른 마법사들은 그저 하나의 통로로써만 사용하는 '단전'이란 공간을 하나의 '마나의 저장고'로 사용할 수 있게 된 것을 뜻했다.

이안은 그때 내가 어떻게 단전에 쌓여 있던 마나를 한 번에 방출해 낼 수 있냐고 물었고 내 대답을 듣고 뭔가 수긍하는 듯한 표정으로 자신의 가설을 말해 주었다.

원래 마법사들은 단전에 마나를 쌓지 않는다고 했다. 아니, 마나란 것을 몸 안에 축적한다거나 모은다는 짓을 하는 것이 잘못된 것이라고 했다. 왜냐하면 마나란 것은 마법사에겐 가연성이 높은 위험 물질과 마찬가지였고 또 그렇지 않아도 수련하기 힘든 오라로 마나의 흐름으로 몸을 보호하는 판에 몸의 내부에 마나를 모은다는 것은 자살 행위나 마찬가지이기 때문이었다. 하지만 난 그때 마법에 갓 입문한 생초보임에도 불구하고 모든 이들이 불가능하고 자살 행위라고 하는 기술을 시연할 수 있었다.

그것은 두 가지 요소 때문이었다. 하나는 뛰어난 오라의 유동성과 콘트롤 능력이고 또 하나는 바로 오라의 질적 성질이었다. 이안은 이유는 모르겠지만 어떻게 된 일인지 오라의 유동성과 콘트롤 능력이 일반 마법사에 비해서 무척 뛰어나다고 말했다. 어쩌면 현자라는 사람들과 거의 동등한 수준이라고까지 말해서 날 무척 들뜨게 만들었다. 그리고 이번 사고로 알게 된 사실이 또 있는데, 내 오라의 성질이 공교롭게도 '뇌격' 계열 마법과 무척 상성이 좋은 것 같다고 말했다. 이것은 내 마법사 인생에 무척 큰 작용점이 될 정보였다.

만능을 꿈꾸는 마법사들의 오래된 연구에 의하면 인간으로 태어난 이상 수십 가지가 넘는 모든 계열의 마법에 똑같이 좋은 상성을 가지고 태어날 수 없다는 연구 결과를 얻어냈다고 한다. 물론 상성이 안 좋은 계열의 마법도 쓸 수는 있지만—이 부분에서 흑마법사가 신성 마법의 사용은 불가능하다—상성이 좋고 나쁘고에 따라서 같은 클래스의 마법사라도 무척 큰 위력의 차이를 낸다는 것이었다.

이안은 4클래스에 접어들 때까지 특정 마법 계열과의 상성은 거의 알 수 없는데 나 같은 경우엔 그걸 무척 일찍 알아냈기 때문에 더욱 빠르게 성장할 수 있을 거라고 했다.

"전화위복이라고 해야겠군요."

"아마도. 하지만 오라의 소모가 너무 심했기 때문에 한동안은 오라를 양적으로 증가시키는 노력을 게을리 하지 않아야 마법을 쓸 수 있을 겁니다. 그전엔 절대 안 돼요. 몸을 망칠 겁니다."

그리고 오라의 양을 늘리는 수련 방법이 따로 있는 건 아니지만—그런 방법이 있으면 개나 소나 다 마법사가 되었을 것이다—완전히 사라진 게 아니라면 명상과 오라를 개방하고 수련하는 가운데 조금씩 회복될 거라고 했다. 또 이안은 내게 오라를 회복할 때까지 마법을 절대 써서는 안 된다고 엄포를 놓은 다음 오랜 기간 굶은 날 위해 스칼렛에게 저녁 식사를 준비시켰다.

정신을 잃고 있었다고는 하지만 무려 3일을 굶었기 때문에 나는 스칼렛이 만들어준 음식을 허겁지겁 먹었다. 오랫동안 굶은 다음에 밥을 먹으면 배탈이 난다고 하는데 스칼렛이 소화가 잘 되는 걸로만 만들어 줘서 그런지 그런 불상사는 없었다.

그날 저녁 3일 만에 집으로 돌아간 나는 세나와 아주머니에게 심한 잔소리와 함께 두 번 다시 무단 외박을 하지 않겠다는 각서를 쓰고 나서야 잠을 잘 수 있었다. 오늘 저녁 안으로 돌아오지 않았다면 경찰에 실종 신고를 할 생각이었다고 하니 그저 송구스러울 따름이었다.

"죄송합니다. 이제부터 이런 일이 없도록 할게요."

"그래. 몸이 안 좋아 친구 집에 계속 누워 있었다니 더 이상 별말은 하지 않겠다만 너무 걱정 끼칠 일은 하지 말도록 해라. 넌 내게 있어서 세나와 같이 한 가족이라고 생각하니까 말이야."

"네."

삐쳐서 자기 방에 들어가 버린 세나와는 달리 아주머니는 현관까지 배웅해 주며 날 걱정해 주셨다. 그리고 아주머니는 가볍게 한 말이겠지만 나에겐 무척 위안이 되는 말도 해주셨다. 부모님이 외국으로 나가신 후로 줄곧 이곳에 지내게 해주시면서 마치 부모님처럼 날 챙겨주시던 아주머니였기에 죄송스러운 마음이 한도 없이 일어났다.

"어서 들어가 쉬세요. 저 때문에 걱정도 많이 하셨을 텐데……."

"그래, 누구 때문에 흰머리가 두 배로 늘어난 것 같다. 너도 피곤하고 몸도 안 좋을 텐데 어서 가서 쉬어. 애들도 기다리겠다."

"네, 나중에 염색약 사다 드릴게요. 아주머니 흰머리가 늘었다고 아저씨한테 야단맞으면 큰일이잖아요. 헤헤."

"원 녀석두 능청스럽기는. 어서 올라가서 애들이나 잘 돌봐주렴. 귀여운 애들인데 몹쓸 짓 하면 안 된다. 알았지?"

컥! 몹쓸 짓이라니? 아주머니까지 절 그렇게 보고 계셨단 말씀이십
니까!

"걱정 안 하셔도 돼요. 저처럼 착하고 모범적인 청소년이 어디 있다
구요. 그럼 안녕히 주무세요."

스스로도 많이 찔리는 대사를 한 나는 슬리퍼를 대충 신고는 위층으
로 달려 올라갔다.

안에서 수시로 바뀌는 불빛과 배우들의 대사 읊는 소리가 들리는 걸
로 봐서는 아이들이 텔레비전을 보고 있는 모양이었다.

"얘들아, 다 씻었니?"

방문을 열고 내가 들어가서 묻자 애들이 왜 이리 늦었냐는 눈빛과
함께 맞아주었다.

"응~ 오라버니만 씻으면 돼."

"오빠오빠~ 텔레비전에 이상한 게 나오고 있어."

"목욕물은 받아놨습니다."

훼릴과 엘리는 벌써 잠옷을 입고 잠잘 준비를 끝낸 상태였고 세리스
는 방금 목욕을 끝냈는지 조금 물기가 많이 어려 있는 은빛의 머리카
락을 수건으로 닦으면서 맞아주었다. 그런데 방 안으로 들어서는 순간
내 코에서 지금까지 맡아보지 못한 향긋한 냄새가 감돌고 있었다.

"킁킁……."

'향수?'

향수인가? 잠깐 내 머리 속에 내장된 하드 디스크와 메모리를 뒤져
봤지만 내 방에 이런 향기를 낼 만한 물건은 없었다. 평소에 여인네들
을 만날 일이 없는 나로선 3,000원짜리 페로몬 향수조차 뿌려본 적이
없었고 세리스를 비롯해 다른 애들도 그런 물건을 사준 적이 없었다.

"흠······."

그래도 싫은 기분은 아니었기 때문에 좋은 게 좋은 거라고 생각하며 세리스의 곁을 지날 때였다.

'응?'

아직 마른 수건을 머리 위에 걸쳐 놓은 채 날 바라보고 있는 세리스의 머리에서 향긋한 냄새가 나고 있었다. 아직 방 안의 공기가 완전히 데워지지 않았기 때문에 김이 모락모락 나고 있는 세리스의 머리는 형광등 불빛에 반사되어 신비로운 은색을 뿌리고 있었다.

"흠흠, 어서 머리부터 말려. 감기 들겠다."

조금 딱딱한 어투로 세리스에게 충고하며 욕실로 들어가던 나는 충격적인 사실에 가슴이 두근거렸다. 하하··· 설마 이런 걸 '여인의 향기'라고 하는 건가? 어느 영화에 보니까 모든 여인은 각자의 향기를 가지고 있고 남자를 유혹할 때 마치 페로몬처럼 뿜어낸다는데, 설마 세리스가? 하하, 아마도 나의 과대망상이겠지. 흠흠··· 그래도 향긋한걸?

간단하게 샤워를 마친 나는 곧바로 아이들과 잠자리 준비를 하고 피곤한 몸을 따뜻한 온돌 위에 뉘었다.

······.

아이들의 숨소리가 새근새근거리는 게 모두 잠들었을 시간.

난 아직도 잠을 못 이루고 있었다. 딱히 몸이 안 좋다거나 생각할 게 많아서도 아니었다. 막연히 3일 동안 혼수상태로 있어서 그런 건가 했다.

'살짝 일어나서 담배라도 한 대 피울까?'

본의 아닌 3일간의 금연이라니, 내 몸이 니코틴을 원하고 있을지도? 하하, 쓸데없는 생각을. 하지만 결국 그 유혹을 참지 못한 나는 잠옷에 코트를 걸치고 담배와 라이터를 주섬주섬 챙겨서 밖으로 나왔다. 은색의 담배 케이스에서 한 개비의 담배를 꺼내 입에 물고 불을 붙이자 모든 시름이 사라지는 듯한 착각과 함께 연기를 깊게 들이마셨다.

띠잉~

"윽, 간만에 피우니까…… 이것도 적응이 필요한 건가?"

산소 부족 때문이었는지 뒷골이 당겼다. 골초는 아니지만 내가 담배한 모금에 비틀거리다니, 늙어가는 몸은 어쩔 수 없나보다. 약간의 현기증을 느낀 나는 난간에 걸터앉아서 하늘을 쳐다보며 연기를 내뿜었다.

"후우~ 달무리인가? 내일은 비가 오겠군."

겨울인데 비라? 어쩌면 눈일지도 모르겠다. 대구엔 눈이 잘 오지 않아서 화이트 크리스마스를 맞는 게 정말 어려운데 올해는 가능할지도 모르겠다는 생각이 들었다.

그러고 보니 크리스마스 때는 어떻게 하지? 아이들이랑 쇼핑이라도 나갈까? 아니면 교회에서 홀리하게 예수 탄생을 기뻐할까? 이도 저도 아니면 깜짝 파티 한다는 명목으로 스칼렛이랑 데이트라도 할까?

"…하아, 여자 친구가 없으니까 이런 한심한 생각을 하는 거야. 여자 친구가 있었으면 절대 이런 고민 따윈 하지 않았을 텐데. 그나저나 건이나 종필이 녀석들은 어떻게 보낼 생각이지? 그러고 보니까 요 며칠 동안 친구 녀석들 생각은 전혀 하지 못했네."

문득 무척 오랜만에 친구들의 존재를 상기해 낸 나는 나 스스로의 변화된 모습에 내심 놀람을 감추지 못했다.

일주일도 안 된, 얼마 전부터의 갑작스런 인생의 전환. 그것은 내 인생의 방향을 완전히 바꿔 버렸다. 세리스와 훼릴, 그리고 엘리를 만나고 마법을 배우고……. 뭐 하나 다른 사람들은 상상도 못할 일임에 틀림없었다.

　너무나 비현실적인 상황 때문이어서일까? 10년을 넘게 사귀어온 친구들의 존재가 벌써부터 희미해져 가고 있었다. 이런 변화는 결코 반갑지 않았다. 아무리 마법이 중요하고 아이들이 중요하다고 해도 지금까지 살아온 내 인생에 있어서 가장 큰 보물이랄 수 있는 친구들을 마음속 추억의 한 켠으로 밀쳐 놓는다는 것은 나의 과거를 부정하는 것만 같았다. 싫다. 마치 지금까지 소중하게 간직해 왔던 애인의 선물이 이미테이션이란 판정을 받았을 때의 기분이랄까.

　"내일은 친구들이나 만나볼까?"

　입 안 가득 빨아들이던 담배에서 약간 독한 연기가 들어왔다. 필터까지 태웠나 보다. 이제 들어가서 자야겠다는 생각에 습관적으로 담배의 불똥을 가운뎃손가락으로 탁 튕긴 나는 미처 불똥이 어디로 튕겼는지 확인도 하지 않고 자리에서 일어났다.

　"후우~ 이제 들어가 자볼까?"

　치이이이…….

　응? 뭐지, 뭔가 꿈꿈한 냄새와 함께 타고 있는 건? 막 자리를 털고 일어나려는데 오늘따라 민감하다고 생각되는 코가 심상치 않는 냄새를 포착했다.

　"뭐지? 아앗! 앗, 뜨거어어어어!!"

　크아아앗?! 담배의 불똥이 어떻게 된 일인지 몰라도 내 허벅지 위에서 그 빨간 불꽃의 위력을 자랑하고 있었다. 그것도 단 한 벌뿐인 내 파자마에 담배 빵까지 놓으면서! 부리나케 손으로 털어냈지만 때는 이미 늦어 있었다. 크으~

　"젠장……."

친구

빵-빵!

며칠 전 세리스와 아이들의 옷을 사 온 뒤로 한 번도 나오지 않은 시내는 무척 혼잡한 분위기였다. 좁디좁은 골목엔 불법 주차된 차량으로 빽빽했고 그 사이사이로 사람들이 재주 좋게 다니고 있었다. 개중엔 서로 떨어지기라도 한다면 죽을병에 걸릴 사람마냥 철썩 달라붙어 다니는 커플들도 있었고, 무슨 조폭 영화의 영향을 많이 받았는지 가로로 쭉 늘어서서 걸어가는 놈들도 있었다. 그것두 전부 시커먼 롱 코트에 올백 머리를 해서 '나 양아치요' 라고 외치는 듯한 놈들 말이다.

"연말이라 그런지 너무 분잡하군. 세리스, 이쪽으로 좀 더 붙어 있어."

지금 나와 세리스는 대구의 중앙파출소 근처에서 어디로 가야 할지 갈피를 못 잡고 있었다. 훼릴과 엘리는 어디에 있냐고? 걔네들은 지금쯤 스칼렛과 열심히 공부하고 있을 것이다. 뭐, 원래 계획대로라면 세리스도 맡겨놓고 와야 했지만 도무지 옷자락을 잡고 놓아주질 않으니 할 수 없이 같이 나올 수밖에 없었다. 세리스 하나만 데리고 갈 바에야 모두 함께 데리고 나오려고 했는데 스칼렛이 세리스와는 달리 마법을 공부하는 엘리와 훼릴은 열심히 공부를 해야 한다면서 놓아주질 않았다. 덕분에 울먹이는 엘리를 겨우 떼어놓고 와서 무진장 켕겼다. 훼릴이야 그저 조금 서운하다는 듯이 말했을 뿐이지만 말이다. 아니, 어쩌면 내색을 안 해서 그렇지 속으로는 무척 섭섭해할지도 모른다. 쳇, 담에 기분이라도 풀어줘야겠네.

"…약속 장소가 어디였더라? 7月花? 독특한 이름이네."

분주하고 복잡한 걸 싫어하는 내가 오늘 시내로 나들이를 나온 건 친구들과의 약속 때문이었다. 간만에 술이나 한잔하자는 말이 나와서 학기 말 시험을 마치고 오는 녀석들과 함께 만나기로 해서였다. 하지만 시내 지리에 약한 나와 세리스는 약속 장소를 못 찾아서 30분째 헤매는 중이었다.

무척 오랜만에 가지는 술자리라 기대되는 마음이 없지 않았는데 세리스가 함께라서 조금 걱정되기도 했다. 친구들이 뭐라고 할런지……. 쩝. 그런데 이놈들은 친구가 3일 동안 행방불명이었는데도 그저 '데이트 잘했냐?' 라고 말하며 핀잔만 줄 뿐 '뉘 집 강아지가 가출했었냐' 라는 식의 반응뿐이라 날 열받게 했다. 애초에 기대하지 않는 게 좋았을까? 왠지 어제와는 다른 게 인생을 헛살았다는 회의마저 들었다. 내가 이런 놈들을 친구라고 믿고 살았다니……. 후우~

"안 되겠다. 전화해서 장소를 알아봐야지."

추운 날씨에 한곳에 마냥 우두커니 서 있자니 처량한 느낌도 들고 해서 친구들에게 전화를 걸었다. 단축 번호 6번을 꾸욱 누르니까 듀얼 액정에 '배건' 이라는 이름이 떴다. 흠, 꼴에 팝을 안다고 컬러링은 비틀즈의 'let`it be' 다. 가사나 알아먹을 수 있는 최신 가요로 할 것이지. 요즘 뜨고 있는 보아는 얼마나 좋아? 귀엽고 춤 잘 추고 한일 민간 외교도 잘하고, 좋잖아? 그런데 왜 이렇게 전화는 안 받는 거야? 엉덩이에 불감증이라도 걸렸나? 하여튼 진짜 둔하다니깐.

결국 두 번을 더 전화해서야 통화가 연결되어 조금 복잡하지만 약속 장소를 알아낼 수 있었다. 대구백화점 뒤로 가서 로데오 거리랑 호프 골목 사이로 오면 보인다고? 대충 위치를 파악한 나는 세리스와 발걸음을 옮겼다.

"많이 춥지?"

"…아닙니다."

딱딱한 말투. 좀처럼 고쳐지지 않는다. 오빠란 호칭은 내가 '주인님' 이란 호칭을 진짜 싫어 하는 것 같으니까 곧잘 썼다. 하지만 마치 국어책을 읽는 듯한 말투에는 나나 스칼렛이나 거의 포기 상태에 들어가 버렸다. 약속 시간이 촉박했기에 약간 걸음을 빨리할 생각으로 세리스의 손을 잡았는데 그 싸늘함에 깜짝 놀랐다.

"뭐야? 손이 왜 이리 차가워? 손 이리 줘."

"네."

난 세리스의 양손을 두 손으로 문지르며 녹여주었다. 도대체 무식해서 그런 건지 아니면 추위에 무감각해서 그런 건지 손이 얼음장 같았다. 지금 입고 있는 은색 패딩 코트에 달린 주머니는 그저 디자인으로 달려 있는 건 줄 아나? 뭐 하러 내 옷자락만 꼭 쥐고 있었던 거야?

"안 되겠다, 세리스. 너, 왼손은 코트 주머니에 집어넣어. 그리고 이

손은……."

"아……?"

"내 주머니에 넣어서 간다. 알았지?"

가만히 놔두면 동상에라도 걸릴 것 같아서 사소한 동작 하나하나까지 명령조로 말한 나는 세리스의 손을 잡은 채 내 코트 주머니로 손을 찔러넣었다. 이러면 한결 따뜻해져서 손이 빨리 녹을 것이라 생각해서였다.

"따뜻하지? 어서 가자, 늦겠다."

"…두 손을 다 주머니에 넣으면 미끄러질 때 위험한데……."

"뭐?"

"……."

걸음을 재촉하는 나에게 작게 뭐라고 말하던 세리스는 내가 못 들어서 묻자 아무런 말 없이 빨갛게 상기된 얼굴을 푹 숙이고는 내 보폭에 맞춰서 걸음을 빨리했다.

12월의 시내는 온통 연말연시 분위기와 크리스마스의 들뜬 분위기 때문에 무척 복잡했다. 거기다 군데군데 물이 얼어 있어서 몇 번 미끄러질 뻔한 적도 있었기 때문에 짜증도 났지만 반면에 걸으면 걸을수록 내 어깨가 쭉 펴지고 고개가 쳐들리는 게 기분이 묘해졌다.

그 원인은 두말할 것도 없이 세리스 때문이다. 허리춤까지 부드럽게 흘러내린 눈부신 은발에 하얀 피부, 그려놓은 듯한 아미와 깊은 다크 블루 계열의 눈동자는 카리스마 그 자체다. 아직 어리다는 느낌이 강하지만 조금만 더 성장하면 지나가는 모든 남자들은 한 번쯤 돌아볼, 아니, 쫓아오게 할 만한 미모의 소유자로 자랄, 장래성이 촉망한 미소녀가 바로 세리스였다.

그런데 그런 미소녀를 나같이 도수 높은 안경을 쓰고 평범한 외모를 가지고 있는, 좋게 봐줘서 그저 성격 좋아 보이는 인상을 가진 남자가 손까지 꼭 잡고 다녔다. 누가 봐도 변변찮은 내가 이런 고급 어빌리티를 써가며 데리고 다니니까 우릴 보는 모든 사람들은 '남녀 관계에 얼굴만이 최고는 아니다' 라는 출처 불명의 호소력있는 격언을 떠올리는 듯했다. 뭐, 진짜 커플이 아니라서 좀 서운하긴 하지만 현재로선 '가장 가까운 존재' 가 아니겠는가! 음하하하!

"프흐흐흐!"

"……?"

앗! 설마 속으로 웃은 게 밖으로 새어 나온 건 아니겠지?

"아냐, 그냥 기분이 좋아서 웃은 거야. 내가 어떻게 된 게 아니니까 그렇게 쳐다보지 마. 그냥 세리스가 너무 예뻐서 사람들이 자꾸 돌아보잖아. 그래서……."

때늦게 변명 아닌 변명을 하는데 세리스의 대답이 더 가관이었다.

"…해치울까요?"

"컥! 아니. 괜찮아, 괜찮아. 사람 말은 끝까지 들어. 내 말은 기분이 좋았다는 거야. 그러니까 그렇게 하지 않아도 돼."

어떻게 뭔가 거슬리면 전부 '해치울까요? 쓰러뜨릴까요? 냐? 다른 사람이라면 농담으로 넘길 수도 있겠지만 세리스가 그런 말을 하면 진짜로 하겠다는 의지가 실려 있기 때문에 결코 가볍게 넘길 수가 없었다. 왜, 전에 심온이의 전적도 있지 않은가!

"잘 들어. 내 친구들과 만날 땐 절대로 싸우면 안 돼. 알았지? 내 친구들이 날 툭툭 때리거나 욕을 해도 그건 다 친구라서 용납할 수 있는 거니까. 내가 뭐라고 할 때까진 절대로 함부로 굴지 마. 알았지?"

"…네."

좀 작은 목소리로 대답해서 내게 확실한 믿음을 주진 못했지만 세리스가 스스로 한 말은 반드시 지키는 성격이란 걸 잘 알고 있었다. 난 2층에 '7月花'라고 적힌 호프집 간판을 보고 계단을 올라갔다. 계단이 좁았기 때문에 세리스의 손을 놓는 게 좀 아쉬웠다. 하지만 곧 이어 옷 뒤춤에서 느껴지는 은근한 당김 때문에 금세 기분이 좋아졌다. 누군가가 한없이 자신을 신뢰하고 의지한다는 느낌 때문일까? 예전에는 조금은 귀찮게 느껴졌던 이런 '당김'이 최근엔 무척 기분 좋게 느껴졌다. 역시 사람은 뭔가 변화를 겪어봐야 하는 것 같다. 예를 들어 3일간의 혼수 상태 같은 거 말이다. 하하!

호프 집은 여느 집이 다 그렇듯이 약간 어두운 조명과 군데군데에서 올라오는 담배 연기와 탁해진 공기가 어우러져 있었다. 그리고 조금 시끄러운 음악에 투명한 바닥과 천장 여기저기에 설치된 브라운관에서 뮤직 비디오를 틀어놓아서 왠지 사람의 기분을 들뜨게 만들었다.

"여기다!"

내가 들어서자 문 근처에 서 있던 안내를 맡고 있던 종업원이 뭐라고 할 틈도 없이 창가 쪽 자리에서 귀에 익은 목소리가 들렸다. 어두운 조명 때문에 잘 보이진 않았지만 머리통이 좀 큰 게 건이 같았다.

"저기… 손님, 저희 가게는 미성연자가 출입할 수 없는 곳입니다만……."

"보호자를 동반해도요? 제가 애 보호자입니다만……. 그리고 제가 못 들어가면 저기 있는 사람들도 모두 나갈 텐데요?"

내가 조금 불쌍한 표정을 지으며 말하자 종업원은 조금 곤란하다는 표정을 지었다. 하지만 세리스의 얼굴을 보고는 잠깐 멍한 표정을 짓다가 곧장 지배인으로 보이는 사람에게 가서 뭐라고 말하더니 곧 웃으면서 다가왔다.

"지배인님이 술만 안 마시게 한다면 상관없다고 하십니다. 자리로 가시죠."

사람 좋게 웃으며 싹싹하게 말하는 종업원의 얼굴 뒤에 숨어 있는 음흉한 늑대의 미소를 봤지만 난 속으로 코웃음을 치며 친구들이 기다리는 자리로 갔다. 코웃음을 친 이유는 아무리 손님에게 친절하게 대해줘 봤자 종업원은 종업원일 뿐이라서다. 외롭고 쓸쓸해서 혼자 온 손님이 아닌 이상 종업원에게 관심을 갖는 경우 없다는 걸 잘 알고 있었다. 나 자신의 경험담이니까 틀림없다. 더군다나 대상이 세리스인 경우에야 말할 것도 없었다.

"늦어서 미안~ 에헤헤."

"뭐가 에헤헤냐? 어라? 아, 안녕하세요?"

늦게 온 나에게 뭔가 꾸사리를 주려던 건이 녀석이 내 옷자락을 잡고 따라오는 세리스를 보곤 존댓말로 인사를 했다. 훗, 전에 심온이 녀석이 당한 걸 보고 긴장하는 건가? 살짝 주위를 둘러보니 재원이 녀석이랑 종필이, 심온이, 그리고 오늘 시험을 끝낸 호석이 녀석과 정현이 녀석까지 어쩔 줄 몰라 하는 게 가관이었다. 그나저나 호석이랑 정현이는 세리스를 알지도 못하는데 왜 저리 안절부절이야?

"아, 정현이랑 호석이는 모르겠구나. 우리 집에 식객으로 살고 있는 세리스라고 한다. 자~ 너두 인사드려야지."

"…안녕… 하십니까?"

"아, 네."

"바, 반갑습니다."

뭐냐, 이 어색하기 그지없는 인사는? 안면만으로 따졌을 땐 어디 조폭 행동 똘마니로 보이는 서호석은 척 보기에도 어려 보이는 세리스에게 고개를 꾸벅 숙였고 최근 들어 아빠 차를 열심히 몰고 다니는 바람에 기름값이 없어 허덕이는 류정현은 말까지 더듬어댔다.

"아아, 다른 사람에게 맡기고 오려 했는데 죽자고 같이 오겠다고 졸라서 말이야. 괜찮지?"

"아? 응."

"그래, 술만 안 먹이면 되겠지."

친구들은 별다른 이견 없이 세리스가 동석한다는 사실에 찬성했다. 호석이의 음흉한 웃음과 심온이를 제외한 다른 녀석들의 행복해하는 표정으로 봐서 세리스의 미모가 큰 작용을 한 것 같았다. 이그… 어리고 이쁘기만 하면 좋아서. 다 짐승 같은 놈들이야.

뭐, 나라고 예외는 아니지만.

"그래, 시험은 잘 쳤냐?"

얼마 전부터 이 녀석들이 시험을 치고 있었다는 걸 알고 있던 나는 대화의 첫 주제로 시험 성적을 거론했다.

"호석이 녀석 말고는 전부 평점이 4.0은 넘은 것 같다. 아마도 반액 장학금은 받을 수 있을 것 같아. 누.구.만. 빼고."

"야! 거기서 꼭 내 이름을 거론하면서 그렇게 누.구.란 단어를 강조해야겠냐?"

성적 이야기로 시작된 친구들과의 잡담은 하나같이 애인이 없는 남자들의 서러운 연말에 이르러 절정에 다다랐다. 그러다 보니 먼저 마시고 있던 3,000cc 맥주 컵이 벌써 두 번이나 교체되었고 한쪽 구석에선 '더러운 세상~' 이라고 외치던 건이와 종필이 녀석이 소주잔을 부딪치고 있었다. 얘길 들어보니 최근 들어 맘에 들어하던 여자한테 차인 모양이었다. 것두 둘 다 거의 비슷한 시기에 말이다. 불쌍한 녀석들……. 그렇다고 이렇게 동정하는 나라고 해서 좋은 상황은 아니지만 말이다. 하지만 그렇다고 혼자 콜라를 마시고 있는 세리스를 곁에 두고 '여자 문제'로 시시콜콜 떠든다는 게 왠지 마음에 걸려서 난 얌전하게 앞에 놓인 맥주만 홀짝홀짝 마시고 있었다. 얼라? 잔이 비었네?

"야아~ 잔이 비었잖아. 사주 경계 똑바로 안 해?"

"엇? 이런, 쏘리~"

내가 맥주 잔이 비었다고 땡깡을 부리자 내 앞에 있던 호석이가 비실비실 웃으면서 3,000cc 잔을 들었다. 그런데 어째 들리기만 하고 45도로 기울어져 있는 내 잔으로 술이 안 들어온다. 장난치는 거냐고 말하려는데 3,000cc 잔의 손잡이에 손이 두 개나 달린 걸 보고 입을 다물고 말았다. 요즘은 맥주 잔도 커플로 따라주는 거냐? 근데 어째 하나는 시커멓고 거친데 나머지 하나는 뽀시시한 피부에 손도 오밀조밀하게 생긴 게 여엉~ 여자 같았다. 우리 일행에 여자가 있었나? 세리스 말고… 세리스… 세리스?

"뭐, 뭐야? 세리스! 넌 아직 술을 마시면 안 돼."

술이 번쩍 깼다. 그렇지 않아도 여기에 데려온 게 왠지 순진한 어린애 하나 타락시키는 기분이 들어 찜찜한 판이었는데 술까지 마시게 한다면 난 진짜 천하에 다시없는 쓰레기일 것이다. 그런데 세리스는 당황해서 어쩔줄 몰라 하는 날 보더니 살짝 웃으면서 역시 당황의 극치를 달리는 표정으로 엉거주춤하게 서 있는 호석이의 손에서 3,000cc 잔을 빼앗았다. 그리고 요령있게 내 잔에 맥주를 따라주었다.

"어, 어?"

"오~ 이젠 예쁜 여동생이 술시중도 해주는 거야? 팔자 좋아졌다~ 바다야~"

"크으으윽! 부럽다. 나도 저런 여동생이 있었으면~"

"건아, 우리 오늘 먹고 죽자!"

옆에서 소주잔 들고 인생의 쓴맛을 느끼는 중이라던 종필이와 건이가 내 어깨를 툭툭 치면서 고개를 절레절레 흔들었다. 뭔가 부럽다는 것 같기도 하고 안됐다는 표정 같기도 한 게 찜찜했다.

"그래, 종필!!"

"그래, 건!!"

"여자는 다 요물이야! 크로스!"

뭐, 뭐 하는 짓거리야? 건이와 종필이는 어디 TV에서 본 개그를 따라 하는지 이구동성으로 외치더니 서로의 손목을 X 자로 교차시키면서 외쳤다. 윽, 다른 테이블에 앉아 있던 손님들의 시선이 영 따가운 게 '곱게 술이나 마셔라, 잉!' 이라고 말하는 것만 같다. 에구, 쪽팔려~

"맛이 갔군. 쯧쯧… 그래, 세리스, 고맙다. 에구, 귀여운 것!"

평상시와는 달리 아무리 물 같은 맥주라지만 그래도 술은 술인지 조금 알코올 기운이 도는 게 세리스의 모습이 여간 귀엽게 보이는 게 아니었다. 그래서 맥주 잔을 테이블에 내려놓고 반쯤 장난으로 한 번 꼭 안아줬다. 그런데…….

"윽!"

"크으윽! 바다! 죽고 잡냐?"

그냥 인형이나 귀여운 동생을 안아준다는 느낌으로 어깨를 가볍게 끌어안아 준 것뿐인데 어찌 된 일인지 세리스가 꼬~옥 안겨들었다.

등 뒤로 가느다란 팔의 두름이 느껴지는 게 세리스도 날 끌어안고 있
는 모양이었다. 이런 상황이다 보니 다른 사람들이 보기엔 그저 '공공
장소를 가리지 않는 더티한 닭살 커플'이나 '원조 교제 하는 죽일 넘
의 시키, 세상이 썩어 돌아가니까 이젠 그것도 대놓고 하냐?' 라는 무시
무시한 의미 섞인 눈빛을 던져 주기에 아깝지 않은 상황이 연출되고
있었다. 거기다 세리스가 좀 예쁜가!! 눈앞에 있는 호석이를 비롯해서
나머지 놈들의 눈빛도 심상치 않게 변해가고 있었다. 으윽…….

　'나, 남자의 질투란…….'

　확. 실. 히. 보기 흉한 것이었다. 하지만!

　좋은 게 좋은 거! 에레레레레~ 어메~ 기분 좋은 거~ 흠흠.

　말랑말랑한 어깨의 촉감과 긴 은발에서 느껴지는 감미로운 향기는
안주없이도 술을 마실 수 있게 했다. 크으~ 하지만 더 이상 붙어 있다
간 우정 파괴는 물론이고 패싸움이라도 일어날 것 같아 난 세리스의
어깨를 잡고 내 품에서 떼어냈다.

　"세리스, 이만 떨어져. 사람들이 자꾸 보잖니. 아무리 우리의 사랑
이 두텁고 바다와 같이 넓을지라도 다른 사람들이 보는 곳에서 너무
티를 내면 많은 시련을 받게 된단다. 알았지?"

　장난스럽게 주위에서 노려보는 솔로인 내 친구들과 주변 남정네들
의 시선을 의식하면서 안쓰럽다는 표정과 함께 말하자 주위에서 이빨
가는 소리 하며 포크로 접시 찍는 소리, 나이프로 테이블 긁는 소리들
이 소란스럽게 들려왔다. 큭큭큭. 그리고 바로 옆에서 안주를 찍으려
던 포크를 들고 과연 이걸로 사람을 찌를 것인지 안주를 찌를 것인지
심각하게 고민하고 있는 친구들이 점점 후자로 결정을 내리려는 눈빛
을 뿌리고 있었다.

"그리고 세리스, 세상에서 가장 불쌍한 사람이 누군지 아니?"

"으으응~"

고개를 도리질 치는 세리스. 의도하는 바는 아니겠지만 그래도 같이 살다 보니 무의식 중에라도 죽이 척척 맞는구나!

"바로 질.투.하.는. 남자란다. 그런 남자 보면 쯧쯧쯧 하고 혀를 차면서 최대한 불쌍하다는 표정으로 봐줘야 돼. 알았지? 다른 건 할 필요 없어. 그것만 하면 되는 거야. 알았지?"

"네. 이렇게 하면 되는 겁니까?"

세리스 역시 주변의 소란스러움을 느꼈는지 약간 주위를 두리번거리더니 이내 인상을 약간 찌푸리더니 한껏 연민이 가득한 시선을 좌우로 뿌려댔다. 물론 이 눈빛에 내 친구들은 물론이고 주위의 남자들까지 '앗, 뜨거라~' 하는 표정을 지은 건 따로 말하지 않겠다.

"그, 그래, 잘했어."

"무서운 놈, 순진한 애를 저렇게 이용해 먹다니!"

"평소에 어떻게 교육을 시킨 거야?"

"저건 인두겁을 쓴 악마야, 악마!"

세리스의 '말 잘 듣는 착한 어린이 모드'에 당해 버린 내 친구들은 살기를 풀풀 날리며 귀에 훤히 들리는 목소리로 궁시렁궁시렁대면서 들고 있던 포크를 거칠게 안주에 꽂았다. 칼집이 나 있는 비엔나 소시지가 '쾌득' 하는 소리와 함께 진한 소스와 두터운 껍질 속에 간직하고 있던 지방기를 접시 위로 뚝뚝 흘려보냈다. 참고로 난 왠지 저 소시지가 멀지 않은 내 미래를 보여주는 것만 같아 등골이 오싹해졌다.

"야아야~ 뭐, 안 좋은 일 있었어? 왜 이리 똥 씹은 표정이야? 크리스마스도 거의 다 됐는데 즐겁게 웃으면서 보내야지. 자! 건배!"

"홍~ 건배."

"건배 따위를 할까 보냐! 쳇, 건배!"

모두를 한마디씩 하면서 내가 먼저 쳐올린 맥주 잔에 자기 잔을 쨍하고 부딪치고는 곧장 벌컥벌컥 들이켰다. 모두들 한 번에 쭈우욱 들이키는 게 가슴속에 쌓인 게 많았었나 보다. 짜식들, 이런 꼬마 애랑 조금 러브러브한 모습을 보인 게 그렇게 가슴을 아프게 하더냐?

"그나저나 바다야, 너는 어떻게 돼가고 있냐?"

"나? 뭘?"

"세리스 앞이라고 모른 척하는 거냐? 지영 선배 말이야. 너, 그 선배 좋아하잖아."

음, 건이 녀석은 내가 무슨 소린지 갈피를 못 잡자 조금 짜증스러운 목소리로 다그쳤다.

지영 선배라…….

"글쎄… 아직 아무 말도 못하고 있는 중이지 뭐."

"너, 그 선배 좋아한 지 벌써 5년이 넘어가지 않냐? 어디 보자, 대학교 1학년 때부터니까, 그래, 5년 맞네!"

"오래 좋아한다고 다 되는 연애 사업이면 실연당하는 사람 없어. 저기 저 두 놈처럼."

"뭐야?!"

본인도 관심없어하던 짝사랑 세월까지 정확하게 계산해서 말하는 건이 녀석의 말에 난 조금 기분이 침울해져서 눈앞에 놓인 맥주를 쭉 들이켰다. 옆에 앉아 있던 세리스가 그때그때 가득 채워주어서 연거푸 두 잔을 들이키고 나서야 멈출 수 있었다.

"최근에 소문을 들어보니……."

“야!”

역시 친구의 고통은 나의 기쁨이라 이건가? 종필이가 어디서 주워들은 정보가 있는지 선배에 대해서 뭔가 말하려고 했지만 내 기분을 고려해 주는 재원이의 제지에 입을 다물었다. 짜식들, 5년간 짝사랑해 온 경력이 있는데 아무리 그래도 너희들보다 선배의 소식에 어두울까? 종필이가 말하려던 소문은 이미 알고 있는 내용이었다.

선배에게 최근에 남자 친구가 생긴 것 같다는…….

교회나 학교에서 나와 연줄이 좀 있는 후배들을 시켜서 캐물어봤을 때 그저 싱긋 하고 웃는 얼굴만 할 뿐 아무런 긍정도, 부정도 하지 않았다곤 하지만 이미 많은 목격자가 있어서 그 소문은 거의 기정사실화되고 있었다.

“뭐, 알고 있어, 선배한테 남자 친구가 있다는 소문 정도는.”

“고백은 해봤었냐?”

잔에 든 김 빠진 맥주를 마저 들이킨 호석이가 물었다. 난 대답 대신 주머니에서 담배를 꺼내 물었다. 그리고 옆에서 불쑥 지포라이터 불을 켜주는 건이의 손에 불을 붙이며 대답했다.

“두 번 정도. 지금 상황을 보면 달리 결과를 말하지 않아도 좋겠지?”

그랬다. 난 선배에게 두 번이나 고백했다. 한 번은 첫눈에 반해 버렸던 대학 1학년 시절 그저 가슴만 앓고 있다가 우연히 말을 꺼내게 된 영화 보자는 약속을 계기로 고백을 했었다. 하지만 조금 비참한 기분이 드는 건 그 당시 영화를 다 보고 나서 집으로 데려다 주는 와중에 내 속내를 눈치 챈 선배가 ‘날 좋아하는 거니?’ 라고 먼저 물어보는 사태가 일어났었다는 것이다. 바보같이 뜸만 들이다가 준비했던 멘트를 사용해 가며 멋지게 고백도 해보지 못하고 그 자리에서 ‘네’ 라고 대답

해 버린 내게 돌아온 건 조금 미안해하는 말투로 말하는 선배의 ‘거절’
이었다.

　“…난 대학 다니는 동안 남자 친구를 만들고 싶지 않아. 할 수 있는
한 열심히 공부할 생각이야. 그리고 나도 나름대로 좋아하는 사람도
있고…….”

　하하! 그때 난 ‘보이지도 않는 골키퍼’에게 막혀 버렸었던 것이다.
　후우우…….
　입에서 빠져나오는 담배 연기가 평소보다 독하게 느껴졌다. 감수성
이 예민한 사춘기의 소년도 아니라서 눈에서 눈물 따위는 나오지 않았
지만 왠지 그게 더 괴롭게 느껴졌다. 언제였을까? 내가 눈물을 흘려본
게? 그때 문득 내 옷자락을 톡톡 하고 당기는 손길이 느껴졌다.
　조금 케케묵은 듯한 오래된 기억을 되새기다 보니 옆에서 세리스가
걱정스러운 눈빛으로 날 바라보는 것도 느끼지 못하고 있었다. 두 눈
에 뭔가 한없이 복잡하고 슬픈 눈빛을 담고 있는 세리스의 모습에 이
래서는 안 된다고 생각한 나는 얼른 담배를 비벼 껐다.
　그래, 이렇게 귀엽고 아름다운 동생을 걱정시켜서야 안 되지. 세리
스의 두 눈에 비치는 슬픔을 저기 어딘가로 치워 버리고 싶었다.
　“야! 거기 퇴짜 맞은 두 사람, 나도 소주로 주라! 도저히 기분이 꿀꿀
해서 닝닝한 맥주로는 안 풀린다.”
　조금 장난스런 말투와 함께 여분으로 남아 있던 소주잔을 내밀자 건
이 녀석이 피식 웃으면서 소주잔이 넘치도록 가득 따라주었다. 잔을
입으로 가져가서 수위를 낮춘 나는 소주 병을 받아 들고 ‘차인 남자’

두 명에게도 똑같이 나눠 주고는 잔을 높이 쳐들며 외쳤다.

"건!"

"바다!"

"종필!"

아하하! 이런 걸 보고 이심전심이라고 하는 건가? 나를 비롯한 나머지 두 명은 잔을 부딪치며 서로의 이름을 크게 외쳤다.

"여자는 다~ 요물이야! 크로쓰으으으!"

크로스를 외치자마자 한 잔 쭉 들이킨 소주의 쓴맛 때문에 내 입에서 저절로 크으으 하는 신음성이 나왔다. 맥주와 달리 한 번에 술기운이 확 도는 게 기분이 한결 풀린다.

"큭큭큭! 아주 꼴값을 떤다. 좋다! 오늘은 먹고 죽는 거야!"

"먹고 죽자! 죽어!"

"에고… 어쩌자고 이런 놈들이랑 인연을 맺어서……. 야! 술 떨어졌잖아! 저기요! 여기 3,000cc 하나 더랑 소주 한 병 더 주세요~ 아, 그리고 여기 이 국 좀 재탕해 주시구요!"

그나마 조금 자제하고 있던 재원이는 호석이랑 심온이 녀석까지 완전히 먹고 죽자는 방향으로 술을 들이키기 시작하자 별수없이 분위기에 편승해서 술을 추가하기도 하고 안주도 바꿔 시키는 등 분주했다. 그리고 그날 나를 비롯해서 다섯 명의 솔로들은 나중에 사람이 술을 마시는 게 아니라 술이 사람을 마시는 지경까지 갔지만 다행히 아무런 사고 없이 모두 제각각 택시를 타고 집으로 향할 수 있었다.

훼릴과 엘리는 내가 스칼렛에게 늦게 들어가겠다고 전화하자 오늘 밤은 연금술사의 집에서 잠을 잘 수 있도록 배려해 주었다.

그래서 별 걱정 없이 늦게까지 술을 마신 거였는데 속이 장난이 아니었다. 뱃속에서 소고기 안주랑 돼지고기 안주가 서로 전쟁이라도 하는지 계속 부글부글 끓는 듯한 기분에 난 택시를 부르다 말고 자리에 주저앉고 말았다.

"택시… 으윽……."

"후우……."

다행히 토하지는 않았다. 하지만 옆에서 그저 가만히 보기만 하고 있었기 때문에 멀쩡하던 세리스는 내 등을 토닥이면서 한숨을 폭~ 하고 내쉬었다. 근데 이럴 때 등 두들겨 주는 건 어디서 배운 거야? 조막만한 손으로 톡톡톡 하고 리듬감있게 두들겨 주는데 저절로 입에서 미소가 맺혔다. 이건 다른 사람들이 등을 두들겨 주는 행위와는 다른, 또 다른 효능을 가진 '등 두들김' 이었다. 그래, 확실히 다르다.

"고맙다, 세리스. 이제 집으로 가자. 추운데 이리 와."

"…네."

아마 그날 저녁 친구들과 헤어지고 난 다음 차에 타고 집에 도착하는 그 순간까지 단 한 순간도 세리스를 품 안에 안고 놓아주지 않았던 건 분명 술기운 때문이었을 거다.

친구들과 술자리를 가진 어젯밤 이후 우리 집에는 약간의 변화가 생겼다. 아니, 엄밀하게 말하면 세리스에게 무척 큰 변화가 있었다. 뭐, 내가 술기운에 세리스를 덮치거나 애가 애를 만들게 하는 사고를 친 게 아니다. 척 보기에 알 수 있을 정도로 세리스에게 내적으로 놀라운 변화가 있었다. 내겐 조금 부드럽다고 하지만 이안이나 스칼렛, 그 외에 내 친구들을 대할 때엔 큰 판을 앞에 두고 있는 타짜들의 포커 페이스를 연상시키는 세리스였다. 그런데 오늘 아침 나를 깨우는 세리스의 모습은 아침잠이 많은 내가 벌떡 일어날 정도로 놀라운 모습이었다.

"오빠, 아침이에요."

오빠, 아침이에요… 오빠 아침이에요! 세상에 그 얼음 공주 같기만 하던 세리스가 해맑은 미소와 함께 부드럽고 따뜻한 목소리로 날 깨우는 것이 아닌가! 사실 세리스나 훼릴, 엘리는 무척 잠꾸러기였다. 언제

나 내가 제일 먼저 일어나서 아직 꿈나라를 헤매고 있는 아이들을 깨우는 게 나의 첫 일과였는데 세리스가 먼저 일어난 것도 놀라운 일이었고 그 미소, 그 부드러운 목소리는 내 아침잠을 날려 버리기에 충분했다. 그리고 그 모습은 술기운을 날려 버리기 위해서 샤워를 하는 동안에도 아침 식사를 준비하고 내가 입을 옷가지를 세심하게 준비하는 모습에서 절정을 달리고 있었다. 도대체 무슨 일이 있었던 걸까?

　늦은 밤. 전날 밤 눈이 올 것같이 희뿌옇기만 하던 하늘은 다음날 저녁이 되어서야 하얀 눈송이를 뿌리기 시작하고 있었다. 겨울밤 하늘에 떠 있는 달에 달무리가 끼면 눈이 내린다고 누가 그랬던 걸까? 하늘은 그 누군가의 추측을 조금 늦게나마 배신하지 않고 성실하게 응해주고 있었다. 처음에 진눈깨비처럼 조금씩 흩어져 날리던 눈송이들은 시간이 지날수록 그 크기를 키워가며 세상을 하얗게 덮기 시작했다.
　지난 여름날 많은 사람들의 가슴에 시름을 안겨주었던 무너진 강둑에도, 넘쳐 났던 여름의 강우량에 그 수위가 낮아지지 않던 저수지의 얼어붙은 수면 위에도 하얀 눈이 사박사박 조용한 소리와 함께 과거의 시름을 덮어주기라도 하듯 차곡차곡 쌓여갔다.
　낮과 밤을 가리지 않고 그 달리는 속도만 달리할 뿐 차가 끊이지 않던 바다의 집 근처 네거리도 오늘 밤따라 눈이 내리자 차들이 조금씩 자취를 감춰가더니 그저 고요한 적막만이 흐르는 넓은 광장으로 변했다. 홀로 친구들과 일정한 거리를 둔 채 빛나고 있는 가로등만이 눈을 반겨주었다.
　그리고 어디서나 볼 수 있는 3층짜리 양옥 건물의 옥상에 위치한 빨간 기와 지붕 밑의 방에 희미한 불이 켜졌다.

우으으웅!

흰색 본체 안에서 작게 기지개를 켜며 일어나는 냉각 팬 히터 소리가 희미하게 들린다. 누군가가 잠을 잊고 컴퓨터를 켠 모양이었다. 바람도 불지 않는 적막한 공간에서 홀로 운명에 순응하듯 이리저리 춤을 추며 내려오던 눈송이 하나가 희미한 불빛 아래 비치는 은발의 아름다운 소녀의 얼굴에 반했는지 창문에 붙어서 떨어지지 않았다.

"…인터넷… 전 세계적인 정보 공유 네트워크……."

컴퓨터를 켜는 자신의 목적을 간접적으로 말하는 듯한 단어를 나열하는 은발의 소녀는 바로 세리스였다. 평상시 같으면 한참 단꿈에 젖어 있어야 할 그녀가 이렇게 잠을 포기하고 주인이라고 생각하고 있는 바다 몰래 컴퓨터를 켜는 이유는 그녀만이 알고 있을 뿐이었다.

윈도우즈의 로그인 화면이 지나가고 e 자 형태로 된 익스플로러의 아이콘을 더블 클릭하는 손길이 조금 어색해 보이지만 막힘없는 진행으로 그녀는 어렵지 않게 정보 검색 사이트에 접속할 수 있었다. 처음에 컴퓨터란 기계를 다룰 땐 바다의 꼼꼼한 설명과 함께 시작했지만 며칠 간 드라마와 만화 영화를 좋아하는 훼릴 때문에 어깨 너머로 쌓아놓은 지식이 있어서 대략적인 사용법은 알고 있었다. 검정색 막대모양의 커서가 깜빡이면서 검색창 위에 떴다.

"가족… 위로… 행복… 그리고……."

조금은 서툰 독수리 타법이었지만 세리스는 정확한 철자법에 맞춰서 자신이 원하는 단어를 입력하기 시작했다. 하지만 처음의 세 가지 단어를 입력할 때와는 달리 마지막 단어를 입력하는 세리스의 손가락은 망설임으로 가득했다. '사' 란 글자를 친 다음 '랑' 이란 글자를 넣어 하나의 단어를 완성시키는 데 얼마나 오랜 시간이 걸렸을까?

탁!

조금은 긴장된, 그리고 많은 망설임이 담긴 손가락으로 엔터키를 눌렀다. 아니, 어떻게 보면 강하게 때렸다고 보는 게 좋을 정도의 손길이었다.

쯔르르… 즈르르…….

컴퓨터에 연결된 전용 모뎀에서 송수신 신호를 알리는 불빛이 바쁘게 반짝이더니 오래지 않아 17인치 모니터의 전면엔 1,762개의 검색된 웹 사이트가 뜨기 시작했다. 이렇게 많은 글과 사이트가 인터넷에 있었단 말인가? 세리스는 자못 감탄한 표정으로 창에 뜬 사이트를 하나하나 방문하기 시작했다. 반짝이는 눈빛과 설레임을 두 눈에 빛내며…….

아침에 일어나면서 느낀 놀라움은 계속되었다. 어젯밤 무슨 일이 있었던 걸까? 술을 많이 마셔서 지난밤의 기억이 조금 띄엄띄엄한 게 불안하긴 했지만 내가 일어났을 때 옷차림으로 봐서는 뭔가 '선'을 넘긴 것은 아닌 게 확실했다. 그리고 연금술사의 집으로 훼릴과 엘리를 데리러 가는 길에도 세리스는 처음에는 조금 머뭇거리더니 내 팔을 꼭 붙들고는 놔주질 않았다.

핸드폰의 시계를 보니 12월 23일이란 날짜가 떠 있었다. 그렇군. 이제 내일이면 크리스마스 이브인 건가? 아직 조금은 이른 아침이지만 거리는 온통 크리스마스 트리와 캐롤 송으로 가득 차 있었다. 그러고 보니 올해의 크리스마스는 조금 특별한 의미로 다가올 것 같았다. 지난 4년 동안 크리스마스는 언제나 혼자서 보내거나 사시사철 애인없는 내 친구들이랑 보냈었다. 더욱이 군에 있을 땐 사랑스러운 후임병과

징그러운 고참들이랑 보냈고.

거리는 한산했다. 지난밤 동안 일기예보에도 없던 눈이 와서 그런 걸까? 언제나 북적이던 도로도 스노우 체인을 감은 차와 버스들을 제외하고는 별로 찾아볼 수 없었다.

한편 눈을 처음으로 보는 게 틀림없을 세리스는 의외로 별로 놀라는 기색이 없었다. 혹시 오늘 나보다 먼저 일어나더니 먼저 본 건가?

혼자서 상념에 잠겨갈 때쯤 겨울이라 물을 모두 퍼낸 분수대를 지나는데 일단의 붉은색 상의와 검정색 하의로 된 교복 차림의 고등학생들이 삼삼오오 무리를 지어 부리나케 버스 정류장으로 걸어가고 있었다.

"와, 이쁘다."

"은발 머리다, 은발 머리!"

남학생들은 하나같이 세리스를 보며 찬탄을 금치 못했고 자기 목소리가 우리에게 들리는지도 모른 채 큰 목소리로 떠들고 있었다. 비록 세리스가 내 여자 친구나 연인은 아니지만 함께 있는 사람이 예쁘다고 칭찬받고 있으니 왠지 어깨가 으쓱해지고 턱이 서서히 올라갔다. 나이 차이가 있으니 연인이 아닌 남매 정도로 보겠지만 그래도 왠지 흐뭇해지고 입가에 미소가 걸리는 건 어쩔 수가 없었다.

"세리스, 오늘따라 굉장히 이쁜데?"

"…저, 정말… 요?"

호오! 역시 평소완 다르게 무척 상기된 목소리이다. 예전에 느껴지던 말투의 어색한 점도 느껴지지 않았다. 진짜 이상하네? 사람이 갑자기 변하면 죽을 때가 됐다는데… 이런 변화가 기쁘기도 하지만 반면에 조금 걱정도 되는 복잡한 심정이었다. 그러나 굳이 고칠 생각은 들지 않았다.

"응, 그래. 예뻐."

나의 대답에 세리스는 방긋 하고 웃었다. 순간 내 가슴속에서 뭔가가 흔들리는 기분이 들었지만 애써 무시하고는 발걸음을 좀 더 빨리했다.

집을 나선 지 10분이 되지 않아 연금술사의 집으로 올 수 있었다. 여전히 맑은 소리를 내는 낯익은 풍경 소리를 환영 인사로 들은 나와 세리스는 한참 아침 식사 준비를 하는 스칼렛의 환대를 받았다. 물론 우리 모두 인사말로 '메리크리스 마스' 라고 하는 건 빼먹지 않았다. 세리스도 조금 전과는 달리 조금 굳은 표정이었지만 작은 목소리로 '메리 크리스마스' 라고 인사해 주었다.

"호호~ 메리 크리스마스, 바다 군, 세리스."

"어제는 폐를 많이 끼쳤습니다. 훼릴과 엘리는요?"

"2층의 제 방에서 자고 있어요. 어제 저녁 늦게까지 텔레비전을 보느라 잠을 많이 못 잤거든요."

"이런, 애들이 말썽을 많이 일으켰죠?"

"아뇨. 바다 군이 없으니까 시무룩해져서는 얌전하던걸요? 오히려 너무 분위기가 가라앉아 있어서 저랑 주인님이 안쓰러웠다니까요. 바다 군은 이제 애들 때문에라도 떨어져서 지내면 안 되겠어요."

재밌다는 듯 살포시 웃는 스칼렛이었다.

"그렇군요. 그럼 올라가서 깨우도록 할게요."

"그렇게 해요. 아~ 그리고 주인님은 3층 서재에서 책을 읽고 계시니까 곧 내려오실 거예요."

2층으로 올라가서 스칼렛의 방으로 들어가니까 훼릴과 엘리가 침대 위에서 코~ 자고 있었다. 새근새근하는 숨소리와 함께 가슴 부위가 솟았다가 내려갔다가 하는 모습이 너무 귀여워서 잠시 구경만 하고 있던 나는 뒤따라 들어오는 세리스 덕에 정신을 차리고 훼릴과 엘리의 볼을 톡톡 쳐서 깨웠다.

그러자 아직 잠에서 덜 깬 훼릴의 얼굴이 오만상을 지었지만 곁에서 가만히 서 있던 세리스가 보다 답답했는지 코랑 입을 막아버렸다. 헉! 5초가 채 지나지 않아서 훼릴의 얼굴이 벌겋게 변하기 시작했다. 손발을 부들부들 떨었다. 그리고 점차 안색이 파랗게 질려가는 게 이대로 놔두면 죽을 것만 같았다. 그런데도 일어나질 않다니……. 난 훼릴의 잠에 대한 집착에 찬사를 보냄과 동시에 잠 깨우다가 영원히 잠재울 것만 같은 세리스의 모습에 왠지 모를 오한도 느꼈다.

"읍… 읍… 으읍? 푸하하학! 뭐, 뭐야!"

얼굴이 누렇게 뜨기 시작해서야 세리스가 코와 입에서 손을 뗐다. 그와 동시에 엄청난 속도로 숨을 들이키며 벌떡 일어나는 훼릴. 뒤늦게 식은땀이 삐질삐질 흐르는 게 엄청난 가위에 눌린 모양이었다. 하아, 어떻게 저렇게 될 때까지 잠을 잘 수 있지?

"으으, 한참 오라버니랑 잘 나가는 중이었는데… 갑자기 물에 빠지는 꿈 따위를 꾸다니……. 으응? 오, 오라버니?"

훼릴은 도대체 나랑 뭐가 잘 나가는 중이었는지 모르겠지만 혼자서 투덜거리다가 내가 곁에 있다는 걸 뒤늦게 눈치 채고는 화들짝 놀랐다. 말을 배우고 텔레비전에 심취하던 훼릴은 원래 성격이 그런지 몰라도 뺀질뺀질하고 능청의 극치를 달렸는데 이렇게 놀라는 모습을 보니 무척 우습게 느껴졌다.

"뭐가 잘 나갔는데? 큭큭, 잘 잤어?"

"오~라아버니이~"

훼릴은 잠깐 내 얼굴을 빤히 쳐다보더니 이불을 박차고 내 품으로 달려들었다. 아직 초등학생 5~6학년 정도의 체구였지만 그래도 무게가 있어서 하마터면 뒤로 나뒹굴 뻔했다.

"보고 싶었어요~"

"하루밖에 안 됐는데 뭘. 이안님이랑 스칼렛 양 말 잘 들었지?"

"네! 정말정말 얌전하게 잘 보냈다구요. 그치이~ 엘리? 엘리, 일어나! 오라버니가 왔단 말이야!"

훼릴은 자신이 조신하고 얌전하게 보냈다는 걸 강조하기 위해서 엘리를 부르다가 아직 자고 있는 걸 보고는 발을 쭉 뻗어서 발바닥으로 엘리의 얼굴을 몇 번 강타했다. 허어~ 저것도 나름대로 강한 고문이군. 어쩌면 엘리는 전에 TV에서 본 고질라한테 밟히는 꿈이라도 꾸는 게 아닐까?

두세 번 발바닥으로 안면 타격을 하자 엘리가 꿈틀거리면서 부스스 일어났다. 그리고 갑자기 울먹거리더니 주위도 살피지 않고 마구 울어대기 시작했다.

"으웅… 웅… 으으으… 으아아아앙~ 오빠가, 오빠가아……."

"뭐, 뭐야?"

나도 세리스도, 발을 뻗어서 한 번 더 차주려고 하던 훼릴도 엘리의 울음소리에 당황해서 얼른 엘리를 끌어안고 달래기 시작했다.

"엘리, 엘리야, 오빠 여기 있어."

"흑… 으웅… 흐흑… 훌쩍… 오, 오빠야?"

"그래, 오빠 여기 있어. 괜찮아, 괜찮아~"

"흑… 오빠아~"

엘리는 내가 안아서 달래주자 곧 내 얼굴을 만지면서 빨갛게 변해 버린 눈동자로 확인하더니 곧 내 품에 안겨서 또 울어댔다. 엄청나게 난감해졌지만 또 한 켠으로는 이번엔 또 무슨 꿈을 꾸었길래 이렇게 우는지 궁금하기도 했다. 그래서 옆에서 세리스가 머리를 쓰다듬어 주고 훼릴이 등도 토닥여 주면서 달래자 겨우 진정한 엘리에게 조심스럽게 물어봤다.

"엘리, 무슨 꿈을 꿨길래 그렇게 일어나자마자 우는 거야? 응?"

은근한 목소리로 물어보자 엘리는 꿈속의 내용이 생각났는지 또 울먹거리며 울려는 태세였다. 하지만 울먹거리기만 할 뿐 울지는 않고 작지만 또박또박한 목소리로 꿈에 대해서 말했다.

"꿈에서… 꿈에서 오빠야랑 나랑 세리스 언니랑 훼릴 언니랑 꽃밭에서 놀고 있었는데… 놀고 있었는데……."

"놀고 있었는데?"

잠자코 듣고 있을 일이지 모든 사건의 발단의 원인인 것 같은 훼릴이 호기심이 가득한 목소리로 다그쳤다.

"갑자기 하늘이 컴컴해지더니 고질라가… 커다란 고질라가… 오빠를 쿵 하고 밟아버렸어! 밟아버렸어! 우에에에에에엥!!"

엘리는 결국 또 울어버렸다. 허허, 나참… 고질라라니……. 역시 어린 나이에 과격한 내용의 영화는 보지 않는 게 좋은 것 같다. 그리고 내 예상이 빗나가긴 했지만 어째 찜찜한 기분이 드는 이유는 뭔지.

난 엘리의 등을 토닥여 주면서 먼 산을 보며 휘파람을 부는 훼릴을 도끼눈으로 째려봐 주었다. 책망이 담긴 내 눈빛을 눈치 챈 훼릴은 '에헤헤~' 하고 웃으며 머리를 긁적이더니 혀끝을 삐죽 내밀더니 씻어야 한다며 휑하니 나가 버렸다.

"엘리~ 너두 씻으러 가자. 자아~ 뚝!"

"으윽… 으윽… 끄윽… 알았어."

역시 세 명 중에 제일 말을 잘 듣는 엘리였다. 눈물과 콧물이 범벅이 된 채 억지로 울음을 참는 얼굴이라니. 큭큭큭, 웃으면 안 되는 분위기라는 걸 알지만 도저히 참을 수가 없어서 난 엘리를 세리스에게 맡기고는 뒤돌아 서서 끅끅거리며 소리 죽여 웃어야만 했다.

"큭… 세리스, 니가 엘리 씻는 거 도와줘. 난 이안 선생님을 뵙고 올 테니까."

터져 나오는 웃음을 겨우 진정시킨 나는 아이들을 뒤로 하고 3층으로 올라갔다. 3층에 있는 서재는 7평 남짓한 공간에 여러 종류의 책들이 이중으로 된 이동식 책장에 빽빽하게 꽂혀 있는 내가 제일 좋아하는 공간이었다. 공부도 못하는 내가 왜 이곳을 좋아하냐고 묻는다면 달리 할 말은 없지만 옛날부터 독서는 여자 친구 하나 없는 나의 몇 개 안 되는 취미 중 하나였다. 비록 이곳에 있는 책들 대부분이 수학에 관한 책이거나 마법, 혹은 역사에 관한 책들인지라 몇 권 읽어보진 못했지만 이곳에 있으면 왠지 기분이 차분하게 가라앉는 걸 느낄 수 있었다. 하지만 열심히 공부해서 수학을 좋아하게 되는 날이 오고 최근에 막 시작한 룬 문자를 완전히 읽을 수 있는 날이 오면 여기 있는 책을 모두 읽어볼 생각이었다.

3층으로 올라가면 계단의 정면에 독특하게 생긴 문이 있다. 서재의 문이다. 서재의 문은 여타 다른 방의 문과 조금 모양이나 분위기가 달랐는데 그 이유는 무단 침입자를 막기 위해서라고 한다. 뇌전 계열의 마법이 걸려 있어서 그런지 여타 다른 문들이 나무 무늬인데 반해서 이 문은 파란색 바탕이었고 조금 우스꽝스럽게 해적의 깃발 같은 모양의 '위험물 표지판'이 붙어 있었다.

내 생각이지만 차라리 저런 것보다는 '방사능' 표지판을 붙이는 게 훨씬 효과적일 것 같지만 말이다.

이 방이 이렇게 보호를 받는 이유는 안에 있는 마법서가 모두 룬 문자로 이루어져 있긴 하지만 몇몇 책은 한글로 번역된 책도 있어서였다. 한글로 번역된 책이 왜 중요하냐 하면, 이안이 직접 번역한 이 책들이 만에 하나라도 세상으로 유출될 경우 자칫 잘못하면 큰 혼란을 야기할 수도 있기 때문이었다. 친절하게도 한글로 번역된 마법서가 세상에 유출되고 많지 않은 사람이라도 이 책대로 해서 마법을 쓸 수 있게 된다면? 남과 다른 힘을 가진 사람이 아무런 제재를 받지 않는다면 그것은 범죄로 이어질 가능성이 농후하다. 물론 그 반대로 유소년적인 영웅 놀이를 하려 할지도 모르지만 말이다. 거기다 나는 아직 룬 문자도 못 익히고 있었기 때문에 이안이 번역한 책으로 기초 룬 문자 이론을 공부하고 있는 중이기 때문에 내게도 무척 중요한 책이었다.

"선생님, 한바다입니다. 들어가도 돼요?"

"들어오세요."

방 안으로 들어서자 뒷배경으로 커다란 창문을 두고 고아하게 책을 읽고 있던 이안이 안경을 올려 쓰면서 맞아주었다.

"메리 크리스마스, 한 군. 오늘은 작년에 이어서 화이트 크리스마스로군요."

"아, 메리 크리스마스. 그 덕분인지 거리가 한산하던데요. 아참, 어제 훼릴이랑 엘리를 맡아주서서 감사합니다. 망년회 같은 장소에 애들을 함부로 데려갈 수가 없어서 맡겼는데… 많이 번거로우셨죠?"

마법사라 크리스마스 같은 건 별로 신경 쓰지 않을 줄 알았는데 이안은 매우 즐거운 목소리로 '메리 크리스마스' 라고 말하며 반겨

주었다.

"아니, 전혀 번거로운 건 없었어요. 한 군이 없어서 그런지 무척 조용하게 지내더군요. 엘리는 모르겠지만 장난기 많은 훼릴도 별말없이 조용히 지내서 저도 놀랐어요."

"그래요? 다행이네요. 그런데 스칼렛… 누나한텐 조금 미안하네요. 침대까지 애들한테 빼앗… 아앗?!"

"으응? 왜?"

난 문득 생각나는 것이 있어서 나도 모르게 소리를 지르고 말았다. 이안이 날 무슨 일이냐고 묻는 눈빛을 보내고 있었지만 난 이미 머리 속을 번개처럼 스쳐 지나가는 생각에 약간 멍해져서 그런 눈빛을 눈치 채지 못하고 있었다.

'가만가만… 연금술사의 집에는 분명 여러 개의 방이 있어. 하지만 지하실은 이미 잡동사니가 가득 차 있고 일층은 까페이기 때문에 잠자기엔 좀 그렇지. 그리고 이안 선생님의 성격으로 봐서 절대 여자를 추운 곳에 자게 뒀을 리는 없을 것이고… 그리고 이층에는 거실과 주방, 그리고 욕실을 빼고 두 개의 방이 있지만 하나는 며칠 전 사고가 있었던 그 방이고 나머지 하나는 스칼렛 누나의 방뿐. 3층엔 이안 선생님 방 하고 서재, 그리고 마법 실험실뿐인데… 그럼 스칼렛 누나는 어디서 잔 거야? 으으음… 호, 혹시 이안 선생님과 함께 잔 건가? 크으… 처음엔 동거하는 사이이거나 결혼한 사이라고 생각했지만 최근 자주 들락날락거리면서 본 바로는 친척 관계이거나 남매 사이 정도로 여겼는데… 충격이다.'

"뭘 그렇게 생각하고 있죠, 한 군?"

"아, 아닙니다. 그냥 어제 스칼렛 누나가 어디서 잤을까 하고 생각해

본 겁니다."

난 이안의 반응을 보기 위해서 슬쩍 화두를 스칼렛이 어디서 잤는지를 언급했다.

"아, 아, 그, 그건 아이들과 함께 방에서 잤죠."

크아아아악! 이럴 수가아아아! 이안은 바보라두 알 수 있을 만큼 눈에 띄게 당황하더니 거짓말이란 절규가 절로 내 입에서 튀어나올 정도로 어색한 대답을 했다. 1인용 침대에서 세 명이 잤다고? 이안 선생님, 거짓말은 원래 진실이 70%가 포함된 가운데 진짜 중요한 30%의 속임수를 넣어야 상대가 믿어준답니다.

충격이었다. 이안의 저런 반응이라니! 완전히 어젯밤 자기와 함께 밤을 보냈다는 거의 직접적인 표현이 아닌가! 그래도 지영 선배를 제외하고는 가장 이상형에 가까운 스타일이었는데… 이번엔 짝사랑이 무르익기도 전에 무너지는구나.

"그래요? 1. 인. 용. 싱!글! 침대에서 무려 세. 명.이나 함께 잤다니… 나중에 스칼렛 누나한테 선물이라도 사다 줘야겠네요."

"하, 한 군이 그래 주면 스, 스칼렛도 좋아할 거예요."

내가 일부러 침대가 작다는 사실과 많은 숫자가 잤다는 걸 강조하자 이안은 눈에 띄게 말을 더듬으면서 주머니에서 손수건을 꺼내 이마에 흘러내리는 땀을 닦았다. 억지로 자신과 스칼렛 사이에 썸씽이 없다는 걸 감추려 하지 않아도 되는데 어디 찔리는 거라도 있는 건가?

"하하, 그나저나 선생님과 스칼렛 누나는 곧 있으면 크리스마슨데 뭔가 특별한 계획 같은 건 없으세요? 예를 들어 데이트라든가 파티 같은 거요."

"흐음… 지금까지 크리스마스엔 마법사들의 모임에 가서 파티를 즐기는 정도였는데 최근엔 그것도 식상해져서 그저 집에서 평상시처럼 쉬는 정도? 특별한 계획 같은 건 없어요."

"그럼 혹시 좋으시다면 아이들과 함께 조촐하게나마 파티를 열지 않으시겠어요? 재미있을 것 같은데……."

마법사들의 파티란 말에 무척 흥미가 동했다. 대한민국에 100명이나 되는 마법사들이 모여서 노는 파티라면 별 볼일이 있을 게 틀림없다. 하지만 이안에겐 별로였는지 저렇게 시큰둥하게 말하자 난 어차피 애인도 없는 크리스마스, 가까운 사람들과 함께 보내자는 생각에 꺼낸 게 연금술사의 집에서 여는 조그마한 파티였다. 그리고 크리스마스 당일에는 나나 세리스들은 교회에 갈 것이기 때문에 아무래도 준비하는 시간이나 여건이 마땅치 않아서 이왕이면 크리스마스 이브인 내일 하고 싶었다.

"파티라…… 그럼 나와 함께 모두들 내일 저녁에 있을 마법사들의 파티에 가보지 않겠어요? 오늘 내일 준비해서는 제대로 된 파티를 하기도 힘들 것 같고 곰곰이 생각해 보니 새로 마법사의 길을 걷는 한 군을 모두들에게 소개해 주고 싶은데?"

"그래요? 제가 가도 되는 자리인가요?"

"물론이지. 한 군은 이미 마법사가 아닙니까? 참석할 자격은 당연히 있지요. 그리고 그곳엔 일반인들도 많이 오는 편이라 세리스와 훼릴, 엘리도 함께 가도록 해요."

"네!"

난 힘차게 고개를 끄덕였다.

마법사들의 파티라…… 분명 전에 이안이 말한 바로는 한국에 있는 마법사들의 수는 100여 명 정도라고 했다. 원래 마법사들은 한구석에

짱박혀서 생활하는 걸 좋아하는 습성이 있어서 얼마나 참석할지는 모르지만 그래도 크리스마스 파티이니만큼 다른 파티보다는 많은 사람들이 모일 것은 분명했다.

그리고 일반인들도 참석한다니까 꽤 큰 규모일 것이다. 난생처음 큰 파티에 참석한다는 기대감에 더불어 다른 마법사들에게 소개된다는 생각에 내 얼굴엔 기대감이 가득 차기 시작했다.

내가 그러겠다고 하자 읽던 책을 마저 읽겠다며 웃으면서 서둘러 나를 쫓아낸 이안의 표정에서 뭔가 안도의 빛이 있었지만 그런 건 이미 내 안중에서 멀어져 있었다. 스칼렛하고 이안이 그렇고 그런 사이라는 거. 그게 뭐 어때서? 난 남의 떡에는 관심이 없는 사람이다.

아래층으로 내려와서 스칼렛과 아이들에게 이 소식을 전하자 모두들 뛸 듯이 기뻐했다. 그중에 훼릴과 스칼렛이 더욱 기뻐했다. 훼릴은 텔레비전에서나 보던 파티에 직접 참석하게 된다는 데에 무척 흥분하고 있었고 스칼렛은 가본 지 한참 됐다면서 아는 사람들을 만날 기쁨에 들떴다. 뭐, 세리스와 엘리는 파티 자체에는 별 관심이 없었지만 엘리는 그저 놀러 간다는 생각에 기뻐할 뿐이었고 세리스는 내가 좋아하니까 같이 좋아하는 것뿐이었다.

파티라는 말에 들떠서일까? 비교적 차분히 혼자서 수학과 룬어를 공부하던 나와는 달리 스칼렛에게 여러 가지 사회 지식과 예절 같은 걸 배우던 아이들―특히 훼릴―은 공부에 집중하지 못하고 금방금방 딴짓을 하기 일쑤였다. 결국 유일하게 파티란 말에 반응없이 묵묵히 자기 공부만 열심히 하는 세리스를 제외한 나머지 두 명은 스칼렛이 경고하는 사태가 일어나서야 안정된 면학 분위기를 조성할 수 있었다.

"훼릴! 엘리! 오늘 중으로 전에 준 과제를 못 끝내면 내일 파티에는 참석하지 못하게 하겠어요!"

"우에에에에~"

"어제도 오라버니랑 못 놀았는데! 안 돼요!"

하지만 채찍으로 때렸으면 당근으로 회유하는 것이 노련한 조련사(?)의 기본 원칙! 스칼렛은 그 원칙을 충실히 지켜서 조건을 내건 대신 그 조건을 충족시키면 내일 파티에 입고 갈 드레스를 만들어 준다는 당근을 내밀었다. 그러자 참을성없던 두 망아지들은 당근을 덥석 물었고 이젠 세리스보다 더욱더 열심히 공부하기 시작했다. 노련하군.

저녁 시간이 되고 스칼렛이 낸 과제, 마법에 대한 구문 서술─이런 건 대학생들이나 하는 거다─과 마법사들에 의해 편집된 세계사에 대한 쪽지시험은 가히 천재라 할 만한 아이들이었기에 거의 만점으로 통과할 수 있었다.

왜 '거의'란 말이 붙었냐 하면 엘리의 경우엔 마법에 대한 구문 서술에서 조금 어눌한 발음과 좀 체계적이지 못한 서술 때문에 정답에 가까운 대답이었지만 100점 만점에서 90점을 받았기 때문이었다. 굳이 엘리의 구문 서술을 거론해 보자면 이러했다.

"으응… 마법은 내 주변에 있는 마나를 여러 가지 방법으로 으응… 변… 신? 아닌 것 같은데? 아, 맞다. 변화시켜서 의지를 담아 현실화시키는 학문이자 기술을 말하는 건데… 요… 으우우─참고로 이때 몇 초간 머리를 붙잡고 한참을 갸웃거렸다─마법의 종류는 크게 백마법이랑 까만 마법… 아니, 흑마법으로 분류되구… 그리고 더 쪼개서 말하면 원조… 아니, 원소 마법, 정령 마법, 정신 마법, 소환 마법, 원지… 인 마법─원진 마법─특화 마법이 있습니다. 에……."

부연 설명을 덧붙이자면 세리스와 훼릴이 막힘없이 줄줄줄 대답했을 땐 5분이 걸리지 않았던 내용이지만 엘리는 거의 15분을 끌고서야 끝을 낼 수 있었고 마지막에 '마법의 상대성 이론' 을 설명할 땐 정말 생각이 안 나는지 거의 울먹거리는 목소리로 말하고 있었다. 다행히 보다 못한 스칼렛이 중간중간에 힌트를 줘가며 시험을 봤기 때문에 울음을 터뜨리는 결과는 발생하지 않았다.

시험이 끝나고 안도의 한숨을 내쉬는 아이들에게 내일 입힐 드레스를 만들러 간다며 2층으로 올라가던 스칼렛은 잠깐 뒤돌아 서서 날보고 따라오라는 손짓을 했다.

아름다운 미인이 손으로 부르는 모습은 무척 유혹적이었지만 임자가 있다는 생각에 그저 피식 웃고는 엘리를 한 손에 안은 채 2층으로 올라갔다. 세리스는 날 따라오려 했지만 뒤에 남아서 TV를 같이 보자고 조르는 훼릴에게 끌려갔다.

"바다 군, 내일 파티가 어떤 파틴지 알고 있나요?"

스칼렛은 날 소파 쪽으로 안내하며 파티에 대해서 말하기 시작했다.

"아뇨. 그저 마법사들이 모여서 여는 파티라고만 알고 있는데요?"

"맞아요. 마법사들이 모여서 여는 파티죠. 하지만 그저 여타 다른 파티와는 다르다는 건 모르는군요."

스칼렛은 말을 하면서도 내 품 안에 기대어 있는 엘리가 신경 쓰이는지 자꾸 곁눈질로 신호를 보냈다.

"엘리, 아래층에 내려가서 세리스랑 같이 있어. 오빠는 곧 내려갈게."

"응~ 오빠두 빨리 와아~"

계단을 내려갈 때 벽에 손을 짚고 조심조심 내려가는 모습이 조금 안쓰러웠지만 난 스칼렛에게 '이제 됐냐?' 라는 눈빛을 보냈고 스칼렛은 2층 거실의 소파에 앉으면서 나에게도 앉으라고 했다.

"지금부터 그 파티에 대해서 설명할게요. 그 파티는 보통 아는 사람들끼리 모여서 즐기는 그런 파티하고는 조금 성격이 달라요. 물론 일반인들은 그저 그곳에 오신 마법사님들이 펼치는 마법을 즐기면서 다과와 춤을 즐기면 되지만 정작 마법사에겐 파티의 의미가 달라요."

"어떻게요?"

"일종의 자기 자랑 순서가 되어버리는 거죠. 뭐, 일상의 지루함이나 스트레스를 이기지 못하고 그 자리에서 터뜨려 버리는 자리랄까? 어쨌든 일반인들이 보기엔 무척 재미있는 자리이기도 하지만 자존심 강한 마법사들이 보기엔 살벌 그 자체인 자리이죠. 괜히 휘말리지 않도록 조심해요."

"자기 자랑?"

스칼렛은 이해가 가지 않는다는 표정을 하는 내 말에 나직하게 키득거리며 웃었다.

"바다 군, 바다 군은 마법을 배워서 어디에 쓰실 생각이죠?"

"그, 글쎄요."

난 그 자리에서 곧바로 대답할 수가 없었다. 마법을 배워서 어디에 쓸 거냐니? 가만히 생각해 보니 그런 생각을 해본 적이 없었다. 그저 아~ 이게 내 운명인 건가? 그래, 남들과 다른 인생을 살아보는 것도 나쁘진 않겠지 하는 생각으로 배운 게 전부였다.

뭐, 마법을 배워서 구체적으로 어떻게 해보겠다는 생각은 해본 적이 없었다. 내가 배우는 마법 중에 현대에 쓸 만한 마법이 있을까? 음… 원소 계열 마법은 거의 대부분이 공격이나 방어 개념의 마법들 뿐이라 어디 가서 함부로 썼다간 사람 잡을 일이 많은 마법들 뿐이고 흑마법 같은 건 말할 필요도 없다. 있다면 백마법 정도인가? 치유 마법도 있고 여러 가지 정신적인 면에 많이 개입하는 마법이니까 현대에서도 쓸 수 있을지도…….

하지만 잘못하면 '이적' 이니 '기적' 이니 하면서 사이비 종교 단체가 만들어질지도 모를 일이다. 윈진 마법이나 특화 마법 같은 것은? 오히려 어디 영험한 컬트 클럽 정도로 생각되지나 않을까?

크아아아악! 그럼 도대체 내가 배우고 있는 마법은 어디에 써먹으라고 있는 거야?

"쿡쿡, 생각해 본 적이 없나보죠? 아하하! 차라리 그게 나을지도 모르겠네요. 마법으로 무슨 해결사 노릇이나 하겠다고 하면 따끔하게 혼내줄 생각이었는데."

"아……!"

난 스칼렛의 말에 머리 속에 이것저것 떠오르던 일이 모두 사라져 버렸다. 해결사라…… 그래, 이것만큼 마법사에게 알맞은 직업이 없지 않은가? 조금 높은 클래스이긴 하지만 정신 조작 마법이 있고 협박할 때는 매직 애로우 한두 개만으로도 충분할 테니. 그뿐이랴. 저주 같은 것도 할 수 있지. 일루전 마법이면 애들을 환상으로 놀래켜 주는 건 일도 아니다. 어쩌면 정신 쇠약으로 죽게 하는 것도 가능할 것이다.

"한 군, 무슨 생각을 하는 거죠? 설마 지금 마법으로 사람들을 협박하면 딱이겠다고 생각하고 있는 건 아니겠죠? 그랬다간 저한테 크게 혼날 줄 알아욧!"

으, 으헥? 스칼렛의 표정이 거의 마녀 수준이었다. 스칼렛은 평소에 날 '바다 군' 이라고 부르는데 가끔씩 '한 군' 이라고 부를 땐 뭔가 화가 났다는 무언의 표현이었다. 뭐, 지금은 표정이나 어투 전부 화났다고 말하고 있지만.

"다, 당연히 아니죠. 그저 전 마법으로 뭔가 사회에 이바지할 수 있는 일이 있지 않을까 하고 생각하는 중이었어요. 예를 들어 지난해 폭우가 내렸을 때 할 수 있는 일이 있지 않을까 하는 그런……."

"눼~ 눼(뭔가 믿지 못하겠다는 듯한)~ 믿어드리죠. 잘 들어요. 한 군이 이 세상에 어디에서 마법을 쓰든 간에 그 마법은 모두 마법사 길드란 곳에 의해 포착되고 있어요. 마법사 길드는 마법사들을 통제하는 권한은 없지만 감시하는 기관으로서 마법사들이 범죄나 사회에 마법을 노출시키는 행위를 다른 마법사들에게 알려서 강제하는 역할을 하고 있어요. 무슨 말인지 알겠죠?"

"네."

마법사 길드라… 그러니까 함부로 마법을 쓰면 재각재각 힘센 마법사한테 일러바치는 기관이라는 거네. 그럼 그 길드의 수장쯤 되는 사람은 다른 마법사들을 제압할 수 있을 정도로 강한 사람이라는 건가?

"하지만 마법을 전혀 쓰지 못하게 되는 건 아녜요. 자신을 지키기 위해서라든가 올바른 일에 쓰기 위해서라면 길드에서는 그걸 두고 뭐라고 하진 않아요. 오히려 그런 사실은 주위에 알려서 칭찬을 하거나 혹시 실수했을지도 모를 사항에 대해서 배려도 해주죠. 마법사들은 그저 마법을 가지고 있으면서 가만히 있기만 하느냐 하면 그것도 아니지만 어쨌든 지금은 그 것까지는 알 필요가 없구요 우선 이것만 알아둬요. 바다 군이 마법을 배웠듯이 세상은 마법을 배울 수 있는 사람이 있고 배울 수 없는 사람이 있어요. 바다 군은 배울 수 있는 사람이기에 배울 수 없는 사람에 비해서 그만큼의 기회에 대한 대가를 지불해야만 해요. 그 대가가 뭔지는 시간이 지나면 알게 될 거니까 미리 말하진 않을게요.”

“기회에 대한 대가?”

스칼렛은 내가 혼자서 중얼거리자 그 틈에 허공에 손가락을 탁 하고 튕겼다. 그러자 갑자기 허공에 구멍 같은 게 생기더니 찻잔 세트가 서서히 탁자 위로 내려왔다.

“어, 어?”

마법이란 걸 알고 있는 나였지만 그래도 허공에서 없던 찻잔이 둥둥 떠서 내려오는 건 신기한 일이었다. 속으로 찻잔 세트 위로 손이라도 넣어보고 싶었지만 꾹 참고 스칼렛이 포트에 찻잎을 넣고 찻물을 우려내는 모습을 바라보기만 했다. 그리고 포트의 물도 원래 차가운 물이었는데 스칼렛이 포트 뚜껑을 닫고 살짝 돌리자 금방 물이 끓어버렸다. 오~ 신기해, 신기해!

스칼렛이 내미는 차를 한 모금 음미한 나는 계속 말해 달라는 눈빛을 내비쳤다.

“어쨌든 마법사들이 사회적으로 할 수 있는 일은 몇 가지 없어요. 그리고 그 끝이 보이지도 않는 길이기에 마법사들은 많은 스트레스를 받고 있죠. 그래서 그 스트레스를 푸는 장소가 바로 이 파티예요.”

“그런데 그게 저랑 무슨 상관이죠?”

이해가 가지 않았다. 마법사들이 스트레스를 푸는 거랑 나랑 무슨 상관이 있다는 거지? 그리고 이런 이야기를 엘리가 들으면 안 되는 건가? 어째서 단둘이서 이야기하길 원한 거지?

“물론 스트레스 해소에 바다 군을 어떻게 한다는 건 아니에요. 그저 중, 고위 클래스의 마법사들이 자신의 역량을 발휘해서 여러 가지 재주를 보여준다거나 마법 대련 같은 걸 하면서 보내는 정도죠. 하지만 많

은 마법사들이 모이는 곳이고 좀 전에도 말했다시피 세라프라는 존재
는 그 숫자가 적기도 하면서 무척 중요한 의미를 가지고 있기 때문에
노리는 사람들이 많을 거예요."

"노리다뇨?!"

말도 안 되는 소리였다. 세리스나 훼릴, 엘리가 납치될 수도 있다는
말이 아닌가? 그런 장소에 가야 한다면 안 가는 게 나을지도 몰랐다.

"뭐, 노린다고 해서 억지로 데려가거나 납치한다는 일은 없을 거예
요. 세라프들은 그 마스터의 곁을 떠나서는 제대로 된 생활을 할 수 없
고 또 납치했다고 해도 마스터의 영혼과 연결되어 있기 때문에 얼마든
지 찾아낼 수 있기 때문이에요. 다만……."

"다만?"

스칼렛은 뭔가 끔찍한 기억이라도 생각났는지 한차례 몸을 부르르
떨더니 나지막한 목소리로 말했다.

"세리스나 훼릴, 특히나 엘리를 연구 대상으로 하길 원하는 마법사
가 있을 거예요. 함께 연구를 하자는 말로 설득하면서 여러 가지 마법
서나 아티팩트 같은 걸 준다고 유혹할지도 모르죠."

"…너무하는군요."

기분이 나빠졌다. 아니, 좀 전에 세리스나 훼릴이 병기로 태어났을
수도 있다는 사실에 기분 나빠졌을 때보다 더욱 나빴다. 그건 세라프
라는 존재를 물건처럼 사고팔 수 있는 물건처럼 여기는 사람이 있다는
것에 대한 심한 거부감이었다. 과민 반응이라고 생각할지도 모르지만
자신이 아끼고 사랑하는, 가족처럼 생각하는 사람을 물건 취급 당하는
데 기분 좋을 사람이 과연 몇 명이나 될까?

"안 가면 안 되나요?"

“필히 참석할 필요는 없어요. 하지만 올해는 가야 돼요. 주인님은
별거 아니라고 생각하시지만 우리가 보관하고 있던 봉인석의 봉인이
한꺼번에 세 개나 풀렸고 또 새로운 마법사로 선택된 바다 군이 있기
때문이죠. 새로 마법사로 선택된 사람은 반드시 길드장에게 가서 신고
를 해야 돼요. 그래아 무슨 사고가 일어나도 미연에 방지할 수 있기 때
문이죠.”

“으으음……..”

어쩔 수 없는 일이었다. 하지만 어떻게 생각하면 별로 걱정할 일이
아닐지도 모른다. 나 스스로 어떤 유혹에도 넘어가지 않으면 되니까
말이다. 난 마음을 편하게 먹기로 했다.

“그럼 어쩔 수 없죠, 마음을 단단히 먹고 가는 수밖에. 설마 제가 아
이들을 다른 사람의 실험체 따위로 주겠어요? 결코 그런 일은 없을 거
예요.”

“믿겠어요.”

스칼렛은 나의 이 대답을 듣고 싶었던 걸까? 지금껏 심각하게 짓고
있던 표정을 풀면서 밝게 웃어주었다. 난 스칼렛의 미소에 기대에 부
응해 줬다는 안도감과 함께 한편으로는 지금까지 내가 어떻게 보였길
래 이런 걱정을 할까 하는 실망감도 들었다.

그때 아래층에서 날 부르는 소리가 들렸다. 엘리가 ‘까아까아~’ 거
리면서 놀라는 목소리와 조금 높어진 텔레비전 볼륨으로 봐서 뭔가 재
미있는 게 나오고 있는 모양이었다.

“전 아래층으로 내려가 볼게요.”

“그래요, 바다 군. 그리고……”

“네?”

"좋은 마스터가 되세요."

스칼렛이 무슨 뜻으로, 또 어떤 의미로 이 말을 하는지는 몰랐다. 하지만 난 그녀의 걱정 어린 눈빛을 읽을 수 있었다.

"아뇨."

스칼렛이 내 대답에 눈이 휘둥그레졌다.

"좋은 오빠가 될 겁니다."

나의 이어진 대답에 다시 미소를 머금은 스칼렛을 뒤로하고 아래층으로 내려가 보니 크리스마스 특집으로 방영되고 있는 영화가 한참이었다.

"오빠~ 오빠~ 흐잉~"

내가 내려가자마자 엘리가 쪼르르 달려와서 내 품에 안겼다. 그리고 훼릴과 세리스도 곧장 일어나서 내 품으로 뛰어들었다. 그리고 모두의 눈을 보니 눈 주위가 빨간 게 슬픈 영화를 본 모양이었다.

"무슨 영화를 봤길래? 아……."

막 스텝 롤이 올라가면서 마지막에 뜬 영화의 제목은 '플란더스의 개'였다. 마지막 장면에서 운 건가? 주인과 함께 죽는 개의 이야기라… 뭔가 어떤 의미를 담고 받아들여야 할지도 모르겠지만 그러고 싶진 않았다. 이미 가족인 것을.

크리스마스 이브

불행이랄까, 아님 다행이랄까? 대구에는 더 이상 눈이 내리지 않았다. 전날 내린 눈도 이미 거의 다 녹아서 도로에 위협적인 함정을 만들어놓고 사람들을 기다리거나 하진 않았다. 조금 장난스러운 친구를 둔 사람들이 얼음판 위에서 서로를 미끄러뜨리며 장난치다가 엉치뼈가 내려앉는 사고를 발생시키기도 했지만 그건 그저 겨울에 일어나는 사소한 에피소드에 불과했다.

최소한 지금 내가 당하고 있는 이 상황에 비한다면 말이다.

"크으으… 이거 안 입으면 안 돼요?"

"꼭 입어야 돼요."

스칼렛은 내 눈앞에 실크로 만든 듯한 부드러운 광택에 '나 입으면 제비요~' 라고 울부짖는 듯한 턱시도를 흔들거리면서 날 신경쇠약에 빠뜨리고 있었다. 그리고 언제 스칼렛에게 사주를 받았는지 이안과 세리스, 훼릴은 어서 입어보라며 독촉까지 하고 있었다.

"전 이런 거 입어도 전혀 안 어울린다니까요!"

"아니, 아주 잘 어울릴 거예요. 바다 군은 의외로 어깨도 넓고 얼굴도 갸름한 편이라 이 옷이 딱이에요."

"안 어울린다는데 왜 자꾸……."

"그래서 지금 안 입겠다는 겁니까, 한 군?"

으윽… 또 '한 군'을 외쳐 대는 스칼렛이었다. 화가 나고 있다는 직접적인 표현이었는데 사뭇 인상이 험악해지기 시작하는 것이 더 이상 안 입겠다고 하면 뭔가 사고라도 터뜨릴 듯한 분위기다.

"입을게요. 큭……."

울며 겨자 먹기 식으로 턱시도를 들고 방 안으로 들어가 주섬주섬 옷을 갈아입었다. 옷을 입으면서도 턱시도 셔츠의 칼라가 목을 턱턱 죄는 것 같았고 하복부에 착 하고 밀착된 바지의 타이트한 느낌은 벗고 싶다는 생각을 절실하게 했다. 하지만 내가 스칼렛을 이길 방법이 없는 이상 어쩔 수가 없었다. 가사든 뭐든 모든 면에 다재다능한 스칼렛이 옷을 줄이고 맞춘 덕분인지 허리와 가슴 사이즈, 그리고 다리의 밑단은 날 위해 맞춘 옷처럼 딱 맞았다. 그러나 평소에 사각 트렁크 팬츠를 즐겨 입는 바람에 팬츠가 접혀 올라가면서 바지에 구김이 갔다. 그래도 팬티마저 이안에게 빌릴 수는 없는 일이라 어쩔 방도가 없었다.

마지막으로 밴드 형식으로 된 가는 끈으로 된 검은색 리본까지 목에 달고 벗은 옷을 들고 밖으로 나갔다.

"흐음… 잘 어울리잖아요. 그렇지, 얘들아?"

"오라버니~ 아주 멋져요."

"흐웅… 오빠, 꼭 무슨 춤추는 사람 같아."

춤추는 사람이라면 제, 제비를 말하는 건가?

"멋있어요."

나와 단둘이 있을 때를 제외하고는 말수가 적은 세리스까지 보기에 괜찮다는 표현을 하자 처음보다는 부담감이 많이 사라졌다. 엘리의 춤추는 사람 같다는 말에는 조금 충격을 먹었지만 말이다.

"자, 그럼 마무리를 해야겠죠?"

벌쯤하게 서서 다른 사람들의 감상을 듣던 나는 곧 이어 손에 뭔가를 비비면서 다가온 이안의 손길에 의해 머리까지 단정하게 올백으로 변해 버렸다. 파티에 참석하기 위한 옷차림을 한 후 거실에 있는 큰 거울로 이리저리 살펴보니 익숙하지 않는 옷에 거부감만 조금 들 뿐 생각보다는 덜 어색했다. 오히려 나 자신이 스스로의 변화된 모습에 감탄까지 할 정도였다.

'흠흠… 의외로 나도 이렇게 입으니까 괜찮은데?'

무슨 모델처럼 이리저리 걸어보면서 거울에 비친 내 모습을 스스로 감상하는 동안 스칼렛을 따라 방으로 들어갔던 아이들이 준비된 옷을 입고 밖으로 나왔다. 좀 전까지 평상복을 입고 있던 스칼렛이 분홍색의 드레스를 입고 나오는 것을 선두로 줄줄이 세리스, 훼릴, 엘리의 순서로 걸어나왔는데 평소에도 예뻤지만 제대로 차려입은 지금은 너무나도 아름다운 모습이라 한순간 넋을 놓고 말았다.

"어때요, 오라버니?"

훼릴이 애교 섞인 목소리로 팔에 달라붙어서야 겨우 정신을 추스른 나는 세리스부터 엘리까지 하나하나 꼼꼼히 살펴보고는 그저 놀랍다는 표정으로 예쁘다고 했다. 세리스는 스칼렛이 평소에 입는 것과 비슷한 디자인인 흰색의 레이스가 어깨 위에 달린 차분하고 깔끔한 이미지의 드레스를 입고 있었고 훼릴은 머리 색에 맞춰서 그런지 드레스는 아니었지만 산타클로스를 연상시키는 흰색과 붉은색이 잘 어울리는 세미코트에 짧은 붉은색 주름 치마를 입고 있었다. 코트라곤 하지만 허리라인이 살짝 들어가서 전체적으로 무척 귀여웠다. 엘리는 아예 무슨 인형으로 만들 작정을 했는지 머리끝에서 발끝까지 완전히 토끼털 같은 몽실몽실한 털로 덮여 있었다. 가만히 서 있어도 아래위 길이랑 좌우 길이가 같아 보이는 게 무슨 공이 굴러가는 것 같았다. 큭큭큭, 저기에 길다란 귀라도 하나 붙이면 딱이겠다. 아… 엘프니까 나중에 자라면 토끼 귀는 자동으로 되겠네.

"예쁘고, 귀엽고, 깜찍해."

간단한 평이었지만 아이들을 가장 잘 표현할 수 있는 단어였다.

한편 3층으로 올라가서 뭔가를 주섬주섬 챙겨오던 이안이 거실에서 서로를 보며 칭찬하기에 바쁜 우리에게 뭔가 신비로운 빛이 흘러나오는 수정이 달린 목걸이를 나눠 주었다. 목에 걸라고 해서 목에 착용했더니 이안이 나와 아이들에게 목걸이의 용도를 설명해 주었다.

"이 목걸이는 순간 이동을 할 수 있게 해주는데 혹시 일어날지도 모르는 사고에 대비해서 반드시 착용해야 하는 일종의 아티팩트예요. 잠시 후에 마법진으로 이동할 때 혹시라도 벗으면 안 돼요. 알았죠?"

이안의 말에 난 목걸이의 용도를 대충 짐작할 수 있었다. 아마 위치 추적 마법과 소환 마법이 봉인되어 있을 것이다. 텔레포트하는 중에 발생할 수 있는 공간의 틈에 동료가 갇히게 되면 다른 사람이 찾아내서 소환 마법으로 불러내기 위한 아티팩트일 것이다. 별것 아닌 것 같지만 내가 알기로는 무척 귀한 물건이었다. 그런 물건을 대여섯 개씩 가지고 있다니……. 이안의 능력이 의외로 좋은 건가? 스칼렛은 목걸이를 받아 들면서 별로 놀라워하지 않는 눈치였다.

"자, 그럼 마법진으로 가도록 하죠. 상대편에서 마법진을 개방할 시간이 다 되어가네요. 시간에 맞춰야 사고가 없으니까 조금 서둘러요."

마법진이 설치된 방은 전에 내가 쓰러졌던 '마나의 방' 이었다. 사고 후에 알고 보니 이 방은 원래 집 안에 있는 마법 기물들의 마나를 공급하는 일종의 발전기였다고 한다. 이안의 말로는 수련을 위해서 잠깐 용도를 바꿔서 사용할 수 있게 했다고 한다.

"자, 모두 마법진의 중앙에 위치하도록 해요. 엘리~ 거기 금 밟으면 나중에 다리없는 엘프가 될지도 몰라요."

"힉!"

한쪽 발을 마법진 밖으로 들락날락하던 엘리에게 살벌한 충고를 한 이안은 잠깐 시계를 보더니 천천히 한쪽 벽에 놓여 있던 스태프를 바닥에 세우더니 마나를 집중하기 시작했다. 최근 들어 일상생활에서도 마나를 감지할 정도로 마나 감응력이 좋아진 나는 이안이 움직이는 마나의 흐름을 하나도 빠짐없이 포착할 수 있었다.

"나 이안의 의지로 문을 연다. 내 길의 인도자, 길을 밝히는 등불, 두드려 여는 문이여, 나의 앞에 나타나라!"

"이루드 아케인!"

주문의 영창과 시동어가 이안의 입에서 나오자 방 안에서 고요히 멈춰 있던 마나가 마법진으로 빨려들기 시작했다. 빨려 들어간 마나는 세 개의 동심원과 그 사이사이에 위치한 수많은 룬 문자를 거쳐 가며 증폭되고 순환됐다. 마치 갓 뽑아낸 가래떡처럼 죽 늘어나고 가늘어지던 마나는 나를 비롯해 스칼렛과 아이들의 발 아래에 빛이 나는 구멍을 만들어내기 시작했다. 아주 갑작스럽게 말이다.

"우와악!"

"오빠아!"

스칼렛은 이런 일엔 익숙한 듯 담담하게 이안에게 또 땅바닥에 통로를 만들었냐는 듯 눈을 흘겼다. 그래서 그런지 그녀만 드레스의 치맛자락을 고쳐 잡고 바닥에 만들어진 통로로 자연스럽게 떨어졌다.

당연히 훼릴과 엘리는 한 덩어리가 돼서 우물 바닥으로 떨어지는 뒤웅박처럼 떨어져 내렸고 세리스는 바닥에 빛이 나든 말든 무덤덤한 표정으로 일관하고 있다가 떨어지는 순간 손을 뻗어서 내 손을 잡았다. 그리고 마지막으로 이안이 마나를 지팡이로 이전시켜서 마법진의 발동 시간을 연장시키고는 재빠르게 통로로 뛰어들었다.

"한 번에 6명을 이동시키는 건 처음이라 통로 설정에 약간의 실수가 있었어요."

이안은 멋쩍게 웃으며 머리를 긁적였다. 하지만 별로 미안한 표정이 아닌 것이 그다지 신빙성이 느껴지지 않았다.

"흠흠… 그나저나 통로를 바닥에 만드는 것도 나쁘진 않죠?"

"네?"

이안이 갑자기 헛기침을 하며 작게 중얼거렸다. 무슨 소린가 해서 좌우를 둘러보니 오른쪽에서 떨어져 내리고 있던 스칼렛의 드레스 자락이 펑퍼짐하게 퍼진 채 자꾸만 위로 넘실거리고 있었다.

"호오?!"

남자의 본성은 마법사라고 어디 가는 건 아닌지 자못 희희낙락한 표정을 짓는 이안의 얼굴에 난 어이가 없어졌다. 덕분에 나는 괜히 세리스의 드레스가 신경 쓰여서 허공에서 슬쩍 세리스와 나의 위치를 바꿨다. 그런 내 모습에 이안이 피식 웃는 것 같았지만 내가 날카롭게 노려

보자 이내 아무렇지도 않은 듯 시선을 딴 곳으로 돌렸다. 이거 이안도 위험한 아저씨인 거 아냐?

마법진을 통해 만들어진 통로는 1분 정도 떨어져 내리자 서서히 속도가 떨어지는 것 같더니 나중엔 머리 위로부터 치솟아오르기 시작했다. 이안에게 혹시 되돌아가는 거냐고 묻자 원래 이런 거라며 거의 다 왔다고 했다. 그리고 이윽고 역시 올 때와 마찬가지로 밝게 빛나는 통로를 통과하자 우리는 마법진이 그려진 바닥에서 위로 솟아올랐다.

"화아아~"

"히야~"

"노, 높다."

나를 비롯해서 대구의 퍼팩트한 서민 촌닭인 훼릴과 나, 그리고 엘리는 마법진 바닥에서 서서히 떠오르면서 눈에 들어오는 광경에 절로 입이 떡 벌어졌다. 마법진이 설치되어 있던 곳은 천장이 무척이나 높은 방이었다. 적어도 10미터는 될 듯한 높이의 천장은 스테인드글라스로 장식되어 있었고 은은한 빛을 받아 화려하게 빛나고 있었다.

"어서 오시게나, 이안 볼프마이어 하르키."

마법진의 빛이 사라지자 뒤에서 이안의 풀 네임이라 생각되는 이름을 부르는 사람이 걸어왔다.

"아~ 필립님, 오랜만입니다."

나와 이안이 입고 있는 턱시도에 전혀 뒤지지 않는 정장을 입고 나타난 50대 중반의 회색 머리 아저씨는 두 팔을 활짝 펴며 다가와 이안의 어깨를 감싸 안았다. 나로서는 처음 보는 사람이었고 또 다른 마법사들에게 어떻게 행동해야 할지 몰라 그저 뻣뻣한 자세로 서 있었다.

그때 스칼렛이 흐트러진 드레스 자락을 정리하고는 필립이라고 불린 중년의 남자에게 다가갔다.

"필립 드로이안님에게 이안 하르키의 스칼렛 테스퍼리티가 인사드립니다."

"오호~ 난 또 웬 미인이 이안과 함께 있나 했지. 스칼렛 양, 오랜만입니다."

"호호호! 3년 만인가요? 여전히 정정하시네요. 변하신 것두 없고."

"원래 60을 넘어서면 다시 젊어지는 거야."

스칼렛이 인사를 건네자 필립은 눈에 이채를 발하며 그녀의 손에 살짝 키스를 했다. 이미 알고 지내는 사이였는 듯 가볍게 오가는 농담에서 편안함이 느껴졌다. 필립이란 중년의 아저씨는 이안과 스칼렛에게 안부를 나누다가 마침내 나와 세리스, 그리고 훼릴과 엘리에게 시선을 보냈다. 하지만 처음 보는 것임에도 불구하고 누구냐는 의문보다는 놀랍다는 표정이 그의 얼굴에 가득했다.

"호오, 이쪽이 그 한바다 군인가요?"

필립은 나에게 다가오면서 유창한 한국어로 말하면서 이안에게 소개를 부탁하는 어조로 말했다.

"네. 이번에 제 밑에서 배우게 된 한바다 군입니다. 뛰어난 오라 감지 능력을 가지고 있어서 장래에 크게 쓰일 수 있는 마법사가 될 것 같습니다."

"호오, 한국 마법계에 좋은 활력소가 되겠는걸? 마스터 현재성이 무척이나 좋아하겠어요."

"이미 보고는 드렸고 오늘 인사시킬 생각입니다."

이안의 말을 들은 필립은 내게로 다가와서 선뜻 손을 내밀며 악수를 청했다. 지긋한 나이에 마법사라고 생각하니 긴장이 돼서 손을 몇 번이나 바지에 문지르고 나서야 맞잡을 수 있었다.

"하르키 학파의 한하늘입니다."

"드로이안 학파의 필립 드로이안이네. 지금은 한국에 와 있지만 원래는 영국에 있다네. 언제 한번 찾아오게나."

내가 학파의 이름을 밝히며—원래 밝힐 필요까진 없지만—자신을 소개하자 필립도 같이 학파를 밝히며 자신을 소개했다. 원래 학파라는 것은 정해져 있는 것이 아니라 스승이 있다면 스승의 성을 학파 명으로 쓰는 게 통상적인 관례였고 스승이 타계했거나 스스로 6클래스의 마법을 창조해 내면 자신의 성을 학파 명으로 쓸 수 있었다. 이안의 경우엔 스승의 성을 물려받았는데 나중에 자신이 죽으면 내가 이어받을 거라고 했다. 하지만 아무리 생각해도 이안이 나보다 먼저 죽을 것 같진 않았다.

어쨌든 내가 황송할 정도로 정중하게 인사를 한 필립은 세리스와 훼릴, 그리고 엘리도 좋은 인상으로 반겨주었다. 특히 훼릴에겐 좋은 재능과 잠재 능력을 가지고 있다면서 열심히 노력하라고까지 했다.

"자, 그럼 파티장으로 가볼까요?"

필립이 선두에 서서 우리 일행을 안내했다. 이안과 스칼렛은 이미 익숙한 장소인 듯 별로 특이한 반응은 보이지 않았지만 나와 아이들은 달랐다.

"우와아~"

"오빠, 오빠, 이게 성(城)이란 거야?"

"오라버니, 저기에 이상한 조각이 있어. 가고일?"

"움직일지도……."

마법진이 설치된 곳을 조금 벗어난 우리는 건물의 웅장한 모습에 거의 넋을 잃고 있었다. 아기자기한 로코코 양식의 르네상스 시대의 건물처럼 군데군데에 가고일이나 천사의 모습이 조각되어 있었다. 그리고 벽은 대리석 같은 재질로 되어 있었는데 때가 하나도 타지 않았고 은은한 상아색을 내는 게 무척이나 고급스러워 보였다. 또 좀 전의 그 방처럼 천장이 무척 높아서 과연 이 건물에 이보다 위층이 존재하기나 할까 하는 의문이 들게 만들었다.

"음악 소리?"

일행 중에 가장 귀가 밝은 엘리가 훼릴의 손을 잡고 걸어오다가 종종걸음으로 이안을 지나쳐서 필립의 옆으로 달려가고 있었다. 혹시나 길을 잃을까 싶어 뒤따라 달렸는데 엘리는 얼마 가지 못하고 커다란 문 앞에 서 있었다.

희미하게 마나의 기운이 감지되는 걸로 봐서 마법이 걸려 있는 문 같았다. 막 무슨 마법일까 하고 호기심에 가득 차 문의 마나를 느껴보려고 하는데 이안과 필립이 내 앞으로 나서면서 다 들릴 만한 목소리로 이름을 외쳤다.

"이안 볼프마이어 하르키!"

"필립 드로이안!"

그리고 이름이 끝남과 동시에 둘은 아무런 확인 없이 문에 손을 대더니 스르륵 빨려 들어갔다. 내가 놀라서 둘이 빨려 들어감과 동시에 손을 뻗어보았지만 여전히 내 손엔 딱딱한 문으로만 여겨졌다.

"스칼렛, 무슨 일이죠?"

"아, 일종의 결계예요. 자신의 이름을 말했을 때 미리 인식되어 있는 이름만 통과하게 되어 있는 거예요. 바다 군도 이름을 말하면 통과할 수 있어요. 이렇게요. 스칼렛 테스퍼리티."

스칼렛은 간단하게 설명함과 동시에 역시 앞의 두 사람과 같이 문 안으로 빨려 들어갔다. 나는 혹시 일어날지도 모르는 사태에 대비해서 아이들에게 먼저 들어가라고 했다.

"훼릴."

"엘리."

"세리스… 한……."

쿵쿵!

"아야야!"

"아쿄! 힝?"

각자가 이름을 외치면서 보무도 당당하게 문으로 걸어가던 세 명은 세리스만 들어가고 나머지 두 명은 나란히 문에 헤딩을 하고는 뒤로 벌렁 넘어져 버렸다.

"어, 어째서?"

"나, 나 못 들어가는 거야?"

훼릴은 세리스는 들어가고 자신은 못 들어갔다는 사실에 어이가 없었는지 말을 채 잇지 못하고 있었고 엘리는 곧장 내게로 쪼르르 달려와서 안기면서 혹시 못 들어가는 건가 싶어서 울먹거렸다.

"뭐가 문제지? 아……!"

등을 토닥거리면서 울먹거리는 엘리를 달랜 나는 훼릴을 불렀다. 그리고 세리스가 혹시 이름 외에 뭐라고 말한 것이 있지 않냐고 물어봤다.

"음… 마지막에 '한' 이라고 말한 건 들었어."

"그럼 너두 똑같이 해봐. 엘리 너두."

"뭐가 다른 거야?"

"글쎄?"

훼릴이 이유를 물었지만 난 적당히 얼버무리고는 둘의 등을 떠밀다시피 해서 문 앞에 데려다 놓았다.

"훼릴 한!"

"엘리 한!"

마지막에 '한' 이라고 한 글자를 더 붙이고 문 쪽으로 손을 주춤주춤 뻗던 훼릴과 엘리는 자기들의 손이 문 안쪽으로 쑤욱 하고 들어가는 걸 보고 나에게도 얼른 들어오라고 외치면서 안으로 들어갔다. 둘이 안으로 들어가고 나서 혼자 남은 난 피식 웃고 말았다.

"한… 이라."

한. 나의 성이었다. 풀 네임을 외쳐야 하는 거였나? 그리고 아이들의 이름 끝에 내 이름이 들어가야 하는 거였던가? 그리고 세리스는 무슨 생각으로 누구도 생각 못했던 '한' 이란 나의 성을 붙여 쓴 걸까?

한국이든 외국이든 같은 혈족, 또는 가족일 경우에 성은 모두 아버지의 성을 따르게 되어 있다. 단, 우리 나라는 가족 중에서 어머니만은 다른 성을 가지는 데 비해서 외국은 결혼을 하면 남편의 성을 따라가는 게 일반적이다. 그럼 아이들에게 붙은 '한' 이란 글자는 무슨 의미였을까? 가족? 아니면?

"하하!"

어느 쪽을 생각했는지는 말하지 않겠지만 조금 난감한 기분이 든 나는 천천히 손을 앞으로 뻗으며 이름을 외쳤다.

"한바다!"

그리고 난 문을 통과해서 커다란 연회장으로 들어설 수 있었다. 난 미리 들어와서 정신없이 사방을 두리번거리는 세 명의 가족들과 마찬가지로 열심히 고개를 사방으로 부지런히 움직여야 했다.

"우화아아아!"

연회장은 믿을 수 없으리만큼 화려하고 웅장했다.

"믿을 수 없어……."

말로 형용하는 방법을 잊어버렸던 걸까? 난 내 눈앞에 펼쳐진 광경을 믿을 수가 없었다. 연회장은 꼭 상암 월드컵 경기장만했다. 지나온 문이 약간 높은 곳에 위치하고 있어서 연회장의 구석구석이 잘 보였기 때문에 난 벌어진 입을 주체하지 못한 채 쉴 새 없이 시선을 이리저리 옮겼다.

천장은 밝게 빛나는 별이 수없이 박혀 있는 하늘이 보이는 투명한 돔으로 감싸여 있었고 바닥은 조그마한 틈도 없이 초록색 잔디가 부드럽게 깔려 있었다. 그리고 긴 테이블 위에 차려진 종류를 셀 수 없는 음식은 진한 향기를 풍기며 보는 사람으로 하여금 참을 수 없는 식욕을 자극했다.

한국에 사는 마법사의 수가 얼마 되지 않는다고 해서 그저 중견 호텔의 연회장 정도라고 생각하던 나의 예상을 가볍게 뒤집어 버리는 놀라운 규모였다. 그리고 모이는 사람의 수도 200명을 겨우 넘을까 하고 생각하던 내 예상도 가볍게 능가해서 천여 명 정도가 모여서 이리저리 움직이며 몇 명씩 모여 담소를 나누고 있었다.

그뿐인가?! 세상에! 스노우 보드 같은 걸 타고 하늘을 날고 있는 사람들이라니! 어릴 적에 읽었던 동화책에 나오는 빗자루를 타고 다니는 마녀들에 비해서 무척 많이 진화된 탈것이었다.

그렇다고 꼭 빗자루가 없다는 것은 아니었다. 군데군데 빗자루를 타고 다니는 할머니(?)도 계셨고 이상한 양탄자를 타고 누워서 음식을 즐기고 있는 회교 쪽 사람도 보였다. 아하하! 알라딘의 요술 양탄자가 생각나는 이유가 뭘까?

이안과 필립의 뒤를 따라 세리스의 손을 잡고 에스코트하며 내려가는 외중에도 난 연신 감탄성을 낼 수밖에 없었다. 그리고 세리스의 과묵한 입을 제외하고 훼릴과 엘리는 서로의 손을 잡고 내려오면서 연신 까아까아거리면서 즐거워하고 있었다. 도대체 이곳은 어디쯤인 걸까?

이안이나 스칼렛에게 묻고 싶었지만 둘 다 필립과 뭔가 열심히 이야기 중이라 물어볼 틈이 없었다. 그리고 그런 의문도 곧 이어 들린 훼릴의 탄성에 싹 날아가고 말았다.

"엘리~ 엘리~ 저기 좀 봐!"

"우화아~ 곰이다! 곰이다!"

'뭐? 곰?'

엘리의 탄성에 난 손가락이 가리키는 방향으로 고개를 획 돌렸다.

"헉?! 진짜 곰이다!"

검은색 바탕에 가슴께에 반달 모양으로 흰색 점이 박혀 있고 사람 키보다 조금 더 큰 키를 하고 있는 곰은 바로 반달곰이었다. 한때 동남아 일대에서 우리 나라 중년들을 위해서 쓸개즙을 열심히 할애해 준 불쌍한 동물이 지금 포니테일을 하고 있는 귀여운 여자애를 등에 태우고 재롱을 피우고 있었다.

혹시 저게 말로만 듣던 패밀리어라는 건가? 패밀리어는 자신이 선택한 동물을 수족처럼 움직이게 만들 수 있는 마법인데 저렇게 곰을 패밀리어화시킨다는 건 아직 들어본 적이 없었다. 한마디로 애완동물이 곰이란 건데 나중에 웅담이라도 빼 먹으려고 하는 건가?

"서커스 공연에 온 것 같군요."

말없던 세리스의 솔직 담백한 평이었다.

우리 일행이 잔디가 깔린 바닥에 도착하자 몇 명의 인물들이 허공에서 내려오기도 하고 인파를 헤치면서 나타났다. 나타난 사람은 네 명이었는데, 두 명은 검은색에 펑퍼짐한 로브를 입고 허공에서 스노우 보드 같은 걸 타고 내려왔고 나머지 두 명은 푸른색과 초록색의 망토를 두르고 있었는데 인파를 헤치며 다가왔다. 네 명은 즐거운 시간을 보내라는 말과 함께 다른 방향으로 걸어가는 필립에게 인사를 건네고는 이안을 찾았다.

"하르키님, 안녕하십니까?"

"아, 현성진, 현성건 형제가 아닙니까? 현재성님도 안녕하시죠? 그리고 키라인 씨와 헤밀턴 씨도 안녕하세요?"

이안은 먼저 공중에서 날아온 검은 로브의 쌍둥이 형제에게 인사를 건넨 다음 이국적인 향기가 물씬 풍기는 다른 두 명에게 인사를 했다. 현성진, 성건 형제는 쌍둥이라 구분이 불가능했지만 먼저 인사말을 건넨 사람이 형이라 짐작은 할 수 있었다. 보통 쌍둥이라도 형이란 존재는 동생을 어느 정도 챙겨주는 것이라 생각했기 때문이다.

"네, 건강하세요. 하지만 공교롭게도 오늘 파티는 연구 때문에 못 오시겠다네요. 만약에 하르키님도 온다는 말씀을 들으셨으면 참석하셨을 텐데……. 그런데 이쪽은?"

여전히 어느 쪽이 현성진이고 현성건인지 모르겠지만 형이라고 생각되는 인물이 날 가리키며 소개를 부탁했다.

"한바다라고 합니다. 처음 뵙겠습니다."

"아아, 반갑습니다. 이번에 하르키님 문하가 되셨다고 아버님께 들었습니다. 뛰어난 재능을 가지셨다구요. 전 한국의 길드 마스터 현재성의 손자인 현성건, 이쪽은 제 동생인 현성진이라고 합니다."

역시 내 짐작대로 먼저 말을 건네는 사람이 형이었다. 턱이 각 진 사각형의 얼굴에 검은색 뿔테 안경까지 똑같이 쓰고 있어서 인상이 딱딱해 보였지만 의외로 싹싹한 일면을 가진 듯 선선히 악수를 청하는 모습이 편하게 느껴졌다.

한편 내가 현씨 형제랑 인사를 나누고 있는 동안 이안은 걸어서 왔던 그… 키라인과 헤밀턴이란 사람과 함께 대화를 나누고 있었다. 둘 다 조금 날카롭게 생긴 사람이었다.

키라인은 그의 이름에서 느껴지는 어감처럼 날카로운 턱 선에 쭉 찢어진 눈꼬리가 왠지 사악하다는 느낌까지 들게 했다. 옷은 무슨 로미오와 줄리엣 패러디 버전 연극이라도 하다 왔는지 쫙 달라붙는 타이즈 차림에 화려한 상의를 입고 있었는데, 그게 또 푸른색 망토와 기막히게 언밸런스하게 느껴져서 우습게 느껴졌다. 또 머리카락은 심하게 탈색해서 푸석푸석했다. 전체적으로 '같잖은 귀족'이라는 느낌이 들었다.

한편 헤밀턴은 하얀 피부에 단정한 느낌이 드는 얼굴, 그리고 날렵한 무테 안경을 끼고 있어서 전체적으로 인텔리해 보이는 남자였다. 다만 복장이 키라인과 대동소이해서 좀 거북한 느낌이 들게 했다. 뭐, 키라인이 같잖은 귀족이라면 헤밀턴은 그런대로 어울려 보였지만 백발에 가깝게 느껴지는 금발과 얄팍한 입술은 냉막한 성격을 말해 주는 듯하다고 할까?

"그런데 이쪽의 아름다운 아가씨는?"

"아, 소개를 하지 않았군요. 이쪽은 세리스, 훼릴, 엘리라고 합니다. 제 동생들이지요."

"동생?"

　지금까지 말없이 보고만 있던 현성진이 나와 세리스의 얼굴을 번갈아 보면서 의문스럽게 말했다. 뭐, 평범하게 생긴 나와 이쁘고 깜찍해서 깨물어주고 싶은 세리스를 비롯해 훼릴, 엘리가 전혀 닮지 않았다는 건 잘 알고 있었으니 그의 말 뒤에 달라붙는 '?' 의 의미는 충분히 짐작이 갔다. 하지만 굳이 이 애들이 '세라프' 란 걸 밝히고 싶진 않았기에 난 모르는 척했다. 대답을 피하는 나의 의도를 알았는지 캐묻지는 않았지만 현성건이 동생에게 귓속말로 뭐라 말을 하자 현성진은 고개를 끄덕이면서 알겠다는 표정을 지었다.

　"아, 그렇군요. 동생이라… 부럽습니다. 이런 아름다운 동생이라니."

　"별말씀을요."

　"한 군, 이쪽으로 와보겠습니까?"

　좀 비꼬는 듯한 어투로 말하는 현성진이 신경에 거슬렸지만 이안이 불러서 그쪽으로 발걸음을 옮겼다. 그리고 세리스와 훼릴, 엘리가 날 따라서 쫓아오자 별로 마음에 안 드는 현씨 형제들도 뒤를 따랐다. 쳇.

　"이안 선생님, 무슨 일로?"

　"소개할 사람이 있어요. 이쪽은 독일에서 흑마법 계열의 독보적인 경지를 이룬 헤밀턴 안스바하, 이쪽에 좀 우스꽝스럽게 생긴 사람은 소환 마법에 무척 많은 관.심.을 가진 키라인 폰 비텐트라임 씨입니다. 인사하세요."

　"한바다입니다. 처음 뵙겠습니다."

　내가 인사를 하자 세리스와 다른 두 명도 같이 고개를 꾸벅 숙이며 인사를 했다. 훼릴과 엘리는 괜찮았지만 드레스를 입고 있는 세리스에겐 좀 맞지 않는 인사법이라 스칼렛이 옆구리를 쿡쿡 찔러서 귓속말로 자세를 교정해 주었다.

"세리스 한입니다."

언제부터 이름 끝에 '한'이라는 내 성을 붙였는지 모르겠지만 세리스는 치맛자락을 살짝 잡고는 우아하게 인사했다. 5초의 강의였지만 똑똑한 그녀는 무리없이 격식있는 인사를 소화해 냈다.

"Ich… den……."

세리스의 인사를 정중하게 받아준 키라인 뭐뭐라고 하는 사람은 약간 강한 악센트가 느껴지는 독일어로 뭐라고 말했다.

"아름다운 아가씨의 인사를 받아서 영광이라고 하는군요."

"감사……."

세리스는 평상시처럼 무뚝뚝하게 있다가 어서 예의 바르게 인사를 받으라는 스칼렛의 무시무시한 눈빛에 짧게 대답해 주었다. 나랑 있을 땐 곧잘 웃으면서 안기곤 하는 세리스지만 다른 사람이랑 있을 땐 너무 차가워지는 것 같다. 얼마 전부터 꽤 나아지고 있는 것 같지만 그것도 사람을 가려서였다.

"Der… adi… doie… akuk… ya~"

세리스가 인사를 받아주자 다시 알아들을 수 없는 말로 뭐라고 주절거리던 키라인은 느끼한 표정으로 세리스의 손을 잡아갔다.

"……!"

'아, 안 돼!'

"아, 저쪽에 곰이!"

아슬아슬한 타이밍이었다. 좀 전에 곰이 보였던 쪽으로 손가락질하며 조금 큰 목소리로 모두의 신경을 한쪽으로 분산시킨 나는 세리스의 손목을 잡고 내 품으로 끌어당겼다. 밀칠 수도 있는데 왜 끌어당겼느

냐? 어쩔 수 없었다고밖엔 말을 못하겠다. 다른 사람에게 미움받는 것
도 싫지만 세리스에게 미움을 받는 것만 할까? 아니, 키라인은 나에게
감사해야 할지도 모른다. 전에 심온이 녀석이 당한 걸 생각하면 키라
인이 제자리에 멀쩡히 서 있을 수나 있었을지 정녕 가슴 떨리는 일이
아닐 수 없었다.

"이런이런, 세리스, 발 밑을 조심해야지."

아, 이 어설픈 변명 하고는! 난 자신의 말재주 없음을 한탄하면서 제
발 믿어달라는 표정으로, 아니, 좀 지원 사격 좀 해달라는 표정을 스칼
렛에게 마구마구 날렸다.

"아, 세리스, 발목은 괜찮아?"

"아? 아?"

스칼렛은 영문을 모르겠다는 듯 '아?'만 연발하는 세리스를 붙잡고
의자가 있는 다른 쪽으로 가버렸다. 일이 이렇게 되자 세리스에게 뭔
가 찜찜한 작업을 들어가려던 변태—이미 이렇게 찍히고 말았다—귀족
키라인은 간단히 인사를 하고는 옆에서 묵묵히 서 있기만 하던 헤밀턴
을 데리고 사라졌다.

"좀… 느낌이 그런 분이군요."

"실제로 그런 사람이지."

"네?"

혼자 중얼거린 말에 옆에서 현성건이 대꾸했다.

"독일 쪽에선 무척 소문이 안 좋은 사람이야. 마법에 대한 재능이
없어서 배우지는 못하고 있지만 얼마 전부터 헤밀턴에 대한 연구를 보
조해 주고 있다는 명목으로 이것저것 나쁜 짓을 많이 하고 있는 모양
이야."

나의 동의도 없이 말을 놓은 채 이것저것 말을 하는 현성건이었지만 척 보기에도 나보다 나이가 많아 보였기 때문에 기분이 나쁘진 않았다. 하지만 키라인에 대한 말은 조금 의외였다. 내가 듣기론 마법을 함부로 쓰면 그 지역의 길드에서 제재를 당하는 걸로 알고 있었는데…….

"네? 그럼 그쪽의 길드에서 아무런 조치도 취하지 않나요?"

"뭐, 아직 사람에 대한 직접적인 피해 같은 건 입힌 게 아니라서 그쪽에서도 아직은 두고 보고 있는 편이야. 그리고 키라인의 조부 되는 사람이 길드에 이것저것 많은 도움을 준 모양이고 또 그의 할머니가 위치(Witch)라서 여러모로 골치 아픈가 봐. 그래서 작은 일엔 쉬쉬하는 분위기지."

"그렇군요."

위치라… 정통적인 마법사와는 조금 그 계열을 달리하는 존재들이다. 마귀할멈 같은 인상에 사마귀가 난 매부리코가 연상되는 존재지만 그들의 흑마법은 무척 위협적이라 마법 길드에서도 함부로 할 수가 없었다. 다만 위치들도 마법 길드와 갈등을 빚어서 좋은 게 없다고 판단해 대체로 원만한 관계를 유지하는 편이라고 이안의 수업 시간에 들은 기억이 났다.

"오빠, 안아줘~"

"으응? 그래."

엘리가 내 옷자락을 붙잡고 흔들며 말하자 난 냉큼 안아 들었다. 엘리는 내가 안아주자 기분이 좋은지 내 옷자락에 얼굴을 비비더니 연신 좌우를 두리번거리며 구경에 여념이 없었다. 토끼 같은 옷차림이 무척 귀여워서 한 번 꼭 안아주었더니 현씨 형제들은 너무 화기애애한 우리의 분위기가 부담되는지 저만치 가버렸다.

이안과 스칼렛이 뭘 하고 있나 싶어 찾아보니 스칼렛은 여전히 세리스와 함께 있었고 이안은 조금 피곤해하는 표정으로 또 다른 사람들과 인사를 나누고 있었다.

"오라버니~ 나두 저거 타고 싶어."

막 세리스에게 기려는데 훼릴이 내 손을 잡아끌더니 허공을 날고 있는 양탄자를 가리켰다.

"으음… 부탁하면 될까?"

말은 그렇게 했지만 허공에서 가끔 손만 삐죽 튀어나와서 마법으로 음식을 가져가는 것만 보여서 막상 부탁하기도 뭐한 상태였다. 또 내 키보다 훨씬 높은 곳에 있어서 주인을 부르려면 큰 목소리로 불러야 할 텐데 그것도 용이치 않았다. 난 저 사람의 이름을 모른다. 그리고 키라인처럼 외국인이라면 말도 통하지 않을 것이다.

한참을 고심한 나는 우선 세리스에게 먼저 가보자고 말한 다음 훼릴의 손을 잡고 세리스가 있는 의자 쪽으로 걸어갔다. 하지만 막 세리스에게 다가가려고 할 때 일단의 무리가 세리스에게 걸어가는 게 보였다.

세리스가 앉아 있던 소파는 곧 십수 명의 남자들로 완전히 둘러싸이고 말았다. 거의 대부분이 이십 대 초반에서 중반까지의 젊은 층이라 그 의도를 모르는 바는 아니지만 그렇기 때문에 더욱 걱정되었다. 혹시 그들 중에 세리스에게 손이라도 댄다면 크게 낭패를 볼 게 틀림없었다. 그래서 서둘러 세리스에게 다가가려고 했지만 아직 몸집이 작은 엘리 때문에 함부로 사람들의 틈 속을 비집고 들어갈 수가 없었다.

"젠장! 뭐야, 이것들은?"

막 짜증이 솟구치려고 할 때 무리의 중심 쪽에서 누군가가 세리스에게 하는 말이 들렸다. 어떻게 된 게 모여든 사람들이 전부 나보다 키가 커서 어쩔 수 없이 엘리를 무동 태운 다음 누가 말을 걸고 있는지 물어 보았다.

"어떻게 생긴 사람이야?"

외모부터 시작했다. 설마 중년의 변태 같은 녀석은 아니겠지.

"응… 금발에 아주 잘생긴 사람이야. 아, 파랑색 눈에 피부가 무척 하얗다. 꼭 밀가루를 발라놓은 것 같애."

"그래? 그럼 나이는 어느 정도 되어 보이는데?"

"오빠가 더 어려."

흠… 나보다 나이가 많아 보인다는 걸까? 아, 녀석의 말소리가 들려 온다. 뭐라고 하는 거지? 컥! 독일어잖아? 아, 다행히 한국어를 할 수 있는 통역자도 같이 왔는지 동시통역으로 내 귀로 그의 말이 들려왔다.

"긴 시간 동안의 수면을 끝내고 다시 나오셨군요, 문 나이트시여! 로펜하임 가의 알베르트가 문 나이트를 뵙습니다!"

무, 무슨 소리일까? 내가 놀라서 엘리를 무동 태운 채 사람들을 헤치고 앞으로 나서자 세리스의 앞에 한 자루의 검을 세워놓고 무릎을 꿇고 있는 한 명의 남자가 보였다. 금발에 나보다 한두 살 정도 더 들어 보이고 피부가 하얀 것이 엘리가 말한 인물이 맞는 것 같았다.

그런데 왜 세리스 앞에 무릎을 꿇고 있는 거야? 그리고 저기 퍼렇게 서슬이 어려 있는 검은 또 뭐고? 막 내가 뭐라고 말하려 하자 스칼렛이 날 발견하고는 황급히 검지로 입을 막으면서 조용히 하라는 신호를 보냈다. 신호를 알아들은 내가 입을 다물고 있는 동안에 알베르트라는 금발의 잘생긴 청년은 계속 뭐라고 말을 하고 있었다. 물론 동시통역은 계속되고 있었다.

"다시 봉인이 되신 이후로 350년이 흘렀습니다. 지금은 기억하시지 못하겠지만 과거 저희 혈십자 기사단에 베푸신 은혜를 갚고자 합니다. 나이트 알베르트 폰 로펜하임, 아더와 원탁의 열두 검을 받들어 문 나이트 당신을 저의 레이디로 섬기고 싶습니다."

"뭐?"

통역을 마치자마자 나는 놀라서 그만 소리를 버럭 지르고 말았다. 내가 아무리 바보고 아직 이쪽 세계에 대해서 초짜에 불과하지만 그래도 기사가 한 여인에게 '레이디'로 섬기고 싶다고 말하는 것이 어떤 의미인지는 잘 알고 있었다. 한때 삼총사를 좋아했었고 달타냥과 총사대의 옷을 꿈꿔본 적도 있었다.

'레이디가 되어달라!' 간단하게 말해서 '보호하고 목숨같이 아껴줄 테니 나에게 어느 정도 마음을 달라' 라고 말하는 것과 일맥상통하는 것이 아니겠는가! 이건 명백한 작업이었고 수작이었다. 그리고 내 머리 한구석엔 스칼렛이 말했던 경고가 떠올랐다.

"오빠!"

내가 낸 목소리를 들었던 것일까? 세리스가 날 보더니 곧장 소파에서 일어나 달려와 안겼다. 얼굴이 조금 상기되어 있는 게 그녀도 조금 흥분해 있는 모양이다. 그뿐 아니라 옆에서 내 손을 꼭 잡고 있는 훼릴도 얼굴이 빨개진 채 세리스를 부럽다는 듯이 쳐다보고 있었다. TV를 많이 보더니 알베르트가 한 행동이 뭘 뜻하는 건지는 둘 다 대충 알고 있는 모양이었다. 하긴 평범한 여자라면 한 번쯤 꿈꿔보는 상황이 아니었을까. 하지만 스칼렛이 내게 했던 경고도 있고 해서 결코 순수한 의도만으로는 생각할 수 없었다. 뭔가 다른 목적이 있는 건 아닐까?

"Der… disiw……?"

"로펜하임 경이 당신은 누구냐고 물으시는군요."

어느새 주위를 둘러싸고 있던 사람들은 저만치 물러나 있었고 알베르트와 동시통역을 하던 사람이 다가와 있었다. 한편 스칼렛은 한숨을 푹 쉬면서 고개를 절레절레 흔들더니 터덕터덕거리는 발걸음으로 다가왔다.

"하르키 학파의 한바다입니다. 이안 선생님 밑에서 마법을 공부하는 중입니다. 그리고 세리스와 훼릴, 그리고 엘리의 오빠 되는 사람입니다."

"Harki… spaie… Han bada."

통역을 하던 사람은 내가 한 말을 그대로 전하면서 훼릴과 엘리를 보더니 상당히 놀란 표정을 지었다. 지금까진 유심히 보지 않아 잘 몰랐는데 그의 손에 다듬이 방망이만한 막대기에 수정이 달려 있는 스태프로 보아 3클래스의 유저 정도의 마법사인 모양이었다. 조금 감이 좋은 사람이었는지 훼릴과 엘리가 가진 잠재 능력을 조금은 알아본 모양이었다. 그리고 내가 세리스의 오빠, 말이 오빠이고 내 생각이 오빠지 실질적으로는 주인이라고 밝혀졌으니 그도 들은 소문이 있다면 훼릴과 엘리도 세라프라는 사실쯤은 알 수 있었을 것이다.

"한바다님, 로펜하임 경이 문 나이트, 그러니까 세리스 양인가요? 동생 분의 나이트가 되고자 하십니다. 참관인으로 참석해 주실 수 있는지 물어보시는군요."

참관인이라… 그 말은 세리스가 그가 기사가 되어주겠다는 맹약을 승낙하면 그 사실을 인정하고 증인이 되라는 말이었다. 알베르트란 녀석, 어지간히도 세리스의 기사가 되고 싶은 모양이다.

하긴 기사가 되면 연인이 될 수 있는 기회가 가장 많아지는 것과 마찬가지니까 아름다운 미인의 기사가 되는 건 모든 남자들의 희망이랄

수 있었다. 그러나 그건 순수히 세리스를 마음에 들어했을 때의 말이고 다른 의도가 숨어 있다면 그 기회를 다른 방향으로 쓸 수도 있을 것이다. 그렇기 때문에 당연히 나의 대답은 정해져 있었다.

"싫습니다."

"네?"

통역하는 녀석의 얼굴에 당혹감이 어렸다. 그리고 그건 스칼렛의 얼굴도 마찬가지였다. 아마도 내가 그 제안을 응락하리라 생각했던 것일까? 그렇다면 큰 오산이다. 언젠가는 떠날지도 모르지만 최소한 지금은 내 곁에 붙잡아두고 싶었다. 그것이 세리스이든 훼릴이든 엘리이든 간에. 그리고 장담하는데 세리스든 누구든 향후 10년 후엔 죽어가던 영감의 눈도 번쩍 뜨일 만큼 멋진 미인이 될 것이 틀림없었다.

이런 발전 가능성이 무궁무진한 아이들에게 벌써부터 족쇄 같은 걸 채워줄 필요는 없지 않은가. 물론 어쩌면 내가 가장 큰 족쇄가 될 수도 있겠지만 말이다. 그리고 솔직히 스칼렛이 내게 말했던 경고에 대한 위기감보다 세리스가 다른 사람에게 남다른 감정을 가질지도 모른다는 불안감이 더 크게 작용했다.

"싫다고 했습니다. 저 개인적인 입장으로는 세리스가 아직 보이 프랜드 같은 건 만들지 않았으면 하는군요."

"한바다님, 이건 그런 의미가 아닙니다."

"어. 찌. 됐. 든. 지금 저희 가족 관계에 누군가가 어떤 방식으로든 끼어드는 것에 찬성하고 싶지않습니다. 하지만 세리스의 의견을 무시할 수는 없으니까 절 참관인으로 세우든 세우지 않든, 또 로펜하임 경을 기사로 받아들이고 안 받아들이고는 제 동생의 판단에 맡기기로 하지요."

짜고 치는 고스톱, 까고 노는 포커란 말을 아는가?

통역하는 사람이 알베르트에게 한참 통역을 하는 동안 나와 세리스는 아무 말 없이 눈을 마주하고 서 있었다. 아무 생각 없이 서 있었다고 하면 분명 거짓말일 것이고 속으로 '제발 거절해, 거절해, 거절해~' 라고 끊임없이 외치고 있었다. 세리스가 내 말을 거역하지 않는다는 걸 잘 아는 나로서는 세리스가 거절하리란 걸 의심치 않았다.

한참 나만의 상념에 잠겨 있는 사이 지금껏 가만히 내 얼굴만 바라보던 세리스가 갑자기 빙긋 하고 웃었다. 나의 마음이 전달되었던 것일까? 이안의 말에 의하면 영혼으로 이어진 세라프는 종속자의 감정이나 생각을 어느 정도 공유한다고 했으니 충분히 가능한 일이었다.

"세리스, 어떻게 할 거야? 알베르트의 기사 서약을 받아들일 거야?"

솔직히 지금 이런 말을 하는 나 자신에게 조금쯤은 혐오감이 드는 건 사실이었다. 세리스는 세리스일 뿐인데 지금 나는 어떤가? 그저 나 자신의 이기심으로 세리스가 내 곁에 남아 있기만을 바라는 게 아닐까? 혹시 세리스는 나보다 훨씬 잘생기고 멋진, 또 더할 나위 없는 배경을 가진 저 녀석이 더 좋은 게 아닐까? 그런 자괴감 비슷한 게 내 마음속 깊숙한 곳에서 꿈틀대고 있었다.

"전……."

아, 세리스가 입을 열었다. 난 세리스가 승낙을 하든 거절을 하든 내 마음은 뒤틀려 버릴 것만 같았다. 이건 무슨 감정이지?

"당신의 서약을 받아들일 수 없습니다."

"아!"

알베르트의 입에서 나직한 침음성이 나왔다. 하지만 그보다 더 쓰라린 탄식이 내 입에서도 나왔다. 거절을 했다, 세리스가.

왜 거절했을까? 왜 거절했을까? 왜?

머리 속에서 마치 공습 사이렌이 울리는 것처럼 '왜?'라는 의문이 끊임없이 터져 나오고 있었다. 내가 원하는 대로 된 것이 아닌가! 세리스는 알베르트의 기사 서약을 거절했다. 서약을 거절한 이상 더 이상 세리스와 나와의 관계, 그리고 훼릴과 엘리를 비롯한 우리만의 울타리를 건드릴 사람은 없어진 것이다. 하지만 그것이 진정 세리스의 의지 때문일까? 그저 세라프라는 존재의 운명을 벗어날 수가 없어서? 그저 내가 원하지 않기 때문에 거절한 것은 아닐까?

"You!"

잠시 말없이 하늘만 바라보던 알베르트가 날 향해 손가락질하며 영어로 말했다. 아무래도 세계 공용어에 가까운 영어 정도는 내가 알아들으리라고 생각해서였을 것이다.

"You… must… @#%&#!$@$·%!!"

일부러 신경 써서 영어로 말한 알베르트에게 미안한 말이지만 대학생 주제에 겨우 중학교 1학년 정도의 영어 실력을 가진 나로서는 저렇게 본토 발음에 가까운 유창한 영어를 알아들을 재주가 없었다. 조금 어색한 제스처로 어깨를 으쓱하자 옆에 서 있던 통역해 주던 마법사가 '영어도 못 알아듣냐?'라는 눈빛과 함께 통역을 해주었다.

"로펜하임 경은 당신과 결투를 원하십니다, '문 나이트'의 종속자시여!"

"결투?!"

짜악!

내가 무슨 소리냐는 말대꾸를 하려는 순간 알베르트의 흰색 가죽 장갑이 내 뺨을 강타했다. 무식한 나지만 이 행동의 의미 정도는 충분히 알 수 있었다. 하지만 결투를 할 필요 따위는 전혀 느끼지 못했기에 난 그 장갑을 주워서 그의 뺨에 던지는 대신 세리스에게 쥐어 주었다.

"……?"

세리스가 무슨 의미냐는 듯 의아한 눈빛으로 날 올려다봤다. 실내 공간일 것이 틀림없을 연회장이었지만 어디선가 바람이 불어와서 세리스의 은빛 머리카락을 흔들었다. 나지막한 한숨과 함께 주위를 둘러보자 어느 틈엔가 많은 사람들이 모여서 우릴 주목하고 있었다. 한 켠엔 이안과 필립도 서 있었다. 잠깐 한눈을 파는 사이 알베르트는 다시 독일어로 말하기 시작했다. 영어로 말해 봤자 소용없다는 것을 알았는지 독일어로 말하는 지금이 좀 전보다 좀 더 격렬한 감정의 여파가 느껴졌다.

"…그리고 로펜하임 경은 '당신이 문 나이트의 종속자임을 잘 알고 있다. 하지만 그녀는 그녀일 뿐, 한낱 종속자일 뿐인 당신이 그녀의 인생을 결정할 수는 없다. 지금 여기서 나와 결투를 벌이자. 나는 그녀를 지켜줄 힘이 있다. 하지만 이제 갓 마법을 배우기 시작한 당신에겐 그럴 만한 힘이 없다. 죽이진 않겠다. 다만 내가 이긴다면 그녀를 내가 데려가겠다' 라고 말했습니다."

하하… 통역자가 하는 말… 아니, 정확하게는 알베르트의 말에 난 심장의 한 켠이 칼로 도려내지는 것만 같은 통증을 느꼈다. 어떻게 알았는지는 모르겠지만 그저 나란 존재를 세리스와 훼릴, 그리고 엘리를 종속하고 있는 '종속자' 로만 보고 있는 그에게 끝을 알 수 없는 분노를 느꼈다. 하지만 그의 말에 반박할 수 없는 나 자신에게 더 큰 분노를 느꼈다.

또 이런 생각도 들었다. 지금같이 평화로운 세상에 무력이 무슨 소용일까? 검을 휘둘러 사람을 벨 수 있는 세상인가? 그리고 내가 지켜주지 않아도 세리스는 충분히 스스로를 지킬 수 있을 것이다. 그런데 뭘 지켜주겠다는 말인가? 그래, 어쩌면 이런 내 생각도 스스로를 정당화시키려는 생각일 수도 있다. 그럼 물어보자. 세리스에게 물어보자. 그럼 알 것이 아닌가! 난 결코 쉽게 갈 수 있는 길을 마다하는 바보가 아니다.

"닥치라고 하세요!"

왠지 혼내는 시어머니보다 말리는 시누이가 더 밉다더니… 직접 나에게 시비를 거는 알베르트보다 통역하는 마법사에게 거친 어투로 날카롭게 쏘아붙인 나는 세리스의 어깨를 꼭 붙잡았다.

"세리스, 하나만 묻자. 정직하게 대답해 줬으면 해. 거짓말을 한다면 난 두 번 다시 너와 말하지 않겠다. 아니, 널 내쫓아 버리겠어."

"…네."

내쫓아 버린다는 말에 세리스뿐만이 아니라 훼릴과 엘리까지 무척 놀란 표정을 지었다. 세리스는 내 말에 조금 뜸을 들이더니 굳은 의지가 담긴 목소리로 대답해 주었다. 흔들림없는 칠흑같이 검은 눈동자. 그래, 애초에 세리스가 거짓말을 할 거라 생각한 내가 바보다.

"왜 로펜하임 경의 서약을 거절했어? 내가 원하지 않는 것 같아서였어? 아니면 다른 이유가 있는 거야? 솔직하게 말해 줘."

내 질문에 주변에 서 있는 사람들이 웅성거리기 시작했다. 웅성거리는 사람들의 대부분이 동양계의 얼굴인 걸로 보아 한국 사람인 것 같았다. 아마 내가 세라프의 종속자라는 걸 모르는 사람들이라면 내가 세리스의 연인 정도로 생각될 만한 말이었으니 놀랄 만도 할 것이다.

"…주인… 아니, 오빠가 좋아하지 않아서였습니다."

"그랬구나……."

가슴 한쪽이 아련하게 아파왔다. 난 세리스에게 다시 뭔가를 말하려 했지만 다시 이어지는 그녀의 말에 미처 입을 열지는 못했다.

"하지만… 하지만 그것은… 저의 의지이기도 합니다."

"의지… 의지라……."

무엇에 의한 의지? 세라프이기에? 나에게 종속되어 있기 때문에? 그 것 때문에 스스로 생각하고 있는 것마저 통제되고 있는 것은 아닐까? 그런 의문이 들었다. 얼마 간의 시간이 흘렀을까? 무동을 타고 있던 엘리가 갑자기 내 볼을 잡아당겼다.

"아이아이! 우어야(뭐야)?"

"오빠, 세리스… 울어."

"뭐?"

엘리의 말에 세리스를 보니 세리스는 아무런 말도 없이 눈에 눈물을 그렁그렁하게 맺은 채 소리없이 울고 있었다. 살짝 깜빡인 두 눈에서 눈물이 또르륵 하고 흘러내렸다. 왜? 왜 우는 거지?

"왜? 왜 우는 거야?"

당황해 버린 나는 얼른 손을 뻗어 세리스의 뺨으로 흘러내리는 눈물을 엄지손가락으로 훔쳐 주었다. 그 모습에 뒤쪽에 꿰다 놓은 보릿자루처럼 멍청하게 서 있던 알베르트가 또 발광하는 것 같았지만 내 눈과 귀엔 보이지도, 들리지도 않았다. 무시, 무시하자!

"제가… 제가 싫으신가요?"

"무슨 소리야?"

울음을 참는 목소리로 쥐어짜 내듯 말하는 세리스의 말에 난 버럭 소리를 지르고 말았다. 싫다니?! 이 세상에 가족을 싫어하는 사람이 어디 있는가? 아무리 콩가루 집안이라도 마음속 깊은 곳에는 가족을 사랑하는 마음이 있기 마련이다. 하물며 이렇게 아름답고 사랑스러운 동생이 싫다니?

"싫다니? 세리스 너를? 싫어할 리가 없잖아. 가족인걸. 세상에서 가장 사랑하는 가족인걸. 세리스도, 훼릴도, 엘리도 모두 나의 가장 소중한 가족인걸. 싫어할 리가 없잖아."

그래, 가족이다. 나의 가족이다. 난 스스로 그렇게 생각했다. 언제부터인지 몰라도, 이제 서로의 존재를 알게 된 지 20여 일밖에 되지 않았지만 난 진짜 내 가족처럼 여기고 있었다. 피도 섞이지 않았고 외모가 닮은 것도 아니고 어떤 법적인 관계도 아닌데 난 이미 이들을 내 가족으로 여기고 있었다. 짧은 기간에 일어난 일이지만 난 그것을 운명인 양 너무나 자연스럽게 받아들이고 있었다. 나 스스로도 이해할 수 없으리만치…….

아마도 의식 속에 있는 나 스스로 닫아둔 문을 연다면 그 이유를 확연히 알 수 있겠지만 지금은 그럴 수 없었다. 아니, 나 스스로 아직 열고 싶지 않았다. 조금이라도, 아주 조금만이라도 더 지금의 이 상태를 유지하고 싶었다.

"미안해, 세리스. 또 널 울렸구나. 벌써 두 번째인가? 난 나쁜 오빠인가 보다."

"오빠……."

세리스가 내 품에 안겼다. 목마를 타고 있는 엘리 때문에 꼭 안아줄 수는 없었지만 가볍게 안아주고는 어깨 위에 있던 엘리를 땅에 내려놓았다. 그리고 훼릴도 끌어당겨서 셋이 나란히 서게 만들었다.

"얘들아, 지금의 날 잘 봐둬."

한 명씩 머리가 헝클어지도록 쓰다듬은 다음 통역을 하던 마법사에게 소리쳤다.

"내가 하는 말 그대로 통역하도록 하세요! 알베르트 폰 로펜하임!"

세리스의 눈에서 흐른 두 번째 눈물. 처음은 나 때문이었고 두 번째는 저놈 때문이다. 처음의 눈물은 나 스스로의 지난 모든 시간이 부정되는 듯한 마음에 표출된 짜증 때문이었다. 하지만 그것 때문에 나와 세리스와의 관계가 더 좋아졌기에 마음의 앙금 따위는 없었다. 그리고 누가 나보고 두 번째 눈물도 나 때문이 아니냐고 소리친다면 딱 한 마디만 해주고 싶었다. '내 동생이다. 내 가족이다' 라고. 슬픔도, 기쁨도 가족이기에 아무런 허물 없이 받아줄 수 있는 거다라고.

하지만 나 외에 다른 누군가가 가족을 슬프게 하는 건 용납하고 싶지 않았다. 알베르트 폰 로펜하임. 언젠가 올지 모른다고 생각했던 불안함, 세리스와 다른 두 아이들에 대한 나의 흔들리는 믿음을 일찍 일깨워 줬기에 고맙다는 생각도 들었지만 가족을 울릴 계기를 준 건 용서하고 싶지 않았다. 이것이 나만의 이기심이라고 해도 말이다.

내 마음속에서 뭔가가 꿈틀거리기 시작했다.

"알베르트 폰 로펜하임, 당신이 무슨 생각으로 세리스에게 기사의 서약을 하려 했는지 모르겠지만 세리스는 자신의 의지로 당신의 서약을 거부했습니다. 조금 전의 나와 세리스의 대화를 들었다면 이해할 수 있을 거라 생각합니다. 그리고 당신은 제게 이렇게 말했습니다. 저는 약하고 보잘것없는 사람이기에 세리스를 지켜줄 수 없다구요. 당신의 말이 맞습니다. 전 세리스를 지켜줄 만한 위인이 되지 못합니다. 제가 봐도 저와는 비교할 수 없을 정도로 놀라운 속도로 성장하고 있는 세리스와 다른 두 아이들을 보자면 오히려 제가 이 아이들의 미래에 걸림돌이 된다는 것도 알고 있습니다. 하지만 세리스든 훼릴이든 엘리든 아이들이 절 싫어하고 배척한다 해도 전 결코 이 애들과 떨어져 지내고 싶지 않습니다. 왜냐하면 이미 우린 가족이기 때문이지요. 아시겠습니까? 하지만 지금 당신의 표정을 보니 절대로 인정할 수 없다고 말하는 것 같군요. 그래서 하나 제안하고 싶습니다. 세리스, 그 장갑 이리 줘.”

세리스가 들고 있던 장갑을 내게 건네줬다. 흰색 가죽 장갑. 내 얼굴에 맞고 떨어진 알베르트의 장갑이었다.

사실 세리스가 ‘나 때문에 거절했다’ 라고 말하면 그녀를 시켜서 알베르트에게 직접 건네주면서 기사 서약을 받아들이라고 말할 생각이었다. 하지만 세리스는 스스로의 의지도 함께였다고 말했기 때문에 난 그 말을 하지 않아도 되었던 것이다.

그러나 나는 상관없지만 저 기사 매니아 녀석은 나에게 결투를 신청했으니 내가 거절하면 분명 온갖 사실에 무척 근접한 유언비어를 퍼뜨리고 다닐 녀석같이 보였다. ‘겁쟁이’, ‘비겁자’ 등등의 단어가 멋들어지게 포장되고 각색되어 있을 유언비어를 말이다.

솔직히 혈십자 기사단이 뭔지도 모르고 저 알베르트란 녀석이 어떤 녀석인지도 모르겠지만 내 오라에 포착되는 마나의 흐름을 꼼꼼히 살펴본 결과 저 녀석은 일명 ‘내공’ 의 수련자와 비슷한 느낌의 고도로 농축된 마나가 느껴졌다.

마법사와는 다르고 일반인에 비하면 무척 강렬한 느낌의 마나! 그것을 알베르트는 온몸에 휘감고 있었다. 이제 겨우 마나를 느끼게 된 나와 싸우게 된다면 일 대 백으로 싸워도 내가 질 게 뻔한 싸움이었다. 하지만 결코 물러서고 싶지 않았다. 보여주고 싶었다. 무엇을 보여주고 싶은지는 나도 말하지 못하겠다. 아니, 알고 싶지도 않다. 한 가지 분명한 것은 지금의 내 마음을 이런 식으로라도 보여주고 싶었다. 세리스와 훼릴, 그리고 엘리가 그것이 무엇인지 알든 모르든 간에.

짜악!

손 안에 부드럽게 감겨오는 가죽 장갑을 꽉 쥐었다. 사박사박. 턱시도에 맞춰서 사 신은 3만 원짜리 구두 뒷굽이 부드럽게 바닥에 깔린 잔디를 즈려밟았다. 내가 알베르트에게 천천히 걸어가자 조금 소란스럽던 주변이 조용해졌다. 내가 알베르트의 바로 맞은편까지 왔을 때 들리는 소리는 오직 잔디가 바닥에 눕는 소리뿐이었다. 알베르트의 면전에 섰을 때 난 세리스의 근심 어린 얼굴을 보며 빙긋 웃어주고는 천천히 입을 열었다.

"알베르트 폰 로펜하임, 당신의 결투를 받아들이겠다. 하지만 결투 방식은 당신이 바라는 것과는 다를 것임을 밝히고 싶다. 마법을 배운 지 아직 한 달이 채 되지 않은 나와 기사라고 말하는 당신과의 결투는 누가 봐도 불공평하다. 그래서 결투의 방법은 내가 정하고자 한다. 동의하는가?"

가만히 생각해 보니 존대를 써봤자 알아듣지도 못할 거란 생각에 있는 감정을 그대로 담아서 싸가지없게 말했다. 통역을 통해서 내 말을 알아들은 알베르트는 가소롭다는 표정과 함께 고개를 끄덕였다. 그리고 그 순간 나는 힘차게 손을 휘둘렀다.

짜악!

"헉!"

"뭐, 뭐야?!"

주위에서 헛바람 소리와 함께 순식간에 조용해졌던 좌중이 한순간에 소란스러워졌다.

"……!!"

"무, 무슨 짓을!"

통역을 하던 마법사가 기겁하며 달려왔다. 지금 내 눈앞엔 어이가 없다는 눈빛으로 날 바라보고 있는 알베르트와 바닥에 떨어져 있는 흰색 장갑이 있었다. 그리고 조금씩 분노로 물들어가는 알베르트의 얼굴엔 선명하게 장갑 모양으로 붉은색 자국이 남아 있었다. 그렇다. 난 알베르트가 내게 던진 장갑으로 그의 얼굴을 세게 강타해 버린 것이다. 내가 맞은 것보다 적어도 열 배는 더 세게.

"결투 신청을 받으면 이렇게 받아줘야 하는 게 아닌가요?"

"그, 그래도 그렇게까진……."

통역을 하던 마법사는 이마에 흐르는 땀을 소매로 훔쳐 가며 말을 잇지 못했다. 내가 등을 돌리고 이안에게 걸어가고 있었기 때문이다. 이안은 지금까지의 내 행동을 보고 얼이 빠졌는지 그저 멍하게 서 있기만 했다.

"크리스마스 파티를 소란스럽게 만들어서 죄송합니다, 이안 선생님."

"무, 무슨 말입니까? 그리고 결투를 받아들이다니요? 아무리 목숨을 취할 수 없는 결투라고 해도 크게 다칠 수도 있어요! 난 한 군이 원만하게 대화로 끝낼 거라 생각하고 잠자코 있었는데… 이런 사태가… 하아……."

"주인님, 이건 바다 군의 일입니다. 그가 해결하게 그저 지켜보기만 하세요. 크게 다치더라도 주위에 많은 사람들이 있으니 빨리 고칠 수 있을 겁니다."

어느새 스칼렛이 다가와서 말을 잇지 못하고 있는 이안을 진정시켰다. 좀 전엔 내가 개입하는 걸 막으려고 하던 스칼렛이 무슨 생각으로 이런 말을 하는 걸까? 난 좀 전에 스칼렛이 내가 개입해서 기사의 서약을 방해하려던 걸 말리려 했던 게 생각나서 잠깐 의문에 빠졌다. 그런 내 생각을 읽었던 걸까? 스칼렛이 내 옷소매를 잡아끌고는 약간 외진 곳으로 갔다.

"하아… 바다 군, 왜 로펜하임 경의 기사 서약을 방해한 거죠?"

"그, 그건……."

"잘 알아요. 누군가가 한 군과 세리스와의 관계에 끼어드는 게 싫었던 거겠죠. 하지만 한 군은 미련한 행동을 한 거예요. 아마 한 군이 끼어들지 않았어도 세리스는 로펜하임 경의 기사 서약을 받아들이지 않았을 거예요. 왜냐구요? 그건 세리스도 한 군과 같은 마음이기 때문이지요. 한 군, 한 군은 세리스를 믿지 못했죠? 그것도 인격적인 믿음만이 아니라 세리스가 세라프라는 운명 때문에 당신을 따른다고 생각한 게 아닌가요?"

"……."

난 정곡을 찌르는 듯한 스칼렛의 말에 아무 말도 못했다. 그리고 한 군이라고 날 부르는 스칼렛의 말투로 봐서 뭔가 나에게 화가 나 있다는 것도 안 나는 그저 침묵으로 일관할 수밖에 없었다.

"한 군, 왜 하필이면 한 군이 세리스를 비롯해서 훼릴과 엘리의 종속자가 된 이유를 생각해 본 적이 있어요? 그저 한 군의 오라 때문이거나 단순히 운 때문이라고 생각하고 있었나요? 그렇다면 착각하고 있는 거예요. 비록 한 사람에게 종속되어진 삶을 살아갈 수밖에 없는 세라프들이지만 그 종속자, 혹은 주인을 선택하는 건 바로 그들 자신이에요.

그들 스스로의 의지로 한 군을 선택하지 않았다면 결코 봉인석에서 풀려나는 일도, 한 군의 가족이 되는 일도 없었을 거예요. 알겠어요?"

"……!!"

그렇구나. 난 가슴속에 맺혀 있던 뭔가가 뻥 뚫린 듯한 기분이 들었다. 그리고 내가 세리스와 훼릴, 그리고 엘리에게 향한 마음도 명백히 알 수 있었다.

"고마워요. 덕분에 뭔가 막혀 있던 게 뻥 뚫린 기분이에요. 그런데 스칼렛 누나."

"네?"

난 속이 후련해지는 듯한 기분은 둘째 치고 어떻게 스칼렛이 이렇게 내 심정을 잘 파악할 수 있었는지 궁금해졌다.

"어떻게 제 마음을 그렇게 잘 알 수 있는 거죠?"

"호호호, 바다 군, 그건……."

"그건?"

스칼렛은 조금 뜸을 들였다. 좀 전과는 다르게 '바다'라고 부르는 걸로 봐서 기분이 풀어졌다는 뜻인데 초조해지는 내 마음과는 달리 스칼렛은 음흉한 웃음을 지으면서 재미있어하는 것 같았다. 꼭 무슨 깜짝 파티를 하기 전에 상대방이 놀랄 얼굴을 생각하다 참지 못하고 웃음을 터뜨리는 사람의 얼굴이 이럴까?

"그건… 내가 세라프이기 때문이죠. 넘버 XIII '뱀파이어', 그게 저예요."

"네에에에에?!"

경악성을 지르고 말았다. 스칼렛이 세라프? 아니, 스칼렛이 세라프일지도 모른다는 생각은 어렴풋이 하고는 있었다. 하지만 그게 뱀파이

어일 줄은 꿈에도 몰랐다. 평소의 분위기로 봐서는 프리스트나 매지션 정도로 추측했었다. 그런데 뱀파이어라니! 별로 인정하고 싶지 않는 사실이었다.

"정말이에요?"

"제가 거짓말하는 거 보신 적 있나요?"

"아뇨."

"그럼 믿어요."

알고 지낸 지 겨우 20일이 될까 말까 한데 그동안의 시간을 바탕으로 신뢰를 달라니……. 사회 생활에서는 어불성설인 말이지만 상대가 스칼렛이기 때문에 믿어주기로 했다. 역시 마음 한 켠엔 믿고 싶지 않다는 생각도 들었지만.

"그런데 무슨 생각으로 결투를 하자고 한 거죠? 바다 군은 잘 모르겠지만 로펜하임 경은 혈십자 기사단에서 수위를 다투는 뛰어난 검술의 소유자예요. 제가 보기엔 바다 군 같은 사람 100명이 덤벼도 이길 수 없는 상대인데… 무슨 생각이라도 있어요?"

"아뇨, 전혀요. 그저 맞서 싸울 뿐이에요."

"맙소사!"

스칼렛의 안색이 새파랗게 질렸다. 하긴 불구덩이에 기름 통을 안고 뛰어들겠다는데 놀라지 않을 리가 없다. 하지만 나도 아무 생각 없이 덤벼든 건 아니었다. 실력의 차 정도는 이미 느끼고 있었고 결투 방식을 내가 정한다고 했으니 어느 정도의 핸디캡은 줄 수 있을 것 같았다.

"그런데 알베르트가 속해 있다는 혈십자 기사단은 무슨 단체죠?"

"몰라요? 하긴 사회적으로 그렇게 알려져 있는 단체가 아니니……. 지금 상황에서 전의만 흩트릴 뿐일 것 같아서 말해 주고 싶지 않지만 혹시 도움이 될지도 모르니 간단하게 설명해 줄게요. 혈십자 기사단이란 유럽을 주무대로 하고 있는 일종의 수호 단체라고 할 수 있어요. 뭐, 좋게 말해서 수호 단체이고 나쁘게 말한다면 일종의 영웅놀이 집단이라고나 할까? 아아, 설명을 하면 길어질 뿐이니까 지금은 어떻게 이 상황을 타개할 것인지만 생각하도록 해요."

"너무 걱정하진 말아요."

난 더 이상 스칼렛에게 들을 말이 없다고 판단하고 다시 알베르트의 앞으로 걸어갔다.

"결투 방식을 말하십시오."

통역하던 마법사가 알베르트의 옆에 서서 입을 열었다. 내가 좀 전에 결투 방식을 내가 정하겠다고 말한 걸 용케 기억하고 있는지 알베르트는 느긋하게 서서 기다리고 있었다. 약간 고개를 쳐들고 있는 얼굴이 무척 거만하고 재수없게 느껴졌지만 그런 걸 얼굴에 나타낼 만큼 어리숙한 나 또한 아니었다.

"결투 방식은 일 대 일 대련이고 무기는 사용하지 않는 맨손 격투. 내가 마법사라곤 하지만 아직 기초적인 마법도 쓰지 못하기 때문에 마법사라고 내가 유리할 것은 없다. 그리고 승부는 둘 중 하나가 졌다고 말할 때까지. 동의하는가?"

통역을 통해서 내 말을 들은 알베르트는 어이없다는 표정을 지었다. 그리고 뭐라고 말을 하기 시작하는데 표정이나 어투로 들어보아 '넌 이제 죽었다. 까불지 마라!' 뭐… 이런 의미인 것 같았다.

"알베르트 경이 좋다고 하셨습니다. 그리고 기사도에 입각해 정정당당히 승부해 보자고 하셨습니다."

흠, 나의 직감이지만 통역을 하는 마법사가 약간 식은땀을 흘리면서 말하는 걸로 보아 절대 통역해 주는 말과는 다를 거라고 확신할 수 있었다. 그래도 내 기분을 생각해서인지 좋은 말로 포장해서 말해 주는 걸로 보아 저 사람도 나쁜 사람만은 아닌 듯했다. 알베르트의 전문 통역사처럼 행동해서 저 녀석의 똘마니 정도로 생각하고 있었는데…….
하긴 마법사가 다른 사람의 부하로 들어갈 일은 없을 테니 나만의 착각이었을 수도 있겠다. 알베르트가 통역을 통해서 장소를 물었다. 달리 대결을 할 만한 곳도 보이지 않았고 어차피 입소문이 날 거 여기서 하면 어떠리.

"장소는?"

"here!"

난 힘있게 대답하며 턱시도의 상의를 벗어 던졌다. 검은색 조끼에 턱시도 남방, 그리고 조금은 타이트한 바지가 불편했지만 어차피 이길 가능성도 없기 때문에 상관없었다. 알베르트도 어깨에 두르고 있던 망토를 벗어 던졌고 손에 들고 있던 검도 뒤에 있는 사람에게 맡겼다. 거만하게 손가락 마디를 풀면서 앞으로 나오는데, 보기만 해도 위압감이 넘쳤다. 막상 앞에 두고 보니 키도 나보다 훨씬 크고 어깨도 우람한 것이 꼭 웰터 급이랑 플라이 급의 복싱 경기를 보는 것만 같았다. 하지만 질 수 없닷!

"오라버니! 파이팅!"

"오빠! 힘내!"

"……."

뒤에서 훼릴과 엘리가 두 손을 입가에 모은 채 응원하기 시작했다. 동네 애들 싸움도 아니고 어쩌면 목숨이 왔다 갔다 할지도 모르는 순간에 태평스럽게 응원이라니……. 내가 애들 교육을 이렇게 시켰던가?

하지만 흘낏 둘러보던 내 눈에 수심이 가득한 세리스가 보이자 난 태연하게 엄지손가락을 치켜들어 주었다. 크으윽… 이렇게 쪽팔리는 짓을!!

"크크크!"

알베르트 녀석이 기분 나쁜 웃음을 흘렸다. 나와 비교해서 별로 달리 입은 게 없는 알베르트는 왼발과 왼손을 앞으로 내밀며 가드를 취하고 오른팔을 뒤로 젖히며 파이팅 포즈를 취했다. 주먹을 꽉 쥔 형태로 보아 관절기나 권법 같은 것을 익혔다기보다는 복싱이나 가라데에 가까운 무술을 배운 것 같았다.

"가라데……."

알베르트가 나지막하게 자신의 무술을 말했다. 가라데라…… 기사라고 하더니 그런 것도 익힌 건가? 예상이 빗나간 게 아니라 놀라진 않았지만 기사 정도면 1, 2단 정도는 아닐 테니 조금 무서워지기 시작했다. 하지만 벌써부터 기 싸움에서 밀리면 승산은 아예 없는 거나 마찬가지였다. 그리고 나라고 격투기의 단증 하나 없을까 보냐! 서로의 유파명이나 무술명을 말해 주는 게 기사도인지는 몰라도 나 역시 작은 목소리로 대답했다.

"하아아… 홉! 태권도!"

무슨 무협지의 '기술명 말하며 싸우기'도 아니고 이게 무슨 짓이냐? 난 부끄러움에 얼굴을 약간 붉히고는 태권도의 기마 자세에서 한손날 앞막기를 했다(아아~ 유치해라~). 짐작하고 있겠지만 사실 태권도는 군대에서 배운 거다. 그것도 병장이 다 돼서 갑작스런 부대장의 지시에 의해 3주간의 특별 교육으로 이루어진 '번개표 가라 태권도'였다. 승단 심사라는 것을 보기 위해 태극 1장부터 태극 8장까지 억지로 기억한 다음 오로지 악과 깡으로 지르는 '기합' 소리만을 믿고 승단을 기약했던 바로 그 '가라 태권도'였다. 참고로 난 그 깡과 악으로 승단을 하긴 했다, 실력은 개뿔도 없이.

"하앗!"

선공은 알베르트였다. 원래 내가 먼저 공격하려고 했는데 녀석이 비겁(?)하게 선수를 쳐서 내게 주먹을 날렸다. 공격은 최선의 방어라! 누가 한 말인지는 모르겠지만 난 한 대 맞을 걸 각오하고 날아오는 주먹을 똑바로 쳐다보며 카운터를 노렸다.

퍼억!

'까울~ 아, 아프다!'

그러나 내 주제에 카운터를 노리기는커녕 오른쪽 면상을 정확하게 한 대 맞고 뒤로 나뒹굴고 말았다. 역시 복싱에서도 카운터라는 건 천재들이나 하는 기술이라더니 나 같은 운동치는 불가능한 일이었나 보다. 그래도 이 한 방에 얕보일 수는 없는 일! 나는 벌떡 일어나며 외쳤다.

"하, 하나도 안 아퍼!"

내가 마법사이고 초보라는 걸 감안해서인지 알베르트는 주먹에 내공이나 마나 같은 걸 불어넣진 않은 모양이었다. 그저 골이 땡할 뿐 기절까지 하진 않았으니 말이다.

"호오~"

알베르트는 내가 벌떡 일어서서 뭐라고 하자 알아듣진 못했지만 이채 어린 눈빛으로 바라봤다. 약골로 보이는 내가 한 방에 나가떨어지지 않자 조금 놀랐나 보지? 하지만 벌떡 일어선 나의 투지에 비해 다리는 벌써부터 후들거리고 있었다. 빌어먹을… 군대에 있을 땐 오직 깡과 악으로 그 어떤 얼차려도 견뎌온 내가 저런 주먹질 한 방에 다리가 풀리려고 하다니, 하긴 아무리 찾아보려 해도 내게 유리한 점이라곤 눈 씻고 찾아도 찾을 수가 없는 싸움이었다. 나는 가라 태권도 1단의 소유자, 저쪽은 가라데의 고수(고수인지 아닌지는 모르지만)! 거기다 나는 마법사라고는 하지만 이제 겨우 마나를 느끼는 수준밖에 되지 않는다. 그런 상태로 어떻게 승률을 따지겠다는 건지……. 그저 무모하다고밖엔 생각되지 않았다.

그때 갑자기 뭔가 내 머리 속을 파파팍 하고 스쳐 지나가는 번갯불 같은 것이 느껴졌다. 마나! 마나를 느낀다! 그래! 내가 가지고 있는 최고의 어빌리티는 마나를 다른 사람보다 좀 더 미세한 부분까지 느낄 수 있다는 것이다. 그렇다면 상대를 이기기 위해선 내가 가진 장점을 최대한 살리는 한편 상대방이 가진 가장 약한 부분을 최대한 노출시켜야 하는 것이 아닌가! 그렇다면 해답 비슷한 것은 나와 있었다. 남은 것은 알베르트의 약점을 찾기만 하면 되는 것이다.

"덤벼! Come on baby!"

〈2권으로 이어집니다〉